Gata Blanca

HOLLY BLACK

Gata Blanca

LIBRO UNO DE LOS OBRADORES DE MALEFICIOS

Traducción de Carlos Loscertales Martínez

◐ UMBRIEL

Argentina · Chile · Colombia · España
Estados Unidos · México · Perú · Uruguay

Título original: *The Curse Workers: White Cat*
Editor original: Margaret K. McElderry Books
Traducción: Carlos Loscertales Martínez

1.ª edición: enero 2022

ISBN: 978-84-16517-64-0
E-ISBN: 978-84-18480-97-3
Depósito legal: B-18.243-2021

Fotocomposición: Ediciones Urano, S.A.U.
Impreso por: Rotativas de Estella – Polígono Industrial San Miguel Parcelas E7-E8
31132 Villatuerta (Navarra)

Impreso en España – *Printed in Spain*

A todos los gatos ficticios que he matado en otros libros.

Capítulo uno

Me despierto descalzo sobre unas frías tejas de pizarra, mirando hacia abajo y presa del vértigo. Inspiro una bocanada de aire helado.

Las estrellas brillan en lo alto. Abajo, la estatua de bronce del coronel Wallingford me hace comprender que estoy viendo el patio interior del colegio desde lo alto de Smythe Hall, mi residencia estudiantil.

No recuerdo haber subido al tejado por las escaleras. Ni siquiera sé cómo se llega hasta aquí. Y eso es un problema, porque voy a tener que buscarme la vida para bajar, preferiblemente sin morir en el intento.

Al ver que empiezo a tambalearme, me obligo a quedarme lo más quieto que puedo. A no respirar demasiado fuerte. A sujetarme a las tejas con los dedos de los pies.

Es una noche tranquila; reina ese silencio de la madrugada que acentúa cada roce y cada jadeo nervioso. Cuando las siluetas negras de los árboles susurran en lo alto, doy un respingo de sorpresa y mi pie resbala sobre algo viscoso. Es musgo.

Intento recuperar el equilibrio, pero mis piernas se mueven por su cuenta.

Manoteo en busca de algún asidero mientras mi pecho desnudo se estampa contra las tejas de pizarra. Me doy un golpe en la palma de la mano con el reborde afilado del vierteaguas de cobre, pero apenas siento dolor. Al patalear, consigo enganchar el pie en un paranieves y lo empujo con los dedos para recuperar el equilibrio. Suelto una risotada de alivio, pero estoy temblando tanto que ni se me ocurre intentar trepar.

El frío me entumece los dedos. El subidón de adrenalina hace que me palpite el cerebro.

«Ayuda», digo en voz baja. Otra risa nerviosa me sube por la garganta, pero me muerdo el carrillo para reprimirla.

No puedo pedir ayuda. No puedo llamar a nadie. Si lo hago, todos mis esfuerzos por fingir que soy un tío corriente se irán al traste. El sonambulismo es cosa de críos, un trastorno raro y bochornoso.

Al mirar hacia el otro extremo del tejado en la penumbra, intento distinguir la línea de los paranieves, unos triangulitos de plástico transparente que evitan que el hielo se deslice como un telón, y que no han sido diseñados para soportar mi peso. Si consigo acercarme a una ventana, a lo mejor lograré bajar.

Saco un pie y, moviéndome tan despacio como puedo, lo acerco lentamente al paranieves más cercano. Me raspo el vientre contra las tejas de pizarra; algunas están desportilladas y torcidas. Apoyo el pie en el primer paranieves, luego en el siguiente, y finalmente llego al que está situado en el borde del tejado. Y entonces, jadeando, al ver que las ventanas están demasiado bajas y que ya no tengo adónde ir, decido que no estoy dispuesto a palmarla solo para no pasar vergüenza.

Inspiro tres veces el aire frío y grito:

—¡Eh! ¡Eh! ¡Socorro!

La noche absorbe mi voz. A lo lejos distingo la ondulación de los motores en la autopista, pero no oigo ruidos procedentes de las ventanas de abajo.

—¡EH! ¡Socorro! —grito con tanta fuerza que las palabras me raspan la garganta.

En una de las habitaciones se enciende la luz y veo unas manos que se apoyan en el cristal. Un momento después, la ventana se desliza hacia un lado.

—¿Hola? —dice una chica adormilada. Por un momento, su voz me recuerda a la de otra chica. Una que está muerta.

Asomo la cabeza por un lado e intento esbozar mi mejor sonrisa de fastidio, como dándole a entender que no hay motivos para ponernos histéricos.

—Aquí arriba —le digo—. En el tejado.

—Madre mía —dice Justine Moore sin aliento.

Willow Davis se acerca a la ventana.

—Voy a buscar al supervisor.

Aprieto la mejilla contra las tejas frías y trato de convencerme de que no pasa nada, de que no me han echado un maleficio. De que si aguanto un poco más, todo se arreglará.

De las residencias va saliendo una multitud que se reúne debajo de mí.

—¡Salta! —grita algún capullo—. ¡Venga!

—¿Señor Sharpe? —exclama el decano Wharton—. ¡Baje de ahí inmediatamente, señor Sharpe! —Tiene el cabello plateado de punta, como si hubiera metido los dedos en el enchufe, y lleva el batín puesto del revés y mal anudado. Todo el colegio le está viendo la ropa interior.

De pronto caigo en la cuenta de que yo no llevo encima nada más que un bóxer. Si el decano ya tiene una pinta ridícula, no quiero ni pensar en la que tendré yo.

—¡Cassel! —grita la señora Noyes—. ¡Cassel, no saltes! Ya sé que estás pasando por un mal momento... —Se interrumpe como si no supiera qué decir a continuación. Seguramente estará intentando recordar a qué mal momento se refiere. Saco buenas notas, me llevo bien con los demás...

Bajo la mirada. Veo destellos de las cámaras de varios teléfonos móviles. Algunos alumnos de primer curso se asoman por las ventanas de Strong House, la residencia contigua. Los de tercero y cuarto están repartidos por el césped, en bata y en pijama, aunque los profesores se afanan por llevarlos de nuevo adentro.

Les ofrezco mi mejor sonrisa.

—Patata —digo en voz baja.

—¡Baje de ahí, señor Sharpe! —aúlla el decano Wharton—. ¡Se lo advierto!

—Estoy bien, señora Noyes —digo—. No sé cómo he llegado aquí. Creo que soy sonámbulo.

Estaba soñando con una gata blanca. La tenía inclinada sobre mí, respirando ruidosamente, como si intentara sacarme el aire de los pulmones. Pero en lugar de eso me arrancaba la lengua de un mordisco. No sentía dolor, tan solo un pánico asfixiante y abrumador. En el sueño, mi lengua era un amasijo rojo, húmedo y trémulo, que se agitaba como un ratón en la boca de la gata. Quería que me la devolviera. Salía de la cama de un salto y me abalanzaba sobre ella, pero la gata era demasiado ágil y veloz. Me ponía a perseguirla... y de pronto estaba haciendo equilibrios encima de un tejado.

Una sirena ulula a lo lejos, acercándose cada vez más. Me duelen las mejillas de tanto sonreír.

Finalmente, un bombero sube por una escalera de mano para rescatarme. Me echan una manta sobre los hombros, pero los dientes me castañetean tanto que soy incapaz de responder a sus preguntas. Es como si la gata me hubiera comido la lengua de verdad.

La última vez que estuve en el despacho de la directora fue cuando mi abuelo vino a matricularme en el colegio. Lo recuerdo vaciándose un cuenco de cristal lleno de caramelos de menta en el bolsillo del abrigo mientras el decano Wharton le hablaba del buen jovencito en el que iban a convertirme allí. El cuenco de cristal fue a parar al otro bolsillo.

Envuelto en la manta, me siento en la misma butaca de cuero verde de aquel día y toqueteo la gasa con la que me han vendado la palma de la mano. Todo un jovencito ilustre, desde luego.

—¿Sonámbulo? —dice el decano Wharton. Se ha puesto un traje de *tweed* marrón, pero sigue despeinado. Con los dedos enguantados acaricia los gastados lomos de piel de las enciclopedias obsoletas que pueblan la estantería que tiene delante.

Me fijo en que ahora hay otro cuenco de cristal barato con caramelos de menta en el escritorio. Me va a estallar la cabeza. Ojalá fueran aspirinas.

—Me pasaba de niño —contesto—. Pero hacía mucho tiempo que no sufría una recaída.

El sonambulismo es relativamente frecuente en los niños, sobre todo en los varones. Lo busqué en Internet después de aquel día en que, con trece años, me desperté delante de mi casa, con los labios amoratados de frío y la inquietante sensación de que acababa de regresar de otro lugar que no recordaba.

Al otro lado de los ventanales de cristal plomado, el incipiente sol empieza a dorar los árboles. La directora, la señora Northcutt, tiene la cara hinchada y los ojos rojos. Bebe café de una taza con el logotipo de Wallingford. La agarra con tanta fuerza que el cuero de sus guantes parece a punto de reventar.

—He oído que ha tenido usted algún problema con su novia —dice la directora Northcutt.

—No —replico—. Qué va. —Audrey me dejó después de las vacaciones de Navidad, harta de mis cambios de humor. Es imposible tener problemas con una novia que ya ha dejado de serlo.

La directora carraspea.

—Algunos alumnos creen que usted organiza apuestas en el colegio. ¿Se ha metido en algún lío? ¿Le debe dinero a alguien?

Bajo la mirada y procuro contener la sonrisa que me provoca la mención de mi imperio criminal en miniatura. Solo me dedico a las apuestas y a alguna que otra falsificación. Hasta ahora no he hecho un solo timo; ni siquiera le he hecho caso a mi hermano Philip, que me propuso convertirme en el principal proveedor de alcohol del colegio. Estoy seguro de que a la directora no le importa lo de las apuestas, pero me alegro de que no sepa que lo que más se lleva ahora es apostar a qué profesores están liados. Northcutt y Wharton son una de las parejas más improbables, pero aun así no falta quien se juegue un dinero por ellos. Niego con la cabeza.

—¿Ha experimentado cambios bruscos de humor últimamente? —pregunta el decano Wharton.

—No —contesto.

—¿Y qué hay del apetito o las pautas de sueño? —Parece como si estuviera recitando un libro de memoria.

—El problema es precisamente mi pauta de sueño —contesto.

—¿Qué quiere decir? —pregunta la directora Northcutt, repentinamente interesada.

—¡Nada! Solo digo que estaba caminando en sueños, no intentando suicidarme. Y si quisiera matarme, no me tiraría desde un tejado. Y si quisiera tirarme desde el tejado, primero me pondría los pantalones.

La directora se lleva la taza a los labios. Su mano ahora está más relajada.

—Hasta que un médico nos confirme que no volverá a ocurrir un episodio como este, nuestro abogado me ha recomendado que no siga usted alojado en la residencia. Es un riesgo demasiado grande, por el seguro.

Contaba con escuchar todo tipo de chorradas, pero en ningún momento he pensado que el asunto tendría consecuencias serias. Una bronca. Tal vez alguna sanción. Estoy tan perplejo que tardo un buen rato en responder.

—Pero si no he hecho nada malo.

Menuda tontería estoy diciendo. Las cosas no ocurren porque uno se las merezca. Además, he hecho un montón de cosas malas en mi vida.

—Su hermano Philip vendrá a recogerlo —dice el decano Wharton, intercambiando una mirada con la directora. Wharton se lleva la mano al cuello inconscientemente; bajo la camisa blanca asoma el cordón de colores y se adivina el contorno del amuleto.

Ahora lo entiendo. Temen que me hayan hecho un maleficio. No es ningún secreto que mi abuelo trabajó como obrador de la muerte para la familia Zacharov; los muñones negros que tiene ahora en lugar de dedos dan fe de ello. Y si leen el periódico, también sabrán lo de mi madre. Es bastante lógico que Wharton y Northcutt atribuyan a los maleficios cualquier fenómeno extraño en el que esté involucrado yo.

—No pueden expulsarme por sonámbulo —digo mientras me levanto—. Seguro que es ilegal. Es discriminación contra... —Me interrumpo, preso de un terror frío que me congela el vientre; por un momento, hasta a mí me entra la duda de si me habrán echado un maleficio. Intento hacer memoria, pero no recuerdo que nadie me haya tocado sin llevar guantes.

—Todavía no hemos tomado una decisión concluyente sobre su futuro en Wallingford.

La directora hojea unos documentos de su escritorio. El decano se sirve un café.

—Puedo seguir viniendo a las clases. —No quiero dormir en una casa vacía ni mudarme con mis hermanos, pero estoy dispuesto. Haré lo que haga falta con tal de seguir viviendo como hasta ahora.

—Vaya a su habitación y prepare algo de equipaje. Considérelo una baja por enfermedad.

—Solo hasta que consiga un informe médico —digo.

No contestan. Tras unos segundos de silencio incómodo, me marcho.

No me tengas lástima todavía. Esto es lo que tienes que saber sobre mí: a los catorce años maté a una chica. Se llamaba Lila, era mi mejor amiga y estaba enamorado de ella. Pero la maté. Casi todos los detalles del asesinato son borrosos, pero mis hermanos me encontraron delante de su cadáver, con las manos ensangrentadas y una extraña sonrisa en los labios. Lo que recuerdo con mayor claridad es lo que sentía mientras miraba a Lila: un placer embriagador por haberme salido con la mía.

Nadie sabe que soy un asesino, salvo mi familia. Y yo, claro.

Como no quiero ser esa persona, en el colegio me paso la mayor parte del tiempo fingiendo y mintiendo. Aparentar algo que no eres requiere mucho esfuerzo. No pienso en la música que me gusta; pienso en la música que debería gustarme. Cuando tenía novia, intentaba convencerla de que yo era la persona que ella quería que fuera. Cuando estoy con mucha gente, me mantengo al margen hasta que averiguo cómo hacerlos reír. Por suerte, si hay algo que se me da bien, es mentir y fingir.

Ya te he dicho que he hecho muchas cosas malas.

Todavía descalzo y envuelto en la áspera manta de los bomberos, cruzo el soleado patio y subo a mi habitación de la residencia. Sam Yu, mi compañero de cuarto, se está atando la estrecha corbata sobre la camisa arrugada cuando entro. Levanta la mirada, sobresaltado.

—Estoy bien —le digo con aire cansado—. Por si ibas a preguntármelo.

Sam es un friki de las pelis de terror y la ciencia ficción dura; ha llenado las paredes de la habitación de máscaras alienígenas de ojos saltones y carteles llenos de sangre y vísceras. Sus padres quieren que estudie en el MIT y que después se forre trabajando para alguna farmacéutica. Él, en cambio, quiere dedicarse a los efectos especiales cinematográficos. A pesar de su físico imponente como el de un oso y de su obsesión por la sangre artificial, todavía no ha conseguido plantarles cara a sus padres, que ni siquiera sospechan esa discrepancia de objetivos vitales. Somos casi amigos, o eso me gusta pensar.

Nos movemos en círculos distintos, pero así nos resulta más fácil ser casi amigos.

—No estaba haciendo... lo que creas que estaba haciendo —le explico—. No quiero suicidarme ni nada por el estilo.

Sam sonríe y se pone los guantes de Wallingford.

—Solo iba a decirte que es una suerte que no duermas desnudo.

Suelto un resoplido y me dejo caer en la cama. El somier protesta con un chirrido. Sobre la almohada, al lado de mi cabeza, hay un sobre nuevo con un código: un alumno de primero quiere apostar cincuenta pavos a que Victoria Quaroni ganará el concurso de talentos. Las probabilidades son casi nulas, pero al ver el dinero caigo en la cuenta de que alguien va a tener que ocuparse de llevar la contabilidad y repartir las ganancias en mi ausencia.

Sam da una patadita a los pies de mi cama.

—¿Seguro que estás bien?

Asiento con la cabeza. Debería decirle que me marcho a casa y que está a punto de convertirse en uno de esos suertudos que tienen un cuarto individual, pero no quiero perturbar esta frágil sensación de normalidad.

—Solo estoy cansado.

Sam recoge su mochila.

—Te veo en clase, loquillo.

Levanto la mano vendada para despedirme, pero entonces me detengo.

—Eh, espera un momento.

Sam se da la vuelta, con la mano sobre el picaporte.

—Estaba pensando... Si tuviera que ausentarme, ¿te importaría que la gente siguiera trayendo aquí el dinero de las apuestas?

Me fastidia pedírselo: ahora voy a estar en deuda con él (y además estoy reconociendo que me van a expulsar), pero no estoy dispuesto a renunciar a mi principal motivación para estar en Wallingford.

Sam titubea.

—Da igual —le digo rápidamente—. No he dicho na...

—¿Me llevo un porcentaje? —me interrumpe.

—El veinticinco —contesto—. El veinticinco por ciento. Pero a cambio tendrás que hacer algo más que recoger el dinero.

Sam asiente despacio.

—Sí, vale.

Le sonrío.

—Eres el tío más fiable que conozco.

—Haciéndome la pelota llegarás lejos —dice Sam—. Hasta el tejado, por lo visto.

—Muy gracioso —gruño. Me obligo a levantarme de la cama y saco del armario un pantalón de uniforme negro y áspero.

—¿Y por qué tienes que irte? No te han expulsado, ¿verdad?

Me pongo el pantalón sin mirar a Sam, pero no consigo disimular mi inquietud.

—No. No sé. Voy a explicarte cómo va.

Él asiente.

—Vale. ¿Qué tengo que hacer?

—Te voy a dar mi cuaderno con los márgenes, los registros y todo lo demás. Tú solo tendrás que anotar las apuestas que recibas. —Me pongo de pie, acerco mi silla al armario y me encaramo al asiento—. Toma.

Palpo con los dedos el cuaderno que he pegado encima de la puerta con cinta adhesiva. Lo arranco. También guardo ahí otro cuaderno de mi segundo curso, cuando el negocio creció tanto que ya no podía seguir dependiendo solo de mi memoria, que es buena, pero no fotográfica.

Sam esboza una media sonrisa. Es evidente que le flipa no haberse fijado hasta ahora en mi escondite secreto.

—Creo que podré hacerlo.

Las páginas que hojea Sam son registros de todas las apuestas que se han hecho desde nuestro primer curso en Wallingford, así como las probabilidades de cada una. ¿Al ratón de Stanton Hall lo matará Kevin Brown con su mazo? ¿O el doctor Milton con sus ratoneras con tocino? ¿O lo atrapará Chaiyawat Terweil con su trampa indolora de lechuga? (Las apuestas favorecen a la banca). ¿Quién se llevará el papel protagonista femenino de *Pipino*: Amanda, Sharone o Courtney? ¿La suplente terminará desbancando a la titular? (Se lo llevó Courtney, y todavía están con los ensayos). ¿Cuántas veces por semana servirán brownies de frutos secos sin frutos secos en la cafetería?

Los corredores de verdad se llevan un porcentaje y equilibran las apuestas para asegurarse sus ganancias. Digamos que alguien apuesta cinco pavos en una pelea. En realidad está arriesgando cuatro y medio: los cincuenta centavos restantes se los lleva el corredor. Y a este le trae sin cuidado quién gane; solo quiere que cuadren las cuentas para poder pagar a los ganadores con la pasta de los perdedores. Pero yo no soy un corredor de verdad. Los chavales de Wallingford quieren apostar por tonterías, por cosas que podrían no suceder nunca. Como si el dinero les quemara en el bolsillo. Por eso a veces hago los cálculos como es debido (como un corredor de verdad) y otras me arriesgo a hacerlos a mi manera, con la esperanza de poder quedarme con todo y no terminar con una deuda que no puedo pagar. Se podría decir que yo también estoy apostando.

—Recuerda —le digo—. Solo en efectivo. Nada de tarjetas de crédito ni de relojes.

Sam pone los ojos en blanco.

—¿Me estás diciendo que hay alumnos que creen que tienes una terminal de venta en este cuarto?

—No —contesto—. Lo que harán será intentar convencerte de que uses su tarjeta para hacer compras por el valor de lo que te deben. Ni se te ocurra. Parecería que les has birlado la tarjeta. Y eso es exactamente lo que les dirán luego a sus padres, hazme caso.

Sam titubea.

—Vale —dice finalmente.

—Bien. Encima de la mesa hay un sobre nuevo. No te olvides de anotarlo todo. —Sé que me estoy poniendo pesado, pero no puedo contarle que necesito lo que gano con esto. No resulta fácil estudiar en un colegio como este sin dinero. Yo soy el único alumno de diecisiete años que no tiene coche propio en Wallingford.

Le hago un gesto para que me devuelva el cuaderno.

Mientras lo estoy pegando en su sitio con cinta adhesiva, llaman enérgicamente a la puerta. Casi me caigo de la silla. Sin darme tiempo a decir nada, la puerta se abre y entra el supervisor de nuestra residencia. Me mira como si esperara encontrarme preparando una cuerda para ahorcarme.

Bajo de la silla de un salto.

—Solo estaba...

—Gracias por bajarme la mochila —se adelanta Sam.

—Samuel Yu —dice el señor Valerio—. Yo diría que ya ha terminado la hora del desayuno y que han empezado las clases.

—Apuesto a que tiene razón —dice Sam, lanzándome una sonrisa cómplice.

Si quisiera, podría timar a Sam. Y lo haría justo así: le pediría ayuda y le ofrecería un pequeño beneficio a cambio. Al final me embolsaría un buen pellizco del dinero de sus padres. Podría estafar a Sam, pero no lo voy a hacer.

De verdad que no.

Cuando Sam sale y cierra la puerta, Valerio se vuelve hacia mí.

—Su hermano no podrá venir hasta mañana por la mañana, así que tendrá que asistir a las clases con los demás estudiantes. Todavía no hemos decidido dónde dormirá esta noche.

—Siempre queda el recurso de atarme a la cama.

A Valerio no parece hacerle gracia.

Mi madre me explicó las claves de un buen timo más o menos en la misma época en que me contó cómo funcionan los maleficios. Ella usa los maleficios para conseguir lo que quiere, y los timos, para salir impune. Yo no puedo hacer que la gente ame u odie instantáneamente, como ella. Tampoco puedo ponerles su propio cuerpo en contra, como Philip, ni arrebatarles la suerte, como Barron, mi otro hermano. Pero no hace falta ser un obrador de maleficios para ser un estafador.

Para mí, los maleficios sirven como apoyo, pero el engaño lo es todo.

Fue mi madre quien me enseñó que, si quieres desplumar a alguien (ya sea con magia y astucia o solamente con astucia), tienes que conocer a tu víctima mejor que ella misma.

Lo primero que tienes que hacer es ganarte su confianza. Deslumbrarla. Asegurarte de que se crea más lista que tú. Y entonces le propones algo atractivo, una ganga (tú mismo o, si es posible, un compinche).

Haces que tu víctima consiga beneficios la primera vez. A esto, en el mundillo, se lo llama «persuasor». Cuando se vea con dinero en el bolsillo y sin ninguna traba, bajará la guardia.

En la segunda fase, subes las apuestas: el gran golpe, el premio gordo. Para mi madre, este paso es pan comido. Una obradora de las emociones puede lograr que cualquier persona confíe en ella. Sin embargo, es importante no saltarse ninguna fase. Así, más tarde, cuando la víctima reflexione sobre lo sucedido, no podrá deducir que mi madre le ha echado un maleficio.

Después de eso solo quedan el escaqueo y la huida.

Para ser un timador tienes que creerte más listo que nadie, pensar que lo tienes todo bajo control. Que puedes hacer cualquier cosa y salir impune. Que puedes burlar a cualquiera.

Ojalá pudiera decir que nunca se me pasa por la cabeza engañar a la gente con la que trato. Pero lo que me diferencia de mi madre es que yo no me miento a mí mismo.

Capítulo dos

Tengo el tiempo justo para ponerme el uniforme e ir corriendo a clase de Francés; hace rato que ha terminado la hora del desayuno. Mientras dejo los libros en el pupitre, se enciende el televisor de Wallingford y Sadie Flores anuncia que durante la sesión de actividades de hoy el club de Latín va a celebrar una venta de dulces para financiar la construcción de una pequeña gruta al aire libre; además, el equipo de rugby tendrá una reunión dentro del gimnasio. Consigo aguantar el tipo clase tras clase hasta que finalmente me quedo frito en Historia. Me despierto con un sobresalto y la manga de la camisa babeada, mientras el señor Lewis pregunta:

—¿En qué año entró en vigor la prohibición, señor Sharpe?

—En 1929 —farfullo—. Nueve años después de la aprobación de la ley seca. Justo antes del desplome de la bolsa.

—Muy bien —contesta a regañadientes—. ¿Y sabría decirme por qué la prohibición no ha sido revocada, a diferencia de lo que ocurrió con la ley seca?

Me limpio la boca con la manga. El dolor de cabeza no ha remitido en absoluto.

—Eh... ¿porque la gente puede conseguir maleficios en el mercado negro?

Se oyen un par de risas, pero al señor Lewis no le hace gracia. Señala la pizarra, donde ha anotado con tiza un revoltijo de motivos. Distingo algo sobre las iniciativas económicas y un acuerdo comercial con la Unión Europea.

—Es usted capaz de hacer muchas cosas mientras duerme, señor Sharpe, pero prestar atención a mis explicaciones no es una de ellas.

Todos se parten de risa. Aguanto despierto el resto de la clase, aunque tengo que clavarme el boli varias veces para no dormirme.

Vuelvo a mi habitación y duermo durante la hora de tutoría (esa en la que los profesores te ayudan con las clases que peor llevas), la clase de atletismo y la reunión del club de debate. Me despierto en medio de la hora de la cena; siento que el ritmo de mi vida normal se desvanece y no sé cómo recuperarlo.

El colegio privado de educación secundaria Wallingford se parece mucho a como me lo imaginé cuando mi hermano Barron trajo el folleto. El césped no es tan verde y los edificios son algo más pequeños, pero tiene una biblioteca imponente y todo el mundo cena con la chaqueta puesta. Hay dos tipos de alumnos en Wallingford. Para unos, el colegio privado es un billete de entrada a una universidad de prestigio. A los otros los han expulsado de la pública y están gastando el dinero de sus padres para evitar la alternativa, un centro para delincuentes juveniles.

Wallingford no es precisamente Choate o la academia Deerfield, pero me admitieron a pesar de mis vínculos con los Zacharov. Barron creyó que el colegio me enseñaría disciplina. Adiós a la casa desastrosa. Adiós al caos. Y me ha ido bien. De hecho, mi incapacidad para obrar maleficios aquí supone una ventaja. Es la primera vez que me beneficia en algo. Y sin embargo, soy consciente de mi preocupante tendencia a meterme en todos los líos que esta nueva vida debería ahorrarme. Como organizar apuestas cuando me hace falta pasta. Parece que lo de sacar tajada de todo es superior a mis fuerzas.

Las paredes del comedor están revestidas de paneles de madera, y el techo alto y abovedado hace eco. Hay retratos de destacados directores y, por supuesto, del propio coronel Wallingford, fundador de la escuela privada Wallingford y asesinado por un maleficio un año antes de que la prohibición entrara en vigor. El coronel me fulmina con la mirada desde su marco dorado.

Las gastadas losas de mármol resuenan bajo mis pies. Frunzo el ceño cuando las voces que me rodean se funden en un zumbido monótono que hace que me piten los oídos. Mientras empujo la puerta de la cocina, noto las manos húmedas: el forro de algodón de los guantes está empapado en sudor.

Miro a mi alrededor instintivamente por si veo a Audrey. No está aquí, pero tampoco debería haberla buscado. Tengo que ignorarla lo justo para que ella piense que me da igual, pero no demasiado. Si me paso, también se dará cuenta.

Sobre todo hoy, con lo desorientado que estoy.

—Llegas tarde —me dice una de las trabajadoras del servicio de comidas sin levantar la vista de la encimera que está fregando. Hace tiempo que llegó a la edad de jubilación (es tan vieja como mi abuelo, o puede que más). Por el gorro de plástico se le escapan algunos bucles de su permanente—. Ya ha pasado la hora de la cena.

—Sí. Lo siento —mascullo.

—Y hemos guardado la comida. —Me mira y levanta las manos enguantadas—. Ya debe estar fría.

—Me gusta la comida fría. —Le dedico mi mejor sonrisa inocente.

Sacude la cabeza.

—Me gustan los chicos que tienen apetito. Estáis todos muy flacos y en las revistas dicen que os matáis de hambre como las chicas.

—Yo no —me defiendo. El rugido de mi estómago consigue arrancarle una carcajada.

—Ve a sentarte, que ya te alcanzo una bandeja. Y llévate unas galletas de ahí. —Ahora que ha concluido que soy un pobre niño famélico, parece disfrutar mimándome.

A diferencia de casi todos los comedores escolares, el de Wallingford sirve buena comida. Las galletas están oscuras por la melaza y tienen el toque picante del jengibre. Y cuando me traen los espaguetis tibios, noto el regusto a chorizo de la salsa. Mientras la rebaño con un trozo de pan, Daneca Wasserman se acerca a mi mesa.

—¿Me puedo sentar? —me pregunta. Echo un vistazo al reloj de la pared.

—La hora de estudio empieza enseguida. —Su mata de rizos castaños, recogida hacia atrás con una diadema de sándalo, parece enmarañada. Me fijo en la bandolera de cáñamo que lleva colgada del hombro; está tachonada de chapas con eslóganes como FUNCIONO CON TOFU, NO A LA PROPUESTA 2 y LOS OBRADORES TIENEN DERECHOS.

—Te has saltado la clase de debate —me dice.

—Sí. —No me gusta evitar a Daneca ni ser borde con ella, pero llevo haciéndolo desde que llegué a Wallingford. Y al ser amiga de mi compañero de cuarto, me cuesta más darle esquinazo.

—Mi madre quiere hablar contigo. Dice que lo que has hecho es un grito de socorro.

—Y tanto —contesto—. Por eso grité: «¡Socorrooooo!». Me gusta ir al grano.

Suelta un gruñido de impaciencia. La familia de Daneca es cofundadora de HEX*, un grupo activista que quiere volver a legalizar a los obradores (principalmente, para poder castigar con más eficacia los maleficios más graves). Su madre salió por la tele una vez, sentada en su despacho de su gran casa de ladrillo de Princeton, con el frondoso jardín al fondo, tras la ventana. La señora Wasserman

---

* *Hex* es una palabra inglesa de origen germánico que significa «maleficio», pero con una connotación menos agresiva y más pasajera que *curse*.

afirmó que, más allá de lo que diga la ley, no hay ni una sola boda ni un bautizo en los que no haya un obrador de la suerte, y que esa clase de obras son algo positivo. Según ella, al impedir que puedan usar sus dones de manera legal, solo estamos beneficiando a las mafias. Incluso reconoció que ella misma era una obradora. Fue un discurso impresionante. Y peligroso.

—Mi madre siempre está tratando con familias de obradores —insiste Daneca—. Y conoce los problemas que afrontan sus hijos.

—Ya lo sé, Daneca. Mira, el curso pasado no quise apuntarme a tu club de HEX. Y ahora tampoco quiero meterme en esos líos. No soy obrador y me trae sin cuidado que tú lo seas o no. Búscate a otro a quien reclutar, rescatar o lo que sea que intentes hacer conmigo. Y no quiero que me presentes a tu madre.

Titubea.

—Yo no soy obradora. De verdad. Solo porque quiera...

—Lo que tú digas. Ya te he dicho que me da igual.

—¿Te da igual que en Corea del Sur los ejecuten? ¿Te da igual que en Estados Unidos no les quede más remedio que trabajar prácticamente como esclavos de las familias mafiosas? ¿Te da igual todo eso?

—Sí, me da igual.

Valerio se acerca desde el otro lado del comedor. Su presencia basta para que Daneca decida que no vale la pena arriesgarse a una sanción por no estar donde debería. Se lleva la mano a la bandolera y se marcha lanzándome una última mirada. La mezcla de decepción y desprecio que veo en sus ojos me escuece.

Me meto en la boca un buen trozo de pan mojado en salsa y me levanto.

—Enhorabuena, señor Sharpe. Esta noche dormirá en su habitación.

Asiento mientras mastico. Si la noche transcurre sin incidentes, a lo mejor se plantean dejar que me quede.

—Pero quiero que sepa que el decano Wharton me ha prestado a su perra. Dormirá en el pasillo y se pondrá a ladrar como una condenada si se le ocurre dar otro paseo nocturno de los suyos. Más le vale que no lo vea fuera de su cuarto, ni siquiera para ir al servicio. ¿Entendido?

Trago el bocado.

—Sí, señor.

—Será mejor que vuelva y se dedique a sus deberes.

—Claro —contesto—. Desde luego, señor. Gracias.

Pocas veces salgo del comedor a solas. Por encima de los árboles cuyas hojas tienen el color verde claro de los nuevos retoños, los murciélagos surcan el cielo todavía iluminado. Huele a hierba aplastada y a humo: están quemando las hojas húmedas y descompuestas del invierno.

Encuentro a Sam sentado ante su mesa, de espaldas a la puerta, con los auriculares puestos y la cabeza gacha mientras hace garabatos en su libro de Física. Apenas levanta la mirada cuando me dejo caer en la cama. Por la noche tenemos tres horas de deberes, y la clase de estudio de las tardes solo dura dos horas; si no quieres pasarte el descanso de las nueve y media tirándote de los pelos, hay que empollar. ¿Ese dibujo de una chica zombi de ojos saltones devorándole los sesos a James Page, un capullo de último curso, formará parte de los deberes de Sam? Si es así, su profe de Física debe de ser la hostia.

Saco los libros de la mochila y me pongo con los problemas de Trigonometría, pero mientras el lápiz rasca la página del cuaderno, caigo en la cuenta de que apenas me acuerdo de lo que hemos visto en clase, así que no puedo resolverlos. Empujo los libros contra la almohada y decido leer el capítulo que nos han encargado en clase de Mitología, un retorcido enredo de la familia olímpica con Zeus como protagonista. Su esposa Hera engaña a Sémele, la amante embarazada de su marido, para que le pida al dios que se muestre ante ella en toda su divina gloria. Aunque sabe que eso la matará, Zeus decide lucirse frente a Sémele. Minutos más tarde, Zeus le saca del útero abrasado al bebé, Dioniso, y se lo cose a su propia pierna. No me extraña que Dioniso se diera a la bebida. Justo cuando llego a la parte en que disfrazan a Dioniso de niña (para que Hera no lo encuentre), Kyle aporrea el marco de la puerta.

—¿Qué pasa? —dice Sam mientras se quita un auricular y se gira.

—Teléfono —responde Kyle, mirándome—. Es para ti.

Me imagino que, antes de que todo el mundo tuviera su propio teléfono móvil, la única manera que tenían los alumnos de llamar a casa era ir guardando las monedas de veinticinco centavos para el viejo teléfono público que hay al fondo de cada pasillo de la residencia. A pesar de las ocasionales bromas telefónicas en plena noche, Wallingford no los ha quitado. Todavía se usan de vez en cuando, sobre todo para que los padres se comuniquen con sus hijos cuando se quedan sin batería o no responden a sus mensajes. O cuando llaman desde la cárcel, como mi madre.

Me llevo a la oreja el pesado auricular negro.

—¿Diga?

—Qué decepción —dice mi madre—. Esa escuela te está reblandeciendo el cerebro. ¿Qué hacías subido al tejado?

En teoría, mi madre no debería ser capaz de llamar a un teléfono público desde la cárcel, pero se le ocurrió una solución. Primero llama a mi cuñada a cobro revertido y luego Maura organiza una llamada a tres vías con quien mi madre necesite. Sus abogados. Philip. Barron. O yo.

Por supuesto, mi madre podría llamarme al móvil, pero está convencida de que alguna agencia fisgona y turbia del gobierno tiene pinchados todos los teléfonos móviles, así que procura evitarlas.

—Estoy bien —contesto—. Gracias por preguntar.

Su voz me recuerda que Philip vendrá a buscarme por la mañana. Por un momento fantaseo con que mi hermano pasa por completo de venir y todo el asunto queda en nada.

—¿Preguntar? ¡Soy tu madre! ¡Debería estar contigo! Qué injusto que yo tenga que estar aquí enjaulada mientras tú te paseas por los tejados y te metes en la clase de líos que nunca habrías tenido si tuvieras una familia estable, con una madre esperándote en casa. Y mira que se lo dije al juez. Le dije que, si me encerraba, pasaría esto. Bueno, no esto exactamente, pero nadie podrá decir que no se lo advertí.

A mi madre le encanta hablar. Le gusta tanto hablar que podrías pasarte la conversación entera murmurando «mmm» y «ah», sin pronunciar una sola palabra más. Sobre todo ahora que está tan lejos y, aunque esté cabreada, no puede tocarte la piel para hacerte llorar de puro arrepentimiento.

Los obradores de las emociones pueden ser muy poderosos.

—Escúchame —me dice—. Te vas a quedar en casa de Philip. Al menos así estarás con los nuestros. Estarás a salvo.

Con los nuestros. Los obradores. El problema es que yo no lo soy. Soy el único de toda la familia que no lo es. Envuelvo el auricular con la mano para que nadie más me oiga.

—¿Corro peligro o qué?

—Claro que no. No digas tonterías. Aquel conde me escribió una carta preciosa, ¿sabes? Quiere llevarme de crucero cuando salga de aquí. ¿Qué te parece? Deberías venir. Le diré que eres mi ayudante.

Sonrío. Mi madre puede sea terrorífica y manipuladora, pero me quiere.

—Vale, mamá.

—¿En serio? Ay, cielo, qué alegría. Todo esto es tan injusto... No puedo creer que me separaran de mis niños cuando más me necesitan. He hablado con mis abogados y van a solucionar este asunto. Les he dicho que me necesitáis. Pero sería de gran ayuda que les escribieras una carta.

Tengo claro que no lo voy a hacer.

—Tengo que irme, mamá. Estoy en la hora de estudio, no debería estar hablando por teléfono.

—Oh, déjame hablar con ese supervisor tuyo. ¿Cómo se llamaba? ¿Valerie?

—Valerio.

—Dile que se ponga. Yo se lo explico todo. Seguro que es muy majo.

—Tengo que irme, de verdad. Tengo deberes.

Oigo su risa y luego un ruido: está encendiendo un cigarrillo. Oigo la inhalación y el leve chisporroteo del papel quemado.

—¿Por qué? Ya no pintas nada en ese colegio.

—Si no hago los deberes, desde luego.

—¿Sabes lo que te pasa, cielo? Que te tomas las cosas demasiado en serio. Como eres el benjamín de la familia... —Me la imagino sumida en sus teorías, agitando el dedo en el aire para mayor énfasis y apoyada en la pared de bloques de hormigón pintado de la cárcel.

—Adiós, mamá.

—Quédate con tus hermanos —dice, bajando la voz—. Cuídate.

—Adiós, mamá —repito antes de colgar. Noto tensión en el pecho.

Me quedo en el pasillo unos instantes, hasta que llega el descanso y todo el mundo desfila hacia la sala de estar de la primera planta.

Rahul Pathak y Jeremy Fletcher-Fiske, los otros dos jugadores de fútbol de tercero que viven en la residencia, me saludan desde el sofá de rayas en el que están repantigados. Les devuelvo el saludo mientras vierto un sobre de chocolate en polvo en una taza grande de café. Creo que en teoría el café es solo para el personal de la residencia, pero todos lo bebemos sin que nadie diga nada.

Cuando me siento, Jeremy hace una mueca.

—¿Has pillado el hachebegé?

—Sí, me lo ha pegado tu madre —replico sin alterarme. HBG es la abreviatura de un término médico muy enrevesado para referirse a los obradores, de ahí lo de «hachebegé».

—Venga ya —dice—. Ahora en serio, quiero proponerte una cosa. Necesito que me consigas a alguien que pueda obrar a mi novia y conseguir que se ponga cachonda en el baile de graduación. Te pagaremos.

—No conozco a nadie que pueda hacer eso.

—Claro que sí —insiste Jeremy mirándome fijamente, como si estuviera por encima de mí y no se explicara por qué tiene que esforzarse por persuadirme. Debería ser un honor poder ayudarlo. Para eso estoy—. Se quitará los amuletos y todo. Ella también quiere.

Me pregunto cuánto estaría dispuesto a pagar. Seguro que no lo suficiente para sacarme de apuros.

—Lo siento, no puedo hacer nada. —Rahul saca un sobre del bolsillo interior de su chaqueta y me lo tiende—. Mira, ya he dicho que no puedo —repito—. No puedo, ¿vale?

—No, no es eso —contesta él—. Es que he visto al ratón. Estoy segurísimo de que iba directo hacia una de esas trampas de pegamento. Antes de mañana la habrá palmado. —Hace el gesto de cortarse la garganta con el dedo—. Apuesto cincuenta dólares al pegamento.

Jeremy frunce el ceño, como si no quisiera tirar la toalla todavía, pero tampoco sabe cómo reconducir la conversación.

Me guardo el sobre en el bolsillo y me obligo a relajarme.

—Espero que te equivoques. —Cuando vuelva a la habitación, tendré que decirle a Sam que apunte la cantidad y el concepto de la apuesta. Así podrá ir practicando—. Ese ratón es el alma del negocio.

—Claro, porque tú solo quieres sacarnos pasta —dice Rahul, aunque sonriendo.

Me encojo de hombros. Es mejor no responder a eso.

—Apuesto a que se arranca una pata a mordiscos y se escapa —dice Jeremy—. Ese bicho es un superviviente nato.

—Pues hazlo —dice Rahul—. A ver la pasta.

—No llevo dinero encima —dice Jeremy, vaciándose exageradamente los bolsillos.

Rahul se echa a reír.

—Yo te lo presto.

El café moca me abrasa la garganta. No soporto esta conversación.

—Si tenéis que cobrar, que sepáis que he dejado a Sam a cargo.

Dejan de negociar y buscan a Sam con la mirada. Está al otro lado de la sala, delante de una torre de hojas de papel cuadriculado, pintando una miniatura de plomo. A su lado, Jill Pearson-White lanza unos dados con más caras de lo normal y levanta el puño con gesto triunfal.

—¿Vas a darle nuestro dinero a ese? —pregunta Rahul.

—Me fío de él —contesto—. Y vosotros os fiais de mí.

—¿Seguro? Anoche te pusiste en plan *Alguien voló sobre el nido del cuco*. —La nueva novia de Jeremy está en el club de teatro; se nota por las referencias cinematográficas—. ¿Y ahora te vas a largar una temporada?

A pesar del café que me corre por las venas y la larga siesta de la tarde, estoy cansado. Y también harto de tener que explicar lo del sonambulismo. Además, nadie se lo traga.

—Es algo personal —digo, antes de palpar el sobre que asoma de mi bolsillo—. Pero este es un asunto profesional.

Por la noche, mientras miro el techo desde la cama en la habitación a oscuras, empiezo a dudar de que el azúcar y la cafeína que he engullido vayan a ser suficientes. Si vuelvo a caminar en sueños, ya puedo despedirme para siempre de Wallingford, así que no quiero correr el menor riesgo de dormirme. Oigo a la perra al otro lado de la puerta, arañando el suelo de madera antes de volver a tumbarse en el pasillo con un ruido sordo.

No dejo de pensar en Philip. No dejo de pensar en que, a diferencia de Barron, Philip no ha vuelto a mirarme a los ojos desde los catorce años. Ni siquiera me deja jugar con su hijo. Y ahora voy a tener que vivir en su casa hasta que me las pueda arreglar para volver al colegio.

—Oye —dice Sam desde la otra cama—. Da muy mal rollo verte mirando el techo así. Pareces un muerto. Ni pestañeas.

—Sí pestañeo —protesto en voz baja—. Es que no quiero quedarme dormido.

Sam rueda hasta ponerse de lado, revolviendo las sábanas.

—¿Por qué? ¿Te da miedo volver a...?

—Sí —contesto.

—Ah.

Menos mal que está oscuro y no veo su expresión.

—¿Y si hubieras hecho algo tan terrible que no quisieras volver a ver a ninguna de las personas que lo saben? —Hablo tan bajo que ni siquiera estoy seguro de que me haya oído. No sé por qué lo he dicho. Jamás hablo de estas cosas, y menos con Sam.

—Entonces, ¿es verdad que intentabas suicidarte?

Debería haberlo visto venir, pero no.

—No —contesto—. Te aseguro que no.

Me imagino a Sam barajando las posibles respuestas. Ojalá no se lo hubiera preguntado.

—Vale. Y esa cosa tan terrible... ¿por qué la hice? —pregunta finalmente.

—No lo sabes.

—No tiene sentido. ¿Cómo no lo voy a saber?

La conversación me recuerda a uno de los juegos de rol de Sam. «Llegas a un cruce de caminos: ves un sendero tortuoso que se adentra en las montañas y una carretera ancha que parece conducir a la ciudad. ¿Por dónde vas?». Como si yo fuera un personaje al que estuviera intentando controlar, pero no le gustaran las reglas de juego.

—No lo sabes. Eso es lo peor de todo. Estás convencido de que tú nunca harías algo así. Pero lo hiciste. —A mí tampoco me gustan las reglas.

Sam vuelve a recostarse en la almohada.

—Pues supongo que empezaría por ahí. Tiene que haber un motivo. Si no averiguas por qué lo hiciste, seguramente volverás a hacerlo.

Me quedo mirando la oscuridad. Ojalá no estuviera tan cansado.

—Me cuesta ser una buena persona —le digo—. Porque ya sé que no lo soy.

—A veces no sé si estás mintiendo o no.

—Yo nunca miento —miento.

Después de haber pasado toda la noche en vela, por la mañana estoy hecho polvo. Valerio aporrea la puerta y le abro, recién salido de una ducha fría que me ha espabilado lo justo para ser capaz de vestirme. Parece aliviado de encontrarme con vida y en mi cuarto. A Valerio lo acompaña mi hermano Philip. Lleva sus carísimas gafas de sol espejadas sobre el cabello engominado y peinado hacia atrás. En su muñeca centellea un reloj de oro. Su tez oscura hace que los dientes parezcan más blancos cuando sonríe.

—Señor Sharpe, el consejo de administración ha hablado con el departamento jurídico del colegio. Me han pedido que le comunique que, si desea regresar al colegio, tendrá que someterse a una evaluación médica que confirme que no volverá a repetirse nada parecido al incidente de anteanoche. ¿Ha comprendido?

Abro la boca para contestar, pero mi hermano me pone la mano enguantada en el brazo para hacerme callar.

—¿Listo? —me pregunta sin dejar de sonreír.

Niego con la cabeza y señalo la ausencia de equipaje, los libros escolares desperdigados y la cama deshecha. Al final Philip ha venido, es verdad, pero también podría haberme preguntado cómo estoy. Casi me caigo de un tejado. Está claro que me pasa algo raro.

—¿Te echo una mano? —me dice Philip. Me pregunto si Valerio se dará cuenta de la tensión que hay en su voz. En la familia Sharpe, lo peor que puedes hacer es mostrarte vulnerable delante de una víctima. Es decir, delante de todo aquel que no pertenezca a la familia.

—No hace falta —contesto mientras saco del armario una bolsa de lona.

Philip se vuelve hacia Valerio.

—Le agradezco mucho que haya cuidado de mi hermano.

El supervisor de la residencia se sorprende tanto que por un momento parece quedarse sin palabras. No creo que mucha gente considere que llamar a los bomberos para que bajen del tejado a un chaval equivalga a «cuidar» de él.

—Nos quedamos impactados cuando...

—Lo importante es que se encuentra bien —lo interrumpe Philip sin inmutarse.

Pongo los ojos en blanco mientras meto algunas cosas en la bolsa (ropa sucia, el iPod, algunos libros, los deberes, mi gatito de cristal y una memoria USB en la que guardo todos mis trabajos del colegio) y procuro ignorar su conversación. Solo voy a estar fuera un par de días. No me harán falta muchas cosas.

Mientras nos dirigimos al coche, Philip se vuelve hacia mí.

—¿Cómo has podido ser tan imbécil?

Me encojo de hombros. Sus palabras me duelen más de lo que me gustaría.

—Pensaba que ya lo había superado.

Philip saca el llavero y pulsa el mando a distancia de su Mercedes. Subo al asiento del copiloto, después de barrer con la mano varios vasos de café vacíos que caen a la alfombrilla; unas hojas arrugadas con itinerarios de MapQuest absorben los restos del líquido derramado.

—Espero que te refieras al sonambulismo —responde Philip—. Porque está claro que la imbecilidad no la has superado.

Capítulo tres

Paseo las coles de Bruselas por el plato mientras mi sobrino chilla en la sillita alta hasta que Maura, la mujer de Philip, le da un cachivache de plástico traslúcido para que lo mordisquee. Maura tiene unas ojeras tan profundas que parecen moretones. Parece una anciana, aunque solo tiene veintiún años.

—Te he dejado unas mantas en el sofá cama del despacho —me informa. Detrás de ella veo los armarios con salpicaduras de grasa y la encimera laminada sembrada de papeles. Quiero decirle que ya tiene bastante como para preocuparse también por mí.

—Gracias —contesto. Al fin y al cabo, las mantas ya están en el despacho y no quiero parecer un desagradecido rechazando la hospitalidad de Philip.

Por ejemplo, no quiero señalar que hace un calor excesivo en la cocina, casi asfixiante. Me recuerda a las fiestas familiares, cuando el horno ha estado encendido todo el día. Entonces me acuerdo de mi padre sentado a la mesa, fumando uno de esos puritos finos y alargados que le teñían de amarillo las yemas de los dedos, mientras el pavo se hacía en el horno. A veces, cuando tengo un mal día y lo echo más de menos, compro unos puritos y los dejo encendidos en el cenicero hasta que se consumen.

Pero ahora mismo lo único que añoro es el colegio y la persona que fingía ser allí.

—Mañana vendrá el abuelo —me informa Philip—. Quiere que lo ayudes a vaciar la casa vieja. Dice que quiere tenerlo todo preparado para cuando salga mamá.

—No creo que a mamá le haga gracia —replico—. No le gusta que hurguen en sus cosas.

Philip suspira.

—Eso se lo explicas al abuelo.

—No quiero ir —insisto.

Philip se refiere a la casa en la que crecimos, un edificio grande, viejo y repleto de todo lo que nuestros padres acumulaban. No había mercadillo de segunda mano al que no saquearan cuando cruzaban el país de timo en timo, mientras nosotros tres pasábamos el verano en Pine Barrens con el abuelo. Cuando murió papá, la montaña de basura ya era tan alta que era como si hubiera túneles en lugar de habitaciones.

—Pues no vayas —me espeta Philip. Por un momento tengo la impresión de que va a mirarme a los ojos, pero se conforma con el cuello de mi camisa—. Mamá siempre ha sabido cuidarse sola. Dudo de que vuelva a ese vertedero cuando termine de cumplir la condena.

Mi madre y Philip no se hablan desde el juicio, cuando mi hermano no tuvo más remedio que intimidar a varios testigos para ayudar a colaborar con los abogados defensores. Philip es un obrador físico, un obrador del cuerpo, capaz de partirte una pierna con solo rozarte con el dedo meñique. Creo que él aún no le ha perdonado que la condenaran a pesar de sus esfuerzos.

Además, la reacción lo dejó hecho polvo.

Suspiro. No hemos dicho nada sobre lo que voy a hacer si no me quedo con el abuelo. Dudo mucho de que Philip quiera que me mude a su casa.

—Dile al abuelo que solo seré su criado hasta que vuelva al colegio. Una semana como mucho.

—Díselo tú —replica Philip.

Maura se cruza de brazos. Es tan raro verle las manos desnudas que me resulta casi embarazoso. Mi madre detestaba que lleváramos guantes en casa; decía que en la familia tenía que haber confianza. Supongo que Philip piensa lo mismo. O algo parecido.

Pero la cosa cambia cuando las manos no son de un pariente consanguíneo, aunque se trate de mi cuñada. Me obligo a fijar la mirada en su cuello.

—No dejes que Philip te obligue a quedarte en ese sitio espeluznante —me dice Maura.

—¡Es la casa familiar! —Philip se levanta y saca una cerveza de la nevera—. Además, no soy yo quien quiere que vaya.

Abre la cerveza, bebe un largo trago y se desabrocha el cuello de la camisa blanca, dejando ver el collar de escarificaciones, los cortes que le hizo su padrino en la garganta para simbolizar el fin de su vida anterior, antes de frotar ceniza en las heridas para dejar una larga hilera de cicatrices abultadas. Parece que tuviera un gusano de color carne enroscado sobre las clavículas. Todos los obradores mafiosos de cierto rango las tienen. Es igual que la rosa tatuada sobre el corazón que indica que perteneces a la *bratva* rusa o las perlas que los *yakuza* se introducen bajo la piel del pene por cada año que pasan en la cárcel. A Philip le hicieron el collar hace tres años; ahora no tiene más que aflojarse el cuello de la camisa para asustar a cualquiera.

A mí, no.

Las seis grandes familias de obradores se adueñaron del poder en toda la costa este en los años treinta, y desde entonces no lo han soltado. Los Nonomura. Los Goldbloom. Los Volpe. Los Rice. Los Brennan. Los Zacharov. Entre ellos lo controlan todo. Los amuletos baratos (y seguramente falsos) que puedes encontrar en cualquier tienda, al lado de los mecheros. Las tarotistas de los centros comerciales, que ofrecen pequeños maleficios por veinte dólares más. Incluso las agresiones y los asesinatos que encargan quienes pueden permitírselo y saben a quién pagar. Y mi hermano es una de esas personas a las que les pagas, como lo fue mi abuelo.

Con aire soñador, Maura se vuelve y mira por la ventana la parcela de césped prácticamente seco que hay al otro lado.

—¿Oís la música? Viene de fuera.

—Cassel quiere mudarse a la casa vieja —dice Philip, lanzándome una breve y fulminante mirada—. Y no se oye ninguna música, Maura. No se oye nada, ¿vale?

Maura tararea en voz baja mientras empieza a recoger los platos.

—¿Estás bien? —le pregunto.

—No le pasa nada —contesta Philip—. Solo está cansada. Se cansa con facilidad.

—Me voy a hacer los deberes —anuncio. Al ver que nadie me lo impide, subo al despacho que Philip tiene en el desván. En el sofá cama hay sábanas limpias, y las mantas que me prometieron están amontonadas en un extremo; las han lavado hace muy poco y todavía huelen a detergente. Me siento en la silla de cuero, la giro hacia el escritorio y enciendo el ordenador.

El monitor cobra vida y me muestra un fondo de pantalla repleto de carpetas. Abro el navegador y consulto mi correo electrónico. Audrey me ha enviado un mensaje.

Clico tan deprisa que se abre dos veces.

Preocupada x ti. Eso es todo. Ni siquiera lo ha firmado.

Conocí a Audrey en mi primer año en Wallingford. Solía sentarse encima del muro de cemento del aparcamiento a la hora del almuerzo, para leer viejas novelas de bolsillo de Tanith Lee mientras bebía café. En una ocasión la encontré leyendo *Don't Bite the Sun.* Yo también lo había leído: me lo había prestado Lila. Le dije a Audrey que me había gustado más *Sabella.*

«Porque eres un romántico», me dijo. «Los tíos sois unos románticos. Sí, en serio. Las chicas somos más pragmáticas».

«No es verdad», repliqué. Pero cuando empezamos a salir, más de una vez sospeché que tenía razón.

Tardo veinte minutos en escribir la respuesta:

M voy a ksa toda la semana. M la voy a pasar viendo la tele. Espero que el mensaje transmita la dosis adecuada de indiferencia; desde luego, me ha llevado un buen rato fingirla.

Finalmente envío el correo y suelto un gemido, sintiéndome imbécil otra vez.

El resto de mis correos son *spam*, enlaces al vídeo en el que apa-
rezco colgado del tejado de Smythe Hall (alguien ya lo ha subido a
YouTube) y algunos mensajes de los profesores, que me envían los
deberes de la semana. Me lo tomo como una señal de que todavía
tengo posibilidades de regresar a Wallingford, a pesar del susodicho
vídeo. También tengo que acabar los deberes de anoche, pero antes
de eso necesito averiguar cómo convencer al colegio de que se olvide
del incidente del tejado. Después de buscar un rato en Google, encuentro a dos especialistas en trastornos del sueño que tienen la consulta bastante cerca, a una hora en coche. Imprimo las direcciones y
guardo los logotipos como .jpg en la memoria USB. Por algo se empieza. Estoy convencido de que ningún médico va a poner en peligro
su reputación al garantizar que no voy a volver a sufrir otro episodio
de sonambulismo, pero eso tiene arreglo.

Me vengo tan arriba que decido intentar escaquearme del plan
de limpieza del abuelo. Llamo al móvil de Barron. Responde al segundo tono; está jadeando.

—¿Te pillo liado? —le pregunto.

—No cuando mi hermano casi se estampa contra el suelo. ¿Qué
te pasó?

—Tuve un sueño raro y me puse a caminar mientras dormía otra
vez. No fue nada, pero ahora estoy a merced de Philip hasta que el
colegio se asegure de que no tengo intención de suicidarme. —Suspiro. Barron y yo nos llevábamos fatal de niños, pero ahora es prácticamente la única persona de mi familia con la que puedo hablar.

—¿Philip te está fastidiando? —dice Barron.

—Digamos que, si me quedo aquí más tiempo, me voy a suicidar
de verdad.

—Lo importante es que estés bien —dice Barron. Aunque suena
algo condescendiente, me gusta que diga eso.

—¿Puedo mudarme contigo?

Barron estudia en Princeton para entrar en Derecho, lo que no deja de ser irónico, porque es un mentiroso compulsivo. Es uno de esos embusteros que se olvidan por completo de lo que te han contado la última vez, pero se cree todas sus mentiras con tanta convicción que a veces consigue convencerte a ti también. Seguramente no podría pasar más de treinta segundos en un juicio sin inventar algo delirante sobre su cliente.

—Tendría que preguntarle a mi compañera de cuarto —me responde—. Se ha echado novio, un embajador que siempre le envía un coche para llevarla a Nueva York. No creo que le apetezca más estrés.

¿Ves a qué me refería?

—Bueno, si pasa poco tiempo allí, a lo mejor no le importa. Y si no, puedo gorronearle el sofá a algún colega. —Puestos a exagerar, decido ir con todo—. O, en última instancia, siempre está la parada del autobús.

—¿Por qué no puedes quedarte con Philip?

—Va a endosarme al abuelo para limpiar la casa vieja. No lo ha dicho, pero no quiere que esté aquí.

—No te pongas paranoico —dice Barron—. Claro que quiere.

Si Barron estuviera en mi situación, Philip dejaría que se quedase.

Cuando yo tenía unos siete años y Philip trece, solía seguirlo por toda la casa, fingiendo que éramos superhéroes. Él era el héroe y yo el ayudante. Batman y Robin. Siempre fingía que me metía en apuros para que viniera a rescatarme. El viejo cajón de arena era un reloj de arena gigante en el que me estaba ahogando. En nuestra maltrecha piscina hinchable me perseguían unos tiburones. Lo llamaba una y otra vez, pero siempre era Barron el que terminaba acudiendo.

A los diez años, Barron ya era el verdadero ayudante de Philip, el que se hacía cargo de las cosas para las que Philip estaba demasiado ocupado. Como yo. Me pasé casi toda mi infancia envidiando a Barron. Quería ser él. Y me molestaba que Barron pudiera serlo antes que yo.

Más tarde comprendí que yo jamás sería Barron.

—Podría quedarme contigo un par de días —le digo.

—Ya, ya —responde, pero no es un compromiso. Es una evasiva—. Bueno, háblame de ese sueño tan loco que tuviste. ¿Por qué te subiste al tejado?

Resoplo.

—Una gata me había comido la lengua y quería recuperarla.

Él suelta una carcajada.

—Qué mente tan oscura tienes. La próxima vez deja que se lleve la lengua.

Odio que me llamen «chaval», pero no quiero discutir.

Nos despedimos. Conecto el móvil al cargador y el cargador al enchufe. Envío los deberes terminados por correo electrónico.

Maura entra en el despacho mientras curioseo las carpetas del ordenador de Philip. Hay muchas fotos de tías desnudas. Algunas están tumbadas quitándose unos largos guantes de terciopelo. Otras se acarician los pechos desnudos con las manos provocadoramente descubiertas. Cierro la última foto, en la que aparece un fulano con unos bombachos rarísimos y un pendiente de diamante enorme; Philip debe de haberse equivocado de carpeta. En el fondo todo es bastante insulso, no hay nada que me escandalice.

—Toma. —Maura tiene la mirada algo perdida. Me tiende una taza que huele a té de menta y me muestra dos pastillas—. Philip dice que tomes esto.

—¿Qué es?

—Te ayudará a descansar.

Me tomo las pastillas y bebo un trago de té.

—¿Qué os pasa a los dos? —me pregunta—. Philip se pone muy raro cuando vienes a casa.

—Nada —contesto, porque Maura me cae bien. No quiero contarle que seguramente Philip no quiere que yo esté a solas con su hijo ni con su mujer después de lo de Lila. Philip me vio la cara. Vio la sangre. Se deshizo del cuerpo. Yo, en su lugar, tampoco querría que estuviera aquí.

Me despierto en plena noche con unas ganas atroces de mear. Estoy tan atontado que al principio, mientras camino a trompicones por el pasillo enmoquetado, apenas me fijo en las voces que se oyen abajo. Cuando voy a tirar de la cadena, mi mano se queda paralizada sobre la palanca.

—¿Qué haces aquí? —le pregunta Philip a alguien.

—He venido en cuanto me he enterado. —La voz del abuelo es inconfundible. Vive en un pueblecito llamado Carney, en Pine Barrens, y se le ha pegado un poco el acento de allí (o a lo mejor ha ido recuperando el acento que tenía antes). Carney es como un cementerio: todo el mundo es propietario de su parcela y se ha construido una casa en ella. Prácticamente todos los vecinos son obradores, y casi ninguno tiene menos de sesenta años. Es el lugar al que se retiran para morir.

—Nosotros nos ocupamos de cuidarlo.

Me quedo desconcertado. ¿Estoy oyendo bien? Barron también está abajo. ¿Por qué no me ha dicho que iba a venir? Mi madre siempre me decía que Philip y Barron me ocultaban cosas porque yo era el hermano pequeño, pero yo sabía que en realidad lo hacían porque ellos eran obradores y yo no. Ni siquiera el abuelo me ha despertado para invitarme a la pequeña reunión.

Aunque yo sea de la familia, nunca dejaré de ser un intruso.

Tampoco me ayuda mucho haber cometido un asesinato en el pasado, aunque en cierto modo cabría esperar que eso les hubiera dejado claro que soy capaz de actuar como un criminal.

—El chaval necesita que lo vigilen —dice el abuelo—. Y tampoco quiero que esté sin hacer nada.

—Necesita descansar, viejo —replica Barron—. Además, ni siquiera sabemos qué ha ocurrido en realidad. ¿Y si han ido a por él? ¿Y si Zacharov ha descubierto lo que le pasó a Lila? Todavía está buscando a su hija.

Se me hiela la sangre de solo pensarlo.

Alguien resopla. Me imagino que es Philip, pero entonces el abuelo dice:

—¿Y os parece que estará a salvo con dos payasos como vosotros?

—Sí —contesta Philip—. Lo ha estado hasta ahora.

Me acerco a las escaleras y me acuclillo en el rellano, justo encima de la sala de estar. Deben de estar en la cocina, porque los oigo con claridad. Decido bajar para decirles que estoy oyendo todo. Voy a obligarlos a que me incluyan en la conversación.

—Es posible que no tengas tiempo para tu hermano, a juzgar por el estado en el que se encuentra tu mujer. ¿Crees que no me he dado cuenta? Y tú no deberías estar obrándola.

Me detengo con el pie en el primer peldaño. ¿Obrándola?

—No metas a Maura en esto —contesta Philip—. Nunca te ha caído bien.

—Como quieras —dice el abuelo—. Lo que hagas con tu propia familia no es asunto mío. Ya te darás cuenta solo. Lo único que estoy diciendo que ya tienes suficientes cosas entre manos.

—El chaval no quiere irse contigo —le espeta Philip. Qué raro. O Philip odia que el abuelo le dé órdenes más de lo que yo pensaba... o Barron lo ha convencido de que me permita quedarme en su casa.

—¿Y si Cassel se subió a ese tejado porque quería matarse? Lo ha pasado muy mal —dice el abuelo.

—Él no es de esos —dice Barron—. En ese colegio se porta bien. El chaval solo necesita un descanso, nada más.

Se oye la puerta del dormitorio principal y Maura sale al pasillo. Lleva el camisón de franela subido hasta la cadera por un lado y se le ve un poco la ropa interior.

Pestañea, pero no se sorprende al encontrarme en el rellano.

—Creo que he oído voces. ¿Ha venido alguien?

Me encojo de hombros. El corazón me va a mil por hora, pero luego caigo en la cuenta de que en realidad no me ha pescado haciendo nada malo.

—Yo también he oído voces.

Está muy flaca. Sus clavículas parecen dos cuchillas a punto de cortarle la piel.

—Esta noche la música está muy alta. Me da miedo no oír al bebé.

—No te preocupes —le digo en voz baja—. Seguro que duerme como... en fin, como un bebé.

El chiste es malísimo, pero sonrío. Maura me pone nervioso. En la oscuridad del rellano, parece una desconocida.

Se sienta a mi lado sobre la moqueta, adecentándose el camisón y metiendo las piernas entre los barrotes de la escalera. Las vértebras se le marcan tanto que las puedo contar.

—Voy a dejar a Philip, ¿sabes?

¿Qué le habrá hecho mi hermano? Seguramente Maura no sepa que la están obrando, pero si se trata de un maleficio de amor, a lo mejor está empezando a disiparse. Pasa siempre, aunque a veces tarde seis u ocho meses. ¿Y si le pregunto si ha ido a visitar a mi madre a la cárcel? Tiene que llevar guantes, pero no le costaría mucho deshilacharlos para poder tocarle la piel al despedirse.

—No lo sabía —contesto.

—Muy pronto. Es un secreto. Me lo vas a guardar, ¿verdad? —Asiento rápidamente—. ¿Por qué no estás abajo, con ellos?

Me encojo de hombros.

—A los hermanos pequeños siempre nos hacen a un lado, ¿no?

Abajo siguen hablando. No distingo sus palabras, pero me da miedo dejar de hablar y que Maura oiga lo que están diciendo de ella.

—No sabes mentir. Philip, sí, pero tú no.

—¡Oye! —digo, un tanto ofendido—. Soy un embustero de primera. Soy el mayor mentiroso de la historia de los mentirosos.

—Mentiroso —dice Maura, esbozando una sonrisa—. ¿Por qué te llamaron Cassel?

Me siento derrotado, pero tiene su gracia.

—A mi madre le gustan los nombres extravagantes. Mi padre insistió en que su primogénito se llamara Philip, igual que él, pero a cambio dejó que mi madre nos pusiera nombres raros a Barron y a mí. De ser por ella, Philip se habría llamado Jasper.

Maura pone los ojos en blanco.

—Venga ya. ¿Seguro que no son nombres de su familia? ¿Una tradición?

Niego con la cabeza.

—Si lo son, desde luego yo no sé de dónde han salido. Y apuesto a que mi madre tampoco lo sabe, aunque el abuelo dice que su padre (o sea, el abuelo de mi madre) era un marajá de la India que vendía tónicos desde Calcuta hasta el Medio Oeste. Tendría cierta lógica que fuera de la India. Quizás el apellido Singer derive de Singh.

—Tu abuelo me contó que tu familia desciende de esclavos fugados —dice Maura. ¿Qué habrá pensado cuando se casó con Philip? Cuando voy en tren, la gente siempre se me acerca y me habla en idiomas raros, como dando por hecho que los entiendo. Y me fastidia saber que nunca los entenderé.

—Ya —contesto—. Pero a mí me gusta más la historia del marajá. Y mejor nos olvidamos de la teoría de que somos nativos iroqueses.

Suelta una risotada tan fuerte que temo que la hayan oído abajo, pero el ritmo de las voces no cambia.

—¿Él también era obrador? —me pregunta, de nuevo en voz baja—. A Philip no le gusta hablar de ello.

—¿El bisabuelo Singer? —le pregunto—. No lo sé.

Estoy seguro de que Maura sabe que mi abuelo es un obrador de la muerte, porque ha visto los muñones negros de los dedos de su

mano izquierda. Cada clase de maleficio conlleva una reacción nega-
tiva distinta para quien lo obra, pero los maleficios mortales destru-
yen una parte de ti. Si tienes suerte, te pudre algún dedo. Si no la
tienes, puede pudrirte los pulmones o el corazón. Como suele decir
mi abuelo, el maleficio obra al obrador.

—¿Y tú supiste desde siempre que no lo eras? ¿Tu madre se dio
cuenta?

Niego con la cabeza.

—No. Cuando éramos pequeños, a mi madre le daba miedo que
obráramos a alguien sin querer. Daba por hecho que el poder se ma-
nifestaría tarde o temprano, así que nunca nos presionó. —Recuerdo
la rapidez con la que mi madre calaba a una posible víctima, y también la multitud de habilidades turbias que nos enseñó; para eso sí
que nos presionaba. Casi la echo de menos—. Yo solía fingir que era
un obrador. En una ocasión creí que había transformado a una hormiga en un palo, hasta que Barron me confesó que había dado el
cambiazo para gastarme una broma.

—Una transformación, ¿eh? —Maura esboza una sonrisa distante.

—Puestos a fingir, ¿por qué no pretender que soy el mejor obrador del maleficio más insólito de todos?

Se encoge de hombros.

—De pequeña, creía que era capaz de hacer que la gente cayera
al suelo. Cada vez que mi hermana se raspaba las rodillas, pensaba
que era por mi culpa. Cuando comprendí que no era verdad, lloré un
montón.

Maura mira de reojo hacia el cuarto de su hijo.

—Philip no quiere que le hagamos la prueba al bebé, pero tengo
miedo. ¿Y si nuestro hijo hace daño a alguien sin querer? ¿Y si es uno
de esos niños que nacen con reacciones que los dejan discapacitados?
Si da positivo, al menos sabremos a qué atenernos.

—Asegúrate de que siempre lleve guantes —le digo. Philip jamás
accederá a que le hagan la prueba a su hijo—. Hasta que tenga edad
suficiente para tratar de obrar algo inofensivo.

Nuestro profesor de Educación Sanitaria solía decir que cuando alguien se te acerca por la calle con las manos desnudas hay que considerarlo una amenaza en potencia, igual que si llevara una navaja abierta.

—Cada niño evoluciona de manera distinta y no se puede saber cuándo pasará —dice Maura—. Pero es verdad que los guantecitos para bebé son una monada.

En el piso de abajo, el abuelo está advirtiéndole algo a Barron. Eleva la voz y distingo sus palabras:

—En mis tiempos nos temían. Ahora los que tenemos miedo somos nosotros.

Bostezo y me vuelvo hacia Maura. Aunque se pasasen toda la noche debatiendo qué hacer conmigo, no podrían impedir que me las ingeniase para volver al colegio con uno de mis timos.

—¿De verdad oyes música? ¿Cómo suena?

Su sonrisa se vuelve radiante, aunque no despega la mirada de la moqueta.

—Como si unos ángeles gritaran mi nombre.

Un escalofrío me recorre los brazos.

Capítulo cuatro

En casa de mis padres no se tiraba nada. La ropa amontonada crecía y crecía, formando dunas y montañas por las que Philip, Barron y yo trepábamos y saltábamos. Las prendas inundaban los pasillos y fueron invadiendo el dormitorio de mis padres, que acabaron durmiendo en el antiguo despacho de papá. Los pocos huecos que quedaban entre los montículos estaban llenos de recipientes vacíos: bolsas de ropa, estuches de anillos y cajas de zapatillas deportivas. La trompeta que mi madre pretendía convertir en una lámpara descansaba sobre una pila de revistas rotas con artículos que mi padre planeaba leer, al lado de varias cabezas, pies y brazos de muñecas que ella había prometido ensamblar para regalárselas a una niña de Carney, y de un mar interminable de botones de repuesto, algunos todavía dentro de su bolsita de celofán. Encima de una torre de platos había una cafetera calzada por un lado para que el café no se derramara por la encimera.

Me resulta extraño volver a verlo todo exactamente igual que cuando mis padres vivían allí. En la encimera hay una moneda de cinco centavos; me la paso de un nudillo a otro, un truco que me enseñó papá.

—Menuda pocilga —rezonga el abuelo mientras sale del comedor y se fija al pantalón la pinza de uno de sus tirantes.

Después de pasar meses en la pulcra residencia de Wallingford, donde te castigan sin salir el sábado si tu cuarto no pasa las frecuentes inspecciones, siento una vieja y contradictoria mezcla de familiaridad y asco. Inspiro hondo el olor a humedad y a moho; tiene un regusto amargo que me recuerda al sudor rancio. Philip suelta mi bolsa, que cae al suelo de linóleo agrietado.

—¿Me dejarías el coche? —le pregunto al abuelo.

—Mañana —responde—. Si avanzamos lo suficiente con la casa. ¿Has pedido cita con un médico?

—Sí —le miento—. Para eso me hace falta el coche. —Lo que me hace falta es quedarme un rato a solas para poner en práctica mi plan para volver a Wallingford. El plan incluye un médico, es verdad, pero pedir cita ha quedado descartado.

Philip se quita las gafas de sol.

—¿Cuándo tienes la cita?

—Mañana —contesto impulsivamente, volviéndome hacia Philip. Le doy más detalles—. A las dos. El doctor Churchill, especialista en trastornos del sueño. Tiene la consulta en Princeton. ¿Te vale? —Las mejores mentiras son las que contienen la máxima dosis de verdad, así que les digo exactamente adónde pienso ir. Pero no les digo por qué.

—Maura me ha dado unas cosas para ti —dice Philip—. Voy a traértelas antes de que se me olvide. —Ni mi hermano ni mi abuelo se ofrecen a acompañarme a mi cita totalmente ficticia; me embarga un alivio profundo e inmerecido.

Si alguien quisiera cortar esta casa de locos de arriba abajo, podría examinarla como si fueran los anillos de un árbol o los estratos sedimentarios del suelo. Encontraría los pelos blanquinegros del que era nuestro perro cuando yo tenía seis años, unos vaqueros lavados al ácido que solía llevar mi madre, o las siete fundas de almohada manchadas de sangre del día en que me raspé una rodilla. Todos nuestros secretos familiares descansan en estas montañas interminables.

A veces la casa me parecía simplemente sucia, pero en ocasiones había algo mágico. Mi madre era capaz de meter la mano en un recoveco, una bolsa o un armario, y sacar cualquier cosa que necesitara.

Un día hizo aparecer un collar de diamantes para ponérselo en una fiesta de fin de año, además de unos anillos con gemas de cuarzo citrino tan grandes como la uña del pulgar. En otra oportunidad, cuando me enfermé y ya me había leído todos los libros desparramados junto a la cama, sacó la colección entera de *Las crónicas de Narnia*. Y cuando terminé de leer las obras de Lewis, hizo aflorar un juego de ajedrez tallado a mano.

—Ahí fuera hay gatos —dice mi abuelo, mirando por la ventana mientras enjuaga una taza de café en el fregadero—. En el cobertizo.

Philip deja con cuidado una bolsa de la compra en el suelo. Tiene una expresión extraña en la cara.

—Gatos asilvestrados —añade el abuelo. Con un tenedor, rescata de la vieja tostadora un trozo de pan viejo y atascado, y lo lanza a la bolsa de basura que ha dejado colgada del pomo de la puerta del sótano.

Me acerco a él y miro por la ventana. Allí están los gatos, unas siluetas diminutas y furtivas. Hay un gato atigrado encaramado a una lata oxidada de pintura y otro blanco sentado sobre unas malas hierbas, meneando la punta de la cola.

—¿Llevarán mucho tiempo viviendo aquí?

Mi abuelo niega con la cabeza.

—Seguro que eran de alguien. Tienen pinta de mascotas. —Suelta un gruñido.

—A lo mejor debería darles comida —propongo.

—Pónsela en una trampa —dice Philip—. Es mejor atraparlos ahora, antes de que empiecen a parir como locos.

Cuando Philip se marcha, saco una lata de atún y la dejo frente a ellos. No se acercan hasta que me alejo de allí, pero pronto empiezan a pelearse por ella. Cuento cinco gatos: el blanco, dos atigrados que me cuesta diferenciar, uno negro y esponjoso con una mancha blanca en la barbilla, y otro esmirriado y de color caramelo.

Después de cambiarnos los guantes de cuero por otros de goma, el abuelo y yo nos pasamos el resto de la mañana limpiando la cocina con desgana. Tiramos un montón de tenedores oxidados, un colador y varias sartenes. Levantamos una esquina del suelo de linóleo y descubrimos un nido de cucarachas. Se dispersan a toda velocidad, y aunque las perseguimos a pisotones, la mayoría consigue escapar. Después de almorzar llamo a Sam, pero es Johan quien responde a su móvil. Por lo visto, Sam está ocupado comprobando si los de último curso también controlan «el espacio aéreo del césped de los mayores»*. El experimento consiste en mantener un pie suspendido sobre el terreno en cuestión hasta que alguien venga a darte una colleja. Le digo que volveré a llamar más tarde.

—¿A quién llamas? —pregunta mi abuelo mientras se seca la cara con la camiseta.

—A nadie.

—Mejor, porque tenemos mucho trabajo.

Me siento a horcajadas en una silla de la cocina y apoyo la barbilla en el respaldo.

—¿Tú crees que me pasa algo grave?

—Yo solo creo una cosa: que voy a despejar esta casa. Ya no soy ningún chaval y tú estás aquí para ayudarme. ¿O prefieres ser un presumido inútil?

Me echo a reír.

—Seré un chaval, pero no he nacido ayer. No me has respondido.

—Si tan listo eres, dime tú lo que te ocurre. —El abuelo sonríe como si las disputas verbales fueran su pasatiempo favorito. Cuando estoy con él me acuerdo de cuando era niño y corría por el jardín de su casa en Carney, seguro y libre durante todo el verano. El abuelo no nos utilizaba para engatusar a una víctima ni para que escondiéramos mercancía robada en los pantalones. Pero nos obligaba a cortarle el césped.

---

* En algunos colegios privados estadounidenses existe la tradición más o menos oficial de reservar una zona de césped para los estudiantes del último curso; ningún otro alumno tiene derecho a pisarla.

Decido probar con otra táctica para demostrarle que no soy tan tonto como cree.

—¿Que qué me ocurre? Pues no lo sé, pero lo que está claro es que a Maura le pasa algo.

Se le borra la sonrisa.

—¿Por qué lo dices?

—¿No la has visto? Tiene muy mala cara, cree que oye música. Y te oí decir que Philip la estaba obrando.

El abuelo niega con la cabeza y deja la camiseta sudada en la mesa.

—Philip no...

—Venga ya —le espeto—. Que la he visto. ¿Sabes lo que me dijo ayer?

Abre la boca, pero antes de que pueda responder llaman a la puerta. Nos damos la vuelta. El rostro de Audrey se recorta en la puerta trasera, al otro lado del mugriento cristal. Frunce el ceño, como creyendo que se ha equivocado de casa, pero gira el pomo y empuja con fuerza la puerta para desatascarla.

—¿Cómo me has encontrado? —le pregunto. La sorpresa hace que mi voz suene más fría que nunca.

—En el registro del colegio aparecen todos nuestros datos —responde ella, sacudiendo la cabeza como si estuviera hablando con un imbécil integral.

—Claro —contesto, porque soy un imbécil integral—. Perdona. Pasa. Gracias por...

—¿Te han expulsado? —Audrey se apoya la mano cubierta por el guante azul sobre la cadera. Mientras me habla, es incapaz de despegar la mirada de las montañas de papeles y ceniceros, manos de maniquíes y coladores de té que plagan las encimeras.

—Temporalmente —contesto, tratando de que no se me quiebre la voz. Creí que ya me había acostumbrado a la sensación angustiosa de echar de menos a alguien, a Audrey, pero ahora me doy cuenta de que voy a sentir mucho más su falta si no puedo verla a diario en clase ni en el patio. De pronto me trae sin cuidado transmitir la dosis adecuada de indiferencia.

—Vamos al salón.

—Yo soy su abuelo. —Le tiende la mano izquierda. El guante de goma cuelga flácido de los dedos que le faltan. Menos mal que Audrey no puede ver los muñones, la carne que se ha podrido por culpa de la magia mortal.

Audrey palidece y se lleva la mano enguantada al vientre, como si acabara de caer en la cuenta de quién es mi abuelo.

—Lo siento —digo—. Abuelo, te presento a Audrey. Audrey, este es mi abuelo.

—Una chica tan guapa como tú puede llamarme Desi. —El abuelo se echa el pelo hacia atrás con la mano y sonríe como un granujilla que se arriesga a recibir una reprimenda.

Cuando nos vamos al salón y lo dejamos allí, sigue sonriendo de oreja a oreja.

Me siento en el cojín desgarrado del sofá. ¿Qué pensará Audrey? ¿Dirá algo sobre la casa o sobre el abuelo? Cuando era pequeño y traía amigos a casa, aquel caos era motivo de orgullo para mí. Me gustaba sortear las pilas de trastos y los cristales rotos mientras mis amigos tropezaban y se atascaban. Ahora, en cambio, solo veo un océano delirante que no sé cómo explicar.

Audrey mete la mano en su reluciente bolsito negro y saca unas hojas impresas.

—Toma —me dice mientras las deja caer en mi regazo y se desploma en el sofá, a mi lado. Tiene el cabello pelirrojo ligeramente húmedo, como si acabara de ducharse. Noto su tacto fresco en el brazo.

Lila era rubia, pero la sangre le teñía el cabello de rojo la última vez que la vi.

Cierro los ojos con fuerza y me presiono los párpados con los dedos hasta que todo se vuelve negro. Hasta que ahuyento las imágenes. Cuando Audrey y yo éramos novios creía que si conseguía gustarle, si conseguía que pensara que yo era como todos los demás, terminaría por ser verdad.

¿Debería intentar recuperarla? ¿Sería capaz? ¿Cuánto tardaría en cagarla y que Audrey volviera a dejarme? No soy tan buen timador como para retenerla a mi lado.

—Algunos somníferos pueden provocar sonambulismo —me dice Audrey, señalando los papeles—. Aunque no está reconocido oficialmente. He sacado unos artículos de la biblioteca. Un tipo incluso se puso a conducir mientras dormía. Se me ha ocurrido que podrías decirles que...

—¿Que estaba tomando pastillas contra el insomnio? —le pregunto, dándome la vuelta hasta apoyar la cara en su hombro. Aspiro su olor a través de la tela del jersey.

Audrey no me aparta. Me planteo besarla aquí mismo, en este sofá inmundo, pero me lo impide el instinto de supervivencia. Cuando alguien te ha hecho daño, te cuesta más relajarte en su presencia, convencerte de que no pasa nada por quererla. Pero eso no te hace dejar de quererla. A veces creo que incluso te hace quererla más, si cabe.

—No tiene por qué ser verdad. Basta con que les digas que las tomabas —me dice, como si yo desconociera el concepto de la mentira. Me enternece y me humilla a la vez.

La verdad es que no es mala idea. Si hubiera sido listo y se me hubiera ocurrido a mí, seguramente no me habrían echado del colegio.

—Ya les he contado que de pequeño era sonámbulo.

—Mierda —dice Audrey—. Pues nada. En Australia hay unas pastillas que han hecho que la gente se atiborre de comida y pinte la puerta de la casa mientras duerme.

Ladea la cabeza y entonces veo los seis diminutos amuletos protectores que se deslizan sobre su cuello. Suerte. Sueño. Emoción. Cuerpo. Memoria. Muerte. El séptimo (transformación) se le ha enganchado al cuello del jersey.

Imagino que la estrangulo y compruebo con alivio que la idea me horroriza. Me siento culpable cuando pienso en matar a una chica, pero no se me ocurre otra forma de ponerme a prueba, de asegurarme de que esa criatura terrible que habita dentro de mí no está a punto de escapar.

Extiendo la mano, suelto el pequeño colgante de piedra y dejo que resbale sobre el cuello de Audrey. Una hematita, seguramente falsa. Existen muy pocos obradores de la transformación como para que la mayoría de los amuletos sean de verdad. Hay un obrador por cada una o dos generaciones. Me pregunto si los demás amuletos también serán falsos.

—Gracias por intentarlo. Era buena idea.

Se muerde el labio.

—¿Crees que esto tiene algo que ver con la muerte de tu padre?

Me revuelvo bruscamente y apoyo la espalda en el reposabrazos del sofá. Soy el maestro de la sutileza.

—¿Cómo va a tener algo que ver? Él murió en un accidente de tráfico en pleno día.

—El estrés puede provocar sonambulismo. ¿Y lo de que tu madre esté en la cárcel? Seguro que eso te estresa.

Levanto la voz.

—Mi padre lleva casi tres años muerto, prácticamente lo mismo que lleva mi madre en la cárcel. ¿No te parece que...?

—No te cabrees.

—¡No me cabreo! —Me paso la mano por la cara—. Oye, casi me caigo de un tejado, me expulsan del colegio y tú me tomas por loco. Tengo motivos para estar mosqueado. —Inspiro hondo e intento mostrar mi mejor sonrisa de disculpa—. Pero contigo, no.

—Exacto. —Me da un empujón—. Conmigo, no.

Le agarro la mano enguantada mientras me empuja.

—Yo me ocupo de Northcutt. Volveré a Wallingford antes de que te des cuenta.

No soporto que Audrey haya venido a esta casa destartalada, ni que ahora sepa más cosas sobre mí de las que me gustaría. Siento que estoy del revés y que todos mis entresijos están al descubierto.

Pero tampoco quiero que se vaya.

—Ey —susurra Audrey, mirando de reojo hacia la cocina—. No te cabrees otra vez, pero ¿crees que podrían haberte tocado? Ya sabes, el hachebegé.

Tocado. Obrado. Un maleficio.

—¿Para volverme sonámbulo?

—Para que saltaras del tejado —insiste—. Habría parecido un suicidio.

—Sería un maleficio bastante caro. —No quiero decirle que ya me lo he planteado, que mi familia se lo ha planteado tan seriamente que hasta han organizado una reunión secreta para hablar de ello—. Además, estoy vivo. Parece poco plausible.

—Deberías preguntárselo a tu abuelo —dice en voz baja.

Si tan listo eres, dime tú lo que te ocurre.

Asiento con la cabeza. Apenas me doy cuenta de que Audrey ha vuelto a guardar los papeles en el bolso. Me da un abrazo rápido; eso sí lo advierto. Apoyo las manos en el hueco de su espalda y noto su aliento cálido en el cuello. Con Audrey, podría aprender a ser normal. Cada vez que me toca, siento la promesa embriagadora de convertirme en un tío normal algún día.

—Es mejor que te vayas —le digo antes de hacer alguna tontería.

Mientras Audrey se marcha, me doy la vuelta y miro al abuelo desde la puerta. Está haciendo palanca con un destornillador en el fogón de la cocina para desatascar uno de los quemadores. No parece preocuparle en absoluto la posibilidad de que la familia Zacharov al completo venga a por mí. Ha trabajado para ellos, así que sabe perfectamente de qué son capaces. Lo sabe mejor que yo.

Tal vez ha venido para eso.

Para protegerme.

Tengo que apoyarme en el fregadero, aturdido por una mezcla de horror, culpabilidad y gratitud.

Por la noche, en mi antigua habitación, entre los viejos carteles de Magritte pegados al techo y las estanterías llenas de robots y novelas de los Hardy Boys, sueño que me pierdo en una tormenta.

Aunque sé que es un sueño, siento la lluvia fría en la piel y apenas veo nada por culpa del agua que me cae sobre los ojos. Me encorvo y echo a correr hacia la única luz que distingo, protegiéndome la cara con una mano.

Llego a la puerta gastada del cobertizo que hay detrás de la casa. Pero cuando la cruzo me doy cuenta de que no es nuestro cobertizo. En vez de herramientas viejas y muebles desechados, hay un largo pasillo iluminado con antorchas. A medida que me acerco, observo que las antorchas están sostenidas por unas manos que parecen demasiado realistas para ser de yeso. Al ver que una de esas manos se recoloca ligeramente sobre el mango de metal, retrocedo de un salto. Al examinarlas mejor, descubro que las han cortado a la altura de la muñeca y las han clavado a la pared. Hasta se ve el tajo irregular en la carne.

«Hola», digo, tal como lo hice en el tejado. Esta vez no responde nadie.

Miro por encima del hombro. La puerta del cobertizo sigue abierta y la cortina de lluvia va formando charcos en los tablones del suelo. Como estoy soñando, no me molesto en regresar para cerrarla. Continúo por el pasillo. Después de caminar un rato desproporcionadamente largo, llego a una puerta desvencijada. El picaporte es una pezuña de ciervo. Sus ásperos pelos me hacen cosquillas en la mano al abrir.

Dentro hay un futón que he visto en el cuarto de la residencia universitaria de Barron y una cómoda que mi madre compró por eBay con la intención de pintarla de verde manzana y llevarla a la habitación de invitados. Abro los cajones y encuentro varios vaqueros viejos de Philip. Están secos; me pruebo el primero y me queda perfecto. Detrás de la puerta cuelga una camisa blanca que era de papá; la reconozco por la quemadura del purito a la altura del codo y el olor a loción de afeitar.

Como sé que es un sueño no estoy asustado, solo desconcertado. Salgo de nuevo al pasillo y esta vez me topo con unos escalones que ascienden hasta una puerta pintada de blanco, con un tirador colgante de cristal. Se parece a esos artefactos que sirven para llamar a los criados en las lujosas mansiones que salen en las series de la PBS, pero este está hecho de piezas de una vieja y reluciente lámpara de araña. Cuando tiro de él, suenan varias campanadas que dejan un fuerte eco tras de sí. La puerta se abre.

En medio de una gran habitación gris hay una mesa de pícnic vieja y dos sillas plegables. Quizá todavía esté en el cobertizo, porque a través de las rendijas de los tablones de la pared se ve la lluvia recortada contra el cielo tormentoso.

La mesa está cubierta por una especie de tapete de seda bordado sobre el que descansan unos candelabros y dos fuentes de plata, además de platos de canto dorado con una cúpula plateada en el centro y sendas copas de cristal tallado.

De la penumbra empiezan a surgir gatos. Los hay atigrados, rojizos, manchados, pardos y algunos tan negros que apenas se distinguen de su propia sombra. Hay cientos y todos avanzan lentamente hacia mí, subiéndose unos sobre otros para alcanzarme.

Me encaramo de un salto a una de las sillas y agarro un candelabro. No sé qué será lo próximo que imaginará mi mente retorcida. De pronto entra en la habitación una figura menuda cubierta con un velo. Lleva un vestido diminuto, parecido a los de las muñecas caras. Lila tenía una colección entera de muñecas con vestidos como ese; su madre le gritaba si las tocaba, pero los dos jugábamos con ellas de todas formas cuando no estaba. Arrastrábamos a la que iba ataviada de princesa por el jardín de mi abuelo, jugando a que uno de mis Power Rangers la tenía cautiva y usaba un Tamagotchi roto como mapa interestelar, hasta que el vestido terminaba roto y lleno de manchas de hierba. El atuendo de la figura que acaba de entrar también está rasgado.

El velo resbala y cae. Debajo aparece un rostro de gata. Una gata que camina en dos patas, ladeando la cabeza afilada como si tuviera el cuello roto, con el cuerpo oculto bajo el vestido.

No puedo evitar echarme a reír.

—Necesito que me ayudes —dice la criatura con voz triste y suave. Me recuerda a la voz de Lila, pero tiene un acento curioso, el que supongo que tienen los gatos al hablar.

—De acuerdo —respondo. ¿Qué otra cosa puedo decir?

—Me echaron un maleficio —dice la gata Lila—. Un maleficio que solamente tú puedes romper.

Los demás gatos nos observan, meneando la cola y los bigotes.

—¿Quién te maldijo? —pregunto, intentando reprimir la risa.

—Tú —contesta la gata blanca.

Al oír eso, mi sonrisa se transforma en una mueca. Lila está muerta y los gatos no caminan erguidos. No suplican juntando las patas. No hablan.

—Solo tú puedes romper el maleficio —insiste. Me fijo en el movimiento de su boca, en el destello de sus colmillos. No sé cómo es capaz de hablar si no tiene labios—. Las pistas están por todas partes. No tenemos mucho tiempo.

Esto es un sueño, me digo. Un sueño tremendamente morboso, pero un sueño al fin y al cabo. Ni siquiera es la primera vez que sueño con una gata.

—¿Fuiste tú la que me comió la lengua?

—Parece que la has recuperado —contesta la gata blanca sin pestañear.

Abro la boca para responder, pero noto unas garras en la espalda, unas uñas que se me clavan en la carne, y suelto un grito.

Suelto un grito y me incorporo. Me despierto.

Oigo el martilleo rítmico de la lluvia en la ventana y me doy cuenta de que estoy empapado, de que las mantas están húmedas y pegajosas. Estoy de nuevo en mi antiguo cuarto, en mi antigua cama. Me tiemblan tanto las manos que tengo que aplastármelas con el cuerpo para que dejen de moverse.

Capítulo cinco

Cuando bajo a la cocina a trompicones por la mañana me encuentro al abuelo preparando café y friendo huevos con tocino. Llevo unos vaqueros y una camiseta de Wallingford descolorida. No echo en absoluto de menos los ásperos guantes ni la corbata. Supongo que esta comodidad es el premio de consolación por haber sido expulsado, pero tampoco quiero acostumbrarme.

Mientras me vestía me he encontrado una hoja de árbol pegada a la pierna y he recordado que me he despertado empapado en medio de la noche. He vuelto a caminar sonámbulo, pero cuanto más pienso en ese sueño, menos lo entiendo. No ha ocurrido nada peligroso, lo que descarta la teoría de la venganza de los Zacharov. Quizá sea el sentimiento de culpa lo que me hace soñar con Lila. La culpa puede volverte loco, ¿no? Te va pudriendo desde dentro.

Igual que en *El corazón delator* de Poe. La señora Noyes nos lo mandó leer en voz alta: el narrador oye los latidos del corazón de su víctima palpitando bajo los tablones del suelo, cada vez más fuerte, hasta que confiesa. *¡Confieso que lo maté! ¡Está ahí, ahí! ¡Donde late su horrible corazón!*

—Tengo que hablar contigo —le digo al abuelo mientras saco una taza. Me sirvo primero la leche y luego añado el café. La leche sube desde el fondo, arrastrando las motas de polvo. Debería haber comprobado si estaba limpia—. He tenido un sueño muy raro.

—A ver si adivino. Unas chicas *ninja* con unos melones bien gordos te hacían prisionero.

—Eh... no.

Bebo un sorbo de café y hago una mueca. El abuelo lo ha cargado demasiado.

Sonríe mientras se mete en la boca una loncha de tocino.

—Ya, habría sido bastante raro que los dos hubiéramos soñado lo mismo.

Pongo los ojos en blanco.

—No me cuentes nada más. No quiero que me destripes el final, no vaya a ser que sueñe con eso esta noche.

El abuelo suelta una risotada que se convierte en un resuello.

Miro por la ventana. No se ven gatos en el jardín. Mientras el abuelo echa kétchup en su plato y el líquido rojo se va extendiendo, pienso: *Hay demasiada sangre y no recuerdo haberla apuñalado, pero tengo un cuchillo ensangrentado en la mano y la sangre cubre el suelo de madera como una densa capa de glaseado.*

—¿Me vas a contar ese sueño o no? —El abuelo se sienta a la mesa y se relame.

—Sí —respondo, parpadeando al recordar dónde estoy. Mi madre decía que con el tiempo dejaría de tener esos destellos súbitos y angustiosos del asesinato, pero solamente se han vuelto menos frecuentes. Quizás una pequeña parte de mí, mi parte buena, no quiera olvidar.

—¿Tengo que enviarte una petición formal o qué? —me apremia el abuelo.

—Pues estaba fuera, bajo la lluvia, e iba hasta el cobertizo. Luego me he despertado en la cama, con los pies manchados de barro. Supongo que he vuelto a caminar en sueños.

—¿Supones?

—Lila aparecía en el sueño —confieso por fin.

Jamás hablamos de Lila ni de lo que hizo mi familia para protegerme después. De que mi madre se tapó la cara con el cuello de piel de su jersey para llorar, me abrazó y me dijo que si de verdad había sido yo, seguro que la zorra de los Zacharov se lo merecía, y que sin importar lo que dijera la gente, yo seguiría siendo su niño. Tampoco mencionamos nunca la oscura suciedad que me encontré bajo las uñas y que no conseguía quitarme. Probé con las uñas mismas y luego con el cuchillo de la mantequilla, apretando hasta hacerme sangre, hasta que mi propia sangre arrastró esa otra oscuridad.

Parece que mi conciencia por fin empieza a pasarme factura. Ya era hora.

El abuelo enarca una ceja.

—Quizá te sentaría bien hablar de Lila, del asesinato. Desahogarte. Yo he hecho muchas cosas malas, chaval. No voy a juzgarte.

Detuvieron a mi madre poco después del asesinato de Lila. No la pillaron exactamente por mi culpa, pero estaba bastante desconcentrada. Tenía demasiada prisa por dar un gran golpe.

—¿Qué quieres que diga? ¿Que la maté yo? Sé que lo hice, aunque no lo recuerde. Siempre me he preguntado si mamá le encargó a alguien que me obrara la memoria para que olvidara los detalles. A lo mejor pensó que si no recordaba la sensación, no volvería a hacerlo. —Una parte de mí debe de estar totalmente muerta, porque la gente normal no contempla el cadáver de un ser querido sin sentir nada más que un placer horrible y difuso—. Lila era una obradora del sueño, así que lo del sonambulismo y las pesadillas tiene su gracia. No digo que no me lo merezca, pero me gustaría entender por qué me pasa.

—Deberías ir a Carney. Tu tío Armen todavía obra la memoria a veces. A lo mejor podría ayudarte a recordar.

—El tío Armen tiene alzhéimer —contesto. Armen es un amigo de la infancia de mi abuelo. En realidad no es mi tío.

El abuelo suelta un resoplido.

—Qué va. Las reacciones le han dejado secuelas. En fin, a ver qué opina ese médico tuyo tan finolis.

Me sirvo más café. Una semana después de que Lila muriera y Barron y Philip escondieran su cuerpo dondequiera que uno esconda un cadáver, llamé a la madre de Lila desde un teléfono público.

Les había prometido a todos que no lo haría. Mi abuelo me había explicado que si alguien se enteraba de lo que había hecho, nuestra familia pagaría por ello. Los Zacharov jamás olvidarían que había sido mi familia la que había cavado la tumba, la que había limpiado la sangre, la que no me había delatado. Pero no podía dejar de imaginarme a la madre de Lila sola en aquella casa.

Sola y esperando a que volviera su hija.

El tono del teléfono me hacía daño en los oídos. Me mareaba. Colgué en cuanto la madre respondió. Luego salí de la tienda y vomité en el callejón de atrás.

El abuelo se pone de pie.

—¿Qué tal si empiezas con el baño de arriba? Yo voy a comprar unas cosas.

—No te olvides de la leche —le recuerdo.

—No soy yo el que tiene problemas de memoria —replica mientras se pone la chaqueta.

Las baldosas del baño están rajadas y desportilladas. En un armario blanco y barato arrimado a la pared encuentro docenas de toallas (todas distintas y algunas agujereadas) y botes de plástico de color ámbar con pastillas sueltas. En la balda inferior hay tarros con restos de líquidos oscuros resecos y latas con talco.

Mientras elimino de los rincones de la ducha las bolas de telarañas llenas de crías y tiro botes de champú pegajosos y casi vacíos, no puedo dejar de pensar en Lila.

Teníamos nueve años cuando nos conocimos. El matrimonio de sus padres se caía a pedazos, y Lila y su madre se habían mudado a Pine Barrens con su abuela. Era una niña de pelo rubio y sedoso, con un ojo azul y el otro verde. El abuelo decía que el padre era una persona muy importante. Eso era lo único que sabía acerca de ella.

Lila era lo que cabría esperar de la hija del jefe de la familia Zacharov, una niña capaz de producirte pesadillas con solo tocarte. Era una malcriada.

A los nueve años me destrozaba sin piedad en los videojuegos; corría por las colinas y trepaba a los árboles tan deprisa, que yo siempre iba tres pasos por detrás de sus largas piernas. Y me mordía cuando intentaba quitarle las muñecas para escondérselas. De vez en cuando yo sospechaba que me odiaba, aunque nos pasáramos semanas ocultos bajo las ramas de un sauce llorón, dibujando civilizaciones en la tierra que luego aplastábamos como si fuéramos dioses caprichosos. Pero estaba acostumbrado a tener hermanos crueles y más rápidos que yo, así que idolatraba a Lila.

Luego sus padres se divorciaron y ya no volví a verla hasta que ambos cumplimos trece años.

El abuelo regresa con varias bolsas de la compra justo cuando empieza a llover otra vez. Sobre todo ha traído productos de limpieza, cerveza y papel de cocina. Y unas trampas.

—Son para mapaches, pero servirán —dice—. Y antes de que te rasgues las vestiduras, en el paquete dice que son «indoloras». No incluyen guillotina.

—Genial —digo, sacándolas del maletero.

Me encarga que las lleve al cobertizo. Los gatos están dentro; veo el brillo de sus ojos mientras coloco la primera jaula de metal con puerta batiente. Abro una lata de comida fresca y la deslizo hasta el interior de la trampa. Entonces oigo un golpe sordo a mis espaldas. Me doy la vuelta.

La gata blanca está a menos de un metro, lamiéndose los dientes afilados con la lengua rosada. A la luz de la tarde, distingo que tiene una oreja partida y unas costras de aspecto reciente en la nuca.

—Ven, minina —digo, soltando esas palabras ridículas sin pensar. Abro otra lata. La gata da un brinco al oír el chasquido de la tapa. Me doy cuenta de que me he quedado rígido, como si esperara que se pusiera a hablar de un momento a otro. Pero la gata no es más que eso, una gata desnutrida que vive en un cobertizo y que está a punto de caer en una trampa.

Extiendo la mano enguantada, pero se aleja. Es lista.

—Ven, minina —repito.

La gata se aproxima con cautela. Me olisquea los dedos y, mientras contengo la respiración, me frota la mano con la mejilla; noto la suavidad de su pelaje, el temblor de sus bigotes y los dientes afilados que me arañan la piel.

Dejo en el suelo la lata de comida y la miro mientras le da unos lengüetazos. Estiro el brazo para acariciarla otra vez, pero me bufa, arquea el lomo y se le eriza el pelaje. Parece una serpiente.

—Así está mejor —digo, acariciándola de todos modos.

La gata me sigue hasta la casa. Se le marcan los omóplatos y tiene el pelaje blanco embarrado, pero la dejo entrar en la cocina y le doy agua en una copa de cóctel.

—No pensarás dejar entrar a ese bicho mugriento, ¿verdad? —dice el abuelo.

—Es una gata, abuelo, no una cucaracha.

Él la mira con escepticismo. Se ha manchado la camiseta de polvo y se está sirviendo bourbon en uno de esos vasos de plástico para refrescos que vienen con pajita incluida.

—¿Y para qué la quieres?

—Para nada. No sé. Parece hambrienta.

—¿Y vas a dejarlos entrar a todos? —insiste el abuelo—. Porque seguro que los demás también tienen hambre.

Sonrío.

—Te prometo que entrarán de uno en uno.

—No he comprado las trampas para eso.

—Ya lo sé. Las has comprado para que los atrapemos a todos, los soltemos en algún descampado y hagamos apuestas para ver cuál regresa primero.

Niega con la cabeza.

—Más vale que te pongas a limpiar, listillo.

—Tengo hora con el médico a las...

—Ya lo sé. Pues a ver cuánto consigues limpiar antes de irte.

Me encojo de hombros y paso al salón con un montón de cajas de cartón plegadas y cinta de embalaje. Armo todas las cajas, traigo el cubo de basura del jardín trasero y me pongo a hurgar en las montañas de trastos.

La gata me observa con ojos brillantes.

Los volantes publicitarios de amuletos y el viejo manguito de pelo (con pinta de tener sarna) van directo a la basura. Los libros de bolsillo regresan a las estanterías, salvo los que me interesan y los que tienen las páginas demasiado podridas. El cesto lleno de guantes de cuero (varios de ellos pegados por haber estado demasiado cerca del conducto de la calefacción) también van a parar a la basura.

Por mucho que tiro, siempre hay más. Las montañas se derrumban unas sobre otras y ya no sé por dónde voy. Hay docenas de bolsas de plástico arrugadas. En una encuentro unos pendientes con su correspondiente recibo de compra. En otras hay muestras de telas. En otra, la corteza de un sándwich.

Hay destornilladores, tuercas y tornillos, mis notas de quinto curso, el furgón de cola de un tren de juguete, fajos de pegatinas de ARTÍCULO PAGADO, imanes de Ohio, tres jarrones con flores marchitas y otro rebosante de flores de plástico, una caja de cartón llena de adornos rotos y una radio antigua manchada de un mejunje pegajoso y oscuro que se ha derretido encima.

Mientras recojo un deshumidificador polvoriento, vuelco una caja de fotografías que se desparraman por el suelo.

Son fotos en blanco y negro de estilo *pin-up*. La mujer que aparece en ellas lleva unos guantes de verano hasta la muñeca, un corsé vintage y medias de nailon. Está peinada a lo Bettie Page y arrodillada en un sofá mientras sonríe al fotógrafo. En una de las fotos se ve una mano de él: lleva una alianza de boda de aspecto caro sobre los guantes negros. Reconozco a la mujer.

Mamá sale muy guapa.

La primera vez que comprendí que tenía talento para delinquir fue cuando mi madre me llevó (a mí solo) a tomar un granizado de cereza. Era verano. Hacía un calor de mil demonios, el asiento de cuero del coche estaba caliente por el sol y me quemaba los muslos. Ya tenía la boca completamente teñida de rojo cuando aparcamos en la parte trasera de una gasolinera para que mi madre hinchara los neumáticos.

—¿Ves esa casa de ahí? —me preguntó, señalando una especie de rancho; las paredes estaban revestidas de aluminio blanco y los postigos eran negros—. Quiero que te cueles por esa ventana, la que está al lado de las escaleras. Entra y tráeme el sobre amarillo que hay sobre la mesa.

Debí de mirarla como si no le hubiera entendido bien.

—Es un juego, Cassel. Voy a cronometrarte, a ver en cuánto tiempo eres capaz de hacerlo. Trae, yo te sujeto el granizado.

Creo que en el fondo sabía que no era ningún juego, pero eché a correr, me apoyé en la llave de paso del agua y entré por la ventana con la elegancia y la flexibilidad de los niños. El sobre amarillo estaba justo donde había dicho mi madre. A su lado había torres de papeles sostenidas por tazas llenas de bolígrafos, reglas y cucharillas. En el escritorio había también un gatito de cristal con algo dentro que brillaba como el oro. El aire acondicionado me refrescaba los brazos y la espalda mientras levantaba el gatito para observarlo al trasluz. Me lo guardé en el bolsillo.

Cuando le llevé el sobre, mamá estaba dándole sorbos a mi granizado.

—Toma —le dije.

Sonrió. La boca se le había puesto roja.

—Muy bien, cielo.

Y entonces me di cuenta de que el único motivo por el que me había elegido a mí en lugar de a mis hermanos era porque era el más menudo de los tres. Pero no me molestó, porque acababa de comprender que yo también podía ser de utilidad. Que no hacía falta ser un obrador para servir para algo. Que podía aprender a hacer bien algunas cosas, incluso mejor que mis hermanos.

Esa revelación me corrió por las venas como si fuera adrenalina.

Creo que tenía siete años. No estoy seguro. Fue antes de conocer a Lila.

Nunca le he contado a nadie lo del gatito.

Recojo las fotos y las junto con otras en las que aparecen mi abuelo y el padre de Lila delante de un bar de Atlantic City. Los dos abrazan amistosamente a otro hombre que no conozco.

Paso la escoba por debajo de los sofás y los sillones hasta que el polvo me hace toser.

Cuando me derrumbo en el sofá para descansar un rato, encuentro un cuaderno escondido bajo uno de los cojines; es la letra de mi madre. No hay más fotos picantes, solo notas aburridas. En una página leo: «Desenterrar el depósito del aceite», y en la siguiente: «Comprar zanahorias, pollo (entero), lejía, cerillas, aceite de motor». Dos hojas después hay varias direcciones, una de ellas rodeada con un círculo. Lo siguiente es el guion de un timo para llamar a un concesionario y convencer al encargado de que le alquile un coche durante una semana. Encuentro más guiones de estafas, con notas al margen. Mientras los leo, no puedo reprimir la sonrisa.

Dentro de un par de horas yo también voy a tener que llevar a cabo un engaño, así que no está de más documentarse un poco.

En nuestra familia (o quizás en todas) se piensa que los niños siempre salen a algún antepasado. Por ejemplo, supuestamente Philip ha salido a nuestro abuelo, el padre de mi madre. Philip dejó el instituto para unirse a los Zacharov y consiguió su collar de escarificaciones a los pocos años. Valora mucho la lealtad y la estabilidad, aunque se gane la vida partiendo rodillas. Me lo imagino dentro de cuarenta años como un jubilado de Carney, ahuyentando de su jardín a la nueva generación de niños obradores.

La leyenda familiar también dice que Barron ha salido a mi madre, aunque mi hermano sea un obrador de la suerte y ella manipule las emociones. Mamá sabe hacerse amiga de todos, es capaz de entablar una conversación en cualquier parte, porque cree sinceramente que los timos son un juego. Y lo único que le importa es ganar todas las partidas.

Eso significa que yo debería haber salido a mi padre, el obrador de la suerte, pero no es verdad. Él era quien mantenía el equilibrio en casa. Cuando vivía, mi madre casi siempre se comportaba con normalidad. Pero después de que murió, ella empezó a perseguir millonarios «a guante quitado». Y la segunda vez que un tipo se despertó en la última parada de un crucero, con cien mil dólares menos en la cartera y enamorado hasta las trancas, su abogado llamó a la poli.

Mi madre no puede evitarlo. Los timos son su pasión.

Siempre me digo que no soy como ella, pero reconozco que a mí también me encantan.

Hojeo el cuaderno sin saber lo que busco. Algo que me resulte familiar o un secreto absurdo que me haga reír. Unas páginas después, descubro un sobre pegado con celo a un separador. De un lado mi madre escribió: «¡Esto es para recordar!». Lo abro y encuentro un amuleto de la memoria, de plata, con la palabra «recuerda» grabada y una piedra azul intacta y algo descentrada. Parece viejo: los surcos de la plata están ennegrecidos y pesa bastante.

Los amuletos que protegen de los maleficios, como los que Audrey lleva en el cuello, son tan antiguos como los propios maleficios. Los obradores los fabrican interviniendo las piedras, el único material capaz de absorber un maleficio por completo, incluida su correspondiente reacción. Una vez cargada, la piedra puede absorber un maleficio del mismo tipo. Por lo tanto, si un obrador de la suerte obra un pedazo de jade y luego lo lleva pegado a la piel, cuando alguien intente echarle un maleficio de mala suerte el jade se partirá y el obrador se librará de sus efectos. Cada vez que te echan un maleficio necesitas un amuleto nuevo, y tienes que tener uno para cada tipo de magia, pero así te garantizas la inmunidad. Y solo vale la piedra: no sirven la plata, el oro, el cuero ni la madera. Hay gente que prefiere un tipo concreto de piedra; hay amuletos de toda clase, desde grava hasta granito. Si lo que tengo en la mano es un amuleto, su poder reside en esta piedra azul.

¿Mamá le habrá birlado a alguien una reliquia familiar? ¿O será suyo? Es irónico que alguien se olvide un amuleto de la memoria. Me lo guardo en el bolsillo.

Mientras limpio la sala de estar voy recolectando de todo: una máquina de fabricar chapas, dos bolsas llenas de plástico de burbujas, una espada con la hoja oxidada, tres muñecas rotas que no me suenan de nada, una silla volcada que de niño me daba miedo porque era idéntica a otra que había visto por la tele la noche antes de que Barron y Philip la trajeran, un palo de hóckey y una colección de medallas de diversas hazañas militares. Cuando termino ya es casi mediodía y tengo las manos y los bajos del pantalón negros de tanta mugre. Tiro a la basura torres de periódicos y catálogos, facturas con pinta de llevar años pendientes de pago, bolsas de plástico con perchas y cables, y también el palo de hóckey.

Dejo la espada apoyada contra la pared.

El jardín de la casa ya está hasta arriba de bolsas de basura, fruto del trabajo de la mañana. Hay demasiadas cosas; dentro de poco habrá que hacer un viaje al vertedero. Contemplo las casas impecables de nuestros vecinos, los jardines bien cuidados, las puertas recién pintadas, y luego miro la nuestra. Las ventanas delanteras tienen los postigos torcidos y uno de los vidrios está roto. La pintura está tan gastada que las tablillas de madera de cedro parecen grises. La casa se está pudriendo desde dentro.

Mientras saco a rastras la silla para dejarla en la acera, el abuelo baja las escaleras, me enseña las llaves del coche y las menea.

—Te quiero aquí a la hora de cenar —me advierte.

Me apodero de las llaves y las aprieto hasta que se me clavan en la palma de la mano. Dejo la silla donde está y me alejo como si de verdad tuviera una cita con el médico y no quisiera llegar tarde.

Capítulo seis

Según la información que encontré en Internet, la consulta del doctor Churchill está en la esquina de la avenida Vandeventer, en el centro de Princeton. Aparco frente a un restaurante de *fondues*, me miro en el retrovisor y me peino con los dedos; quiero parecer un chico bueno y responsable. Aunque me he lavado las manos tres veces en el aseo de una tienda en la que paré a tomar un café, todavía siento la piel sucia y grasienta. Procuro no frotarme los dedos en el pantalón mientras entro en la recepción y me acerco al mostrador.

La recepcionista tiene el pelo rizado y teñido de rojo; lleva unas gafas colgadas del cuello con una sarta de cuentas. ¿La habrá hecho ella misma? No sé por qué, pero si se dedica a las manualidades sospecho que será simpática. Viendo las arrugas de la cara y las raíces plateadas del cabello, le echo unos cincuenta y tantos años.

—Hola —la saludo—. Tengo cita a las dos.

La mujer me mira sin sonreír y escribe algo con el teclado que tiene delante. Sé perfectamente que en la pantalla no va a salir mi nombre, y así debe ser. Todo forma parte del plan.

—¿Cómo te llamas? —me pregunta.

—Cassel Sharpe. —Tengo que ceñirme a la verdad en la medida de lo posible, por si necesito improvisar o me piden el carnet. Mientras la recepcionista clica una y otra vez, intentando averiguar quién ha metido la pata, aprovecho para echar un vistazo a la oficina. Detrás del mostrador hay otra mujer joven con un uniforme de color lila. Sospecho que es enfermera, porque en la puerta aparece

el nombre de un solo médico: «Dr. Eric Churchill». Sobre los archiva-
dores del fondo hay expedientes en carpetas de color verde oscuro.
Veo una nota pegada con cinta adhesiva delante del mostrador. Una
nota impresa en papel con membrete. Alargo la mano para arrancarla.

—Pues aquí no me aparece, señor Sharpe —me dice la recepcionista.

—Oh —contesto, quedándome inmóvil. No puedo quitar la cinta sin que ella lo note—. Vaya. —Finjo desilusión, confiando en que
la recepcionista se apiade de mí y siga buscando en vano. O mejor
aún, que se marche a preguntarle a alguien.

No reacciona ante mi disgusto impostado. De hecho, parece más
molesta que conmovida.

—¿Quién pidió la cita?

—Mi madre. ¿Es posible que la reservara a su nombre?

La enfermera del uniforme saca una carpeta y la deja sobre el
mostrador, cerca de mí.

—Aquí no figura ningún Sharpe —contesta la recepcionista, sin
dejar de mirarme—. Tal vez su madre se haya confundido.

Inspiro hondo y me concentro en minimizar los gestos delatores.
Los mentirosos se tocan la cara para que los demás no los puedan ver
bien. Se ponen rígidos. Hay muchísimos gestos que pueden ponerlos
en evidencia: respirar demasiado deprisa, hablar atropelladamente,
ruborizarse...

—Ella se apellida Singer. ¿Le importaría comprobarlo?

Mientras la recepcionista gira el rostro hacia la pantalla, deslizo
la carpeta por el mostrador y la escondo debajo del abrigo.

—No, tampoco hay ningún Singer —dice con creciente irritación—. ¿Por qué no llama a su madre?

—Sí, buena idea —digo con la voz turbada. Al darme la vuelta,
arranco la hoja de papel pegada al mostrador. No sé si me ha visto.
Me obligo a no mirar atrás, a seguir caminando con un brazo cruzado sobre el abrigo para sujetar la carpeta mientras con la otra mano
meto dentro la hoja de papel, todo con absoluta naturalidad.

Oigo que se cierra una puerta. Una mujer (tal vez la paciente a la que corresponde esta carpeta) dice:

—No lo entiendo. Si me han echado un maleficio, ¿para qué sirve este amuleto? Mírelo, está lleno de esmeraldas. ¿Me está diciendo que no es mejor que los que se compran en un bazar...?

No me detengo a escuchar el resto. Continúo hacia la salida.

—Señor Sharpe —me llama una voz masculina.

Tengo las puertas justo delante. Unos pasos más y estoy fuera. Pero me detengo. Mi plan no va a funcionar si se acuerdan de mí, y no creo que se olviden del paciente al que tuvieron que perseguir hasta la calle.

—Eh... ¿Sí?

El doctor Churchill es un hombre moreno y delgado. Tiene el pelo corto, rizado y tan blanco como la cáscara de un huevo. Lleva unas gafas gruesas que se sube distraídamente por la nariz.

—No sé qué habrá ocurrido con su cita, pero ahora mismo tengo un hueco. Pase.

—¿Cómo? —Me giro hacia la recepcionista, sin soltar el abrigo cerrado—. ¿No me había dicho que...?

Ella frunce el ceño.

—¿Quiere que lo vea el doctor o no?

No se me ocurre otra cosa que obedecer.

Una enfermera me conduce a una sala en la que hay una camilla de exploración tapada con papel desechable. Me entrega un portapapeles con un formulario: quieren mi dirección y los datos del seguro. Cuando se marcha, me quedo mirando un gráfico que muestra las diferentes fases del sueño y sus respectivas ondas. Desgarro el forro de mi abrigo lo justo para meter dentro la carpeta. Me siento en un extremo de la camilla y relleno el formulario con información más o menos cierta.

Hay varios folletos sobre la repisa: «Los cuatro tipos de insomnio», «Síntomas de agresión con HBG», «Los peligros de la apnea del sueño» y «Todo sobre la narcolepsia».

Leo el folleto sobre las agresiones con HBG. Así se llama jurídica-
mente lo que le hizo mi madre a ese millonario: agresión. Hay una
lista de síntomas, con la advertencia de que el diagnóstico diferencial
(no sé qué es eso) de cada síntoma es muy amplio:

- Vértigo
- Alucinaciones auditivas
- Alucinaciones visuales
- Cefalea
- Fatiga
- Aumento de la ansiedad

Pienso en la música que oye Maura. ¿Hasta qué punto pueden
llegar esas alucinaciones?

Me vibra el móvil. Lo saco del bolsillo automáticamente, sin dejar
de mirar el folleto. No estoy leyendo nada que no sepa (por ejemplo,
sé que me duele la cabeza a menudo porque mi madre nos castigaba
obrándonos las emociones, en lugar de mandarnos a nuestro cuarto),
pero aun así me resulta extraño verlo impreso.

Abro el móvil y se me cae el folleto. *Tienes que venir*, dice el mensaje. *Tenemos un problema bien gordo.* Es el único mensaje de texto sin
faltas de ortografía ni abreviaturas que me han enviado nunca. Es de
Sam.

Lo llamo enseguida, pero me salta el buzón de voz; debe de estar
en clase. Consulto la hora en el móvil. Faltan treinta minutos para el
almuerzo. Le escribo a toda prisa: *Q has hecho?* Seguramente no será
el mensaje más comprensivo del mundo, pero me estoy imaginando
una catástrofe.

Me imagino que han pillado a Sam con mi cuaderno y que se
va de la lengua. Me imagino condenado a seguir clasificando la
basura de mis padres hasta que el abuelo me encuentre otro tra-
bajillo.

La respuesta llega muy deprisa: *Pagos.*

Suspiro. Seguramente alguien ha ganado una apuesta y Sam, como es lógico, no tiene dinero para cubrirla. *Vy nsguida*, le respondo justo cuando la puerta se abre y entra el médico.

El doctor Churchill se pone a leer el formulario del portapapeles sin mirarme.

—Dolores dice que ha habido un malentendido.

Dolores debe de ser la recepcionista antipática.

—Mi madre me ha dicho que hoy tenía cita con usted.

La mentira me sale muy natural; hasta parezco un poco ofendido. Cuando mientes, llega un momento en que has repetido algo tantas veces que acaba pareciéndote más verdadero que la propia verdad.

Entonces me mira y me da la impresión de que está viendo más de lo que yo quisiera. Pienso en la carpeta escondida en el abrigo; está tan cerca que podría agarrarla con solo estirar el brazo, antes de que yo pudiera hacer nada. Espero que no tenga estetoscopio, porque noto el corazón a punto de salírseme del pecho.

—¿Y por qué quería ver a un especialista del sueño? ¿Qué le ocurre? —me pregunta.

Titubeo. Quiero contarle lo del tejado, lo del sonambulismo y los sueños, pero si lo hago, se acordará de mí. Sé muy bien que no me va a dar el informe que necesito (ningún médico con dos dedos de frente lo haría), pero tampoco me puedo arriesgar a que escriba a Wallingford.

—A ver si lo adivino —continúa el doctor. Qué raro. ¿Cómo va a adivinar por qué viene un paciente a una clínica del sueño?—. Quiere hacerse la prueba.

No tengo ni la menor idea de a qué se refiere.

—Eso es —contesto—. La prueba.

—¿Y quién canceló la cita? ¿Su padre?

Me siento completamente perdido; no me queda otra que seguirle la corriente.

—Seguramente habrá sido mi padre, sí.

Asiente con la cabeza, como si tuviera todo el sentido del mundo, mientras hurga en un cajón. Su mano enguantada emerge con un puñado de electrodos y empieza a colocármelos en la frente; los adhesivos me tiran de la piel.

—Ahora vamos a medir las ondas gamma.

Pulsa un botón de una máquina y esta cobra vida. Unas agujas se deslizan por una hoja de papel, dibujando el mismo patrón que aparece en una pantalla, a mi izquierda.

—Las ondas gamma —repito. No estoy dormido. ¿Qué sentido tiene medirme las ondas gamma?—. ¿Me va a doler?

—Es un proceso rápido e indoloro. —El doctor echa un vistazo al papel—. ¿Hay algún motivo en especial por el que cree que es hiperbatigámmico?

Hiperbatigámmico. El enrevesado término médico que define a los obradores. HBG. Hachebegé.

—¿C-Cómo? —tartamudeo. El doctor entorna los ojos.

—Creía que...

Me acuerdo de la mujer a la que he oído en recepción. Se estaba quejando de que le habían obrado un maleficio y parecía que acababan de hacerle una prueba para confirmarlo. Pero el doctor no me está preguntando si creo que me han obrado. Me está preguntando si creo que soy un obrador.

Se trata de la prueba nueva, esa de la que no paran de hablar en los telediarios, la que los conservadores pretenden hacer obligatoria. En teoría, una prueba obligatoria evitaría que los niños HBG infringieran la ley accidentalmente al utilizar sus poderes por primera vez. En teoría, los resultados son confidenciales y no perjudican a nadie, ¿verdad? Pero quién se puede tragar ese rollo de la confidencialidad...

Sin duda acabarán en manos del gobierno; les encanta reclutar a obradores para misiones de antiterrorismo y otros encargos. O también podrían terminar (de manera legal o ilegal) en manos de las autoridades locales. Si la prueba se vuelve obligatoria, lo demás será cuestión de tiempo. Sí, ya sé que lo de la pendiente resbaladiza es una falacia lógica, pero algunas pendientes parecen más escurridizas que otras, ¿me sigues?

Los defensores de la propuesta animan a los no obradores a hacerse la prueba también. La idea es sencilla: si los obradores no se la hacen, serán los únicos que se nieguen. De esa manera, aunque no llegue a imponerse obligatoriamente, será más fácil determinar quién es hiperbatigámmico.

Bajo de un salto de la camilla y me arranco los electrodos de la piel. No me llevo especialmente bien con mi familia, pero la idea de formar parte de una base de datos de no obradores que más tarde se utilizará como una red para pescar a Philip, a Barron y al abuelo me resulta espantosa.

—Me tengo que ir. Lo siento.

—Siéntese, será solo un momento —insiste el doctor, sujetando los cables—. ¡Señor Sharpe!

Esta vez, cuando me dirijo a las puertas, no me paro hasta llegar al otro lado. Cabizbajo, ignoro a la enfermera que me llama. Ignoro las miradas de los pacientes de la sala de espera. Lo ignoro todo salvo el impulso de salir de aquí.

Me obligo a respirar hondo mientras conduzco. Piso el pedal del acelerador cada vez más fuerte; mis dedos juguetean con la radio para que el sonido ahogue mi único pensamiento: *Qué cagada.*

Mi plan era pasar inadvertido, pero ahora todos se acordarán de mí. Y les he dado mi verdadero nombre. Sé exactamente cuándo he cometido el fallo: cuando el doctor me ha dicho que ya sabía por qué había venido. Es un problema que tengo. A veces siento demasiado apego por mis timos: incluso cuando se tuercen prefiero continuar hasta que se vuelven en mi contra, en lugar de emprender la retirada. Debería haber interrumpido al médico y haberlo corregido, pero me ha podido la curiosidad. Me apetecía seguirle la corriente para averiguar a qué se refería.

Tengo la hoja con membrete. El plan todavía puede funcionar. Sin dejar de oír mis propios reproches más fuerte que la música de la radio, aparco delante del Target. En los escaparates veo cestas de colores pastel con huevos de Pascua de chocolate, a pesar de que seguramente se pondrán rancios antes de que llegue la Pascua. Entro en la zona de electrónica y elijo un móvil desechable. Mi segunda parada es una copistería, donde alquilo un ordenador por horas. El zumbido continuo de las fotocopiadoras y el olor a tinta de impresora me recuerdan al colegio y me calman un poco, pero cuando saco la carpeta de la mochila el corazón se me acelera otra vez.

Ese ha sido mi segundo error: robar una carpeta. Cuando se pongan a pensar en cómo han podido traspapelarla, probablemente se acuerden de mí, ese paciente tan memorable.

Solo necesito el logotipo de la clínica del sueño; el que aparece en Internet tiene una resolución tan baja que solo podría usarlo para enviar un fax. La carpeta no me hacía falta. De hecho, podría ocasionarme un problema muy serio. Pero al verla sobre el mostrador, la he robado sin pensar.

Cuando la abro, me siento aún más tonto. Solo aparece el nombre de una mujer, los datos de su seguro médico y un montón de números y diagramas con líneas en zigzag. Nada de utilidad. La única buena noticia es que la firma del doctor Churchill figura en una de las hojas; al menos podré falsificarla.

Paso varias páginas más hasta que encuentro un gráfico con el título «Ondas gamma» y unos cuantos círculos rojos dibujados alrededor de los picos de la línea en zigzag. Las ondas gamma. En Google encuentro más información sobre lo que estoy viendo. Aparentemente, los obradores del sueño te sumen en un estado casi idéntico al del sueño profundo, salvo por la presencia de ondas gamma. Estas (según el artículo) suelen aparecer únicamente cuando estamos despiertos o durante la fase REM de sueño ligero. Sin embargo, en este gráfico las ondas gamma están presentes durante las fases más profundas del sueño, cuando no hay movimiento ocular y cuando se producen el sonambulismo y las pesadillas. Esto demuestra que la mujer ha sido víctima de un obrador del sueño.

Según la misma web, las ondas gamma también son la clave para saber si uno mismo es obrador. Tanto si están despiertos como dormidos, las ondas gamma de los obradores son más altas que las de la gente normal. Mucho más altas.

Hiperbatigámmico.

Me quedo mirando la pantalla fijamente. Esta información me esperaba a un par de clics de distancia, pero nunca se me había pasado por la cabeza investigar. Intento analizar lo que ha pasado en la consulta del médico, por qué he reaccionado tan mal. No he sido listo. Me he dejado llevar por el pánico. Mi madre me ha dicho mil veces que no le cuente nada a nadie sobre nuestra familia (ni lo que sé ni lo que sospecho). Por eso me asusta tanto saber que ni siquiera hace falta que diga nada. Pueden averiguarlo a través de la piel.

Y sin embargo... Y sin embargo mi yo más patético quiere llamar al doctor y preguntarle si esa prueba prácticamente terminada le ha dado algún resultado. Y el doctor Churchill me respondería: «Cassel, todo el mundo estaba equivocado. Eres el obrador más flipante de Villaflipe. ¿De verdad no te habías dado cuenta? Enhorabuena. Bienvenido a la vida que te mereces».

Tengo que apartar estos pensamientos de mi mente. No me puedo permitir más distracciones. Sam me está esperando en Wallingford, y a menos que quiera pasarme por el colegio día sí y día también solo para arreglar sus meteduras de pata, tengo que falsificar una carta.

Primero escaneo la hoja. Después busco la tipografía con la que está escrita la dirección y uso el editor de imágenes para eliminarla e introducir el número del móvil desechable que acabo de comprar. Borro el texto principal de la hoja, que informa acerca del nuevo horario de la consulta, y en su lugar escribo: «Hace varios años que atiendo a Cassel Sharpe como paciente. Contraviniendo mis órdenes expresas, el paciente interrumpió su medicación, lo que derivó en un episodio de sonambulismo».

No sé qué más poner.

Después de otra búsqueda rápida en Google, encuentro un buen galimatías médico: «El paciente presentaba un trastorno del sueño producido por los estimulantes, que le provocaba ataques de insomnio. Se le ha recetado medicación y ahora vuelve a dormir toda la noche sin más incidentes. Dado que el insomnio puede producir sonambulismo, considero que no hay justificación médica alguna para vigilar a Cassel por las noches ni para impedirle que asista a clase».

Miro la pantalla y sonrío. Me dan ganas de llamar a uno de los ejecutivos que están imprimiendo gráficos circulares para enseñarle lo listo que soy. Me apetece presumir. ¿De qué más podría convencer al colegio el falso doctor Churchill?

«Asimismo», escribo, «he descartado las agresiones externas como causa del sonambulismo del paciente».

No tiene sentido que se preocupen por algo que seguramente se debe a mi sentimiento de culpa masoquista. Ni ellos ni yo.

Imprimo la carta en la falsa hoja con membrete y también un sobre igualmente falso. Lo cierro y pago lo que debo en la copistería. Mientras echo la carta al buzón, caigo en la cuenta de que tengo que hacer otra cosa si quiero evitar que me expulsen otra vez.

Solucionar lo del sonambulismo.

Llego a Wallingford más o menos a las cuatro; a Sam le toca ensayo del club de teatro. Me cuelo sin problemas en el auditorio Carter Thompson Memorial y me siento en una butaca del fondo. Apenas hay luz porque todos los focos apuntan al escenario, donde el elenco está impidiendo que Pipino dé muerte a su padre.

—Juntaos un poco más —dice la señora Stavrakis, la profesora de Teatro, claramente aburrida—. Y levanta bien ese puñal, Pipino. Que se refleje la luz para que lo veamos mejor.

Veo a Audrey al lado de Greg Harmsford, sonriendo. Aunque no puedo distinguir bien la cara, la memoria me dice que el jersey azul que lleva puesto hace juego con sus ojos.

—Y tú no dejes de hacerte el muerto —le dice la señora Stavrakis a James Page, que interpreta a Carlomagno—. Solo tienes que estar tumbado un rato antes de que te resucitemos.

Sam entra en el escenario y carraspea.

—Eh... disculpe. Antes de repetir la escena, ¿podemos probar los efectos? Queda muy cutre sin la bolsa de sangre y tenemos que ensayarlo. Eh... ¿y no quedaría brutal que Pipino le pegase un tiro a Carlomagno, en lugar de apuñalarlo? Así podríamos usar las cápsulas de sangre, que salpican un montón.

—Estamos en el siglo VIII —dice la señora Stavrakis—. Nada de armas de fuego.

—Pero al principio del musical cada uno lleva un traje de una época histórica diferente —insiste Sam—. Así que...

—Nada de armas de fuego —repite la profesora.

—De acuerdo, ¿y si usamos una de las bolsas? O también puedo colocar una cápsula de sangre en la punta del cuchillo retráctil.

—Tenemos que ensayar el resto de la escena, Sam. Mañana ven antes del ensayo y lo hablamos, ¿vale?

—Vale —contesta Sam. Desaparece entre bastidores, así que me levanto y lo sigo.

Lo encuentro frente a una mesa llena de botellas de líquido rojo y envoltorios de preservativos. Oigo la voz de Audrey al otro lado, gritando algo sobre una fiesta el sábado por la noche.

—¿Y todo esto? —digo en voz alta—. Los del club de teatro sí que sabéis divertiros.

Sam se da la vuelta con brusquedad; no me había oído llegar. Luego se gira hacia la mesa y suelta una risotada nerviosa.

—Son para llenarlos de sangre —me explica, pero se está poniendo colorado—. Son resistentes, pero es fácil hacerlos estallar.

Examino uno.

—Si tú lo dices...

—No, mira. —Me lo quita—. Colocas una pequeña carga explosiva en una placa de metal cubierta de espuma y luego la cubres con la bolsa de sangre. Funciona con una pila, así que solo hay que pegarla con cinta adhesiva y pasar un cable por el cuerpo del actor para esconder el disparador fuera del escenario. El cable se puede tapar con cinta americana, por ejemplo. Si es para grabarlo en vídeo o algo así, no pasa nada si se ven los cables, porque se pueden borrar después. Pero en el escenario hay que disimularlos.

—Claro —digo—. Qué pena que no te dejen usarlas.

—Tampoco les convencen las prótesis. Quería ponerle una barba a James. ¿Es que la señora Stavrakis no ha visto nunca un cuadro de Carlomagno? Siempre sale con barba. —Se me queda mirando un rato—. ¿Estás bien?

—Sí. Claro que sí. Bueno, ¿quién ha ganado? ¿Y en qué apuesta?

—Ah, sí, perdona. —Sigue guardando el material—. Alguien ha visto a dos profes morreándose. Casi nadie había apostado por ellas, pero hay tres personas que sí. Les debes unos seiscientos pavos. —Se corrige—. Les debemos.

—Supongo que la banca no siempre gana. —La he cagado a lo grande con los cálculos, pero no quiero que Sam sepa que esto va a ser un palo para mí. Mi negocio depende de que la gente se equivoque en sus apuestas—. ¿Qué profes han sido?

Sam sonríe.

—Ramírez y Carter.

Sacudo la cabeza. La profe de Música y la profe de Lengua de primero. Las dos están casadas.

—¿Qué pruebas hay? Espero que no estés repartiendo dinero sin...

Sam abre el portátil y me enseña la foto: la señora Carter acaricia la nuca de la señora Ramírez mientras le besa el cuello.

—¿Está trucada? —pregunto, esperanzado. Sam niega con la cabeza.

—Por cierto, todos están muy raros desde que me ocupo de tu negocio. Están interrogando a mis amigos sobre mí.

—A la gente no le gusta que su corredor de apuestas tenga amigos. Se ponen nerviosos.

—No pienso dejar de hablar con mis amigos.

—Claro que no —digo de forma automática—. Voy a buscar la pasta. Oye —añado con un suspiro—. Siento haberte pedido pruebas, he sido un capullo. —Siento un hormigueo de incomodidad. Estoy tratando a Sam como si él también fuera un delincuente.

—No te preocupes, no has sido un capullo —contesta, algo perplejo—. No más de lo normal, vamos. Te veo igual que siempre, tío.

Supongo que Sam está acostumbrado a hablar con gente desconfiada y con mal genio. O quizá nunca le he parecido tan normal como yo creía. Me dirijo a la biblioteca con la cabeza gacha. Si Northcutt o alguno de sus lacayos me ven, seguro que interpretan mi presencia en el colegio como una violación de mi «baja por enfermedad». Consigo no cruzarme con nadie conocido ni mirar a la gente a la cara de camino a la biblioteca.

La biblioteca Lainhart es el edificio más feo de todo el campus. Fue construido con los fondos donados por un músico en los años ochenta, cuando por lo visto se creía que una estructura circular e inclinada en un ángulo extraño era el complemento perfecto para los majestuosos edificios de ladrillo vecinos. Pero por muy feo que sea por fuera, por dentro es muy agradable y está lleno de sofás. Las estanterías se abren en abanico desde una sala central con multitud de asientos y un enorme globo terráqueo que los alumnos de último curso intentan robar año tras año (es una de las apuestas más populares).

La bibliotecaria me saluda desde su gran escritorio de roble. Hace poco que terminó de estudiar Biblioteconomía y tiene una colección de gafas de ojo de gato de todos los colores del arcoíris. Varios pringados apostaron a que se la ligarían. Casi me sentí mal cuando les dije las probabilidades que había asignado.

—Me alegro de que hayas vuelto, Cassel —me saluda.

—Y yo me alegro de haber vuelto, señorita Fiske.

Ya que me ha visto, es mejor no llamar la atención. Con un poco de suerte, para cuando se dé cuenta de que en realidad no había vuelto, ya lo habré hecho.

Mi reserva para las apuestas (tres mil dólares en total) está escondida entre las páginas de un enorme *onomasticon* con tapas de cuero. Llevo más de dos años escondiéndolo ahí sin incidentes. Nadie lo toca salvo yo. Mi único miedo es que decidan retirar el libro porque nadie consulta jamás un *onomasticon*, pero creo que Wallingford lo conserva por su aspecto caro y enigmático: hace creer a los padres que vienen de visita que sus hijos están aprendiendo cosas muy sesudas.

Abro el libro, saco seiscientos dólares y me pierdo por la biblioteca durante un par de minutos, fingiendo que estoy planteándome leer un poco de poesía renacentista. Luego me escabullo a la residencia, donde he quedado con Sam. Justo cuando subo el último escalón y entro en el pasillo, Valerio sale de su habitación. Me cuelo rápidamente en los lavabos y me encierro en un retrete. Apoyo la espalda en la pared mientras espero a que el corazón vuelva a latirme con normalidad. Me digo que si nadie me ve haciendo nada bochornoso, no hay razón para que me sienta avergonzado. Valerio no viene hacia aquí. Le envío un mensaje a Sam.

Al cabo de un rato entra en los lavabos, riéndose.

—Qué lugar tan clandestino para una reunión.

Abro la puerta del retrete.

—Eso, tú ríete. —Pero no hay rencor en mi voz, solo alivio.

—Todo despejado —dice Sam—. El águila ha entrado en el redil. La vaca ha alzado el vuelo.

No puedo contener la sonrisa mientras saco el dinero del bolsillo.

—Eres un maestro del sigilo.

—Oye, ¿me enseñarías a calcular probabilidades? Por si... no sé, por si quisiera aceptar apuestas sobre alguna otra cosa. ¿Y cómo va lo de los márgenes? ¿Cómo los calculas? He buscado en Internet, pero tú lo haces de otra manera.

—Es complicado —contesto. En otras palabras: las apuestas están amañadas.

Sam se apoya en el lavabo.

—Todos los asiáticos somos unos genios de las matemáticas.

—Lo que tú digas, genio. En otro momento, ¿vale?

—Claro —contesta. ¿Sam ya está pensando en echarme de mi propio negocio y montárselo por su cuenta? Si lo intenta, seguro que se me ocurre algo para joderlo, pero la sola idea de elaborar otro plan ya me agota.

Sam cuenta el dinero con cuidado. Lo miro en el espejo.

—¿Sabes qué me gustaría? —dice cuando termina.

—¿Qué?

—Que alguien transformara mi cama en un robot para organizar duelos a muerte con otras camas robot.

Se me escapa una carcajada.

—La verdad es que sería brutal.

Esboza una sonrisa tímida.

—La gente podría apostar en los combates. Y nosotros nos haríamos asquerosamente ricos.

Apoyo la cabeza en el marco de la puerta del retrete mientras miro las grietas amarillentas de los azulejos, y sonrío.

—Si alguna vez te he dado a entender lo contrario, lo retiro. Sam, eres un genio.

No se me da bien tener amigos. No me malinterpretes, puedo ser de utilidad a los demás. Sé adaptarme. Me invitan a las fiestas y me puedo sentar en cualquier mesa de la cafetería.

Pero no le veo sentido a confiar en alguien que no quiere conseguir nada de mí.

Toda amistad es una negociación de poder.

Por ejemplo, el mejor amigo de Philip se llama Anton. Anton es primo de Lila; en verano venía a Carney con ella. Anton y Philip se pasaban esos tres asfixiantes meses emborrachándose con el alcohol que les sacaban a los lugareños y poniendo a punto sus coches.

La madre de Anton es Eva, la hermana de Zacharov, lo que convierte a Anton en el pariente varón más cercano de Zacharov. Y Anton se aseguró de que Philip entendiera que, si quería trabajar para la familia, iba a tener que estar al servicio de Anton. Su amistad se basaba (y se basa todavía) en que Philip tenga muy claro que Anton manda y él obedece.

Yo no le caía bien a Anton porque mi amistad con Lila no tenía nada que ver con él ni con su posición.

En una ocasión, cuando teníamos trece años, Anton entró en la cocina de la abuela de Lila. Ella y yo estábamos forcejeando por alguna tontería, empujándonos contra los armarios y riéndonos. Anton me apartó de Lila y me tiró al suelo de un empujón.

—Pídele perdón, pervertido —me dijo.

Era verdad que todo aquel forcejeo era más o menos una excusa para poder tocar a Lila, pero habría preferido que Anton me moliera a patadas antes que admitirlo.

—¡Déjalo en paz! —le gritó Lila a Anton, agarrándole las manos enguantadas.

—Tu padre me ha enviado aquí para que te vigilase —dijo Anton—. Y no le haría gracia saber que estás todo el tiempo con este anormal. Ni siquiera es uno de nosotros.

—Tú no puedes darme órdenes —le espetó Lila—. Ni se te ocurra.

Anton me miró.

—¿Y si te doy las órdenes a ti, Cassel? Ponte de rodillas. Estás en presencia de una princesa obradora.

—No le hagas caso —dijo Lila con frialdad—. Levántate.

Había empezado a ponerme de pie cuando Anton me dio una patada en el hombro y volví a caer de rodillas.

—¡Para ya! —gritó Lila.

—Muy bien —me dijo Anton—. ¿Y si le besas los pies? Te mueres de ganas.

—Te he dicho que lo dejes en paz, Anton —lo increpó Lila—. ¿Por qué tienes que ser tan capullo?

—Bésale los pies —repitió Anton— y dejaré que te levantes.

A sus diecinueve años, Anton ya era muy corpulento. Me dolía el hombro y me ardían las mejillas. Me incliné hacia delante y apoyé los labios en el pie de Lila. Llevaba sandalias. Habíamos estado nadando esa mañana y la piel le sabía a sal.

Lila echó la pierna hacia atrás y Anton se rio.

—Te crees que ya estás al mando —dijo Lila con voz temblorosa—. Te crees que mi padre te nombrará su heredero, pero yo soy su hija. Yo soy la heredera. Y cuando sea la jefa de la familia Zacharov, me acordaré de esto.

Me levanté despacio y me marché a casa de mi abuelo.

Lila se pasó varias semanas sin hablarme, seguramente porque yo había obedecido a Anton en lugar de a ella. Y Philip hizo como si no hubiera pasado nada. Como si ya hubiera elegido cuál de los dos era más importante para él. Como si ya hubiera decidido que prefería el poder antes que a mí.

No me fío de que las personas a las que quiero no me hagan daño. Ni tampoco de que yo no vaya a hacerles daño a ellas.

La amistad es una mierda.

Camino del coche consulto la hora en el móvil. Es mejor que vuelva a casa pronto si no quiero que al abuelo le llame la atención mi ausencia. Pero aún me queda una parada. Mientras salgo del coche, llamo a Maura. Es el último ingrediente de mi plan: alguien que responda al móvil desechable en caso de que suene.

—¿Hola? —dice en voz baja. Se oye el llanto del bebé de fondo.

—Hola. —Respiro aliviado. Temí que contestara Philip—. Soy Cassel. ¿Te pillo ocupada?

—Me pillas limpiando pegotes de melocotón de la pared. ¿Buscas a tu hermano? Está en...

—No —contesto, quizá más deprisa de la cuenta—. Tengo que pedirte un favor. A ti. Me salvarías la vida.

—Vale —contesta.

—Solo necesito que respondas a un teléfono móvil que te voy a dar y finjas que eres la recepcionista de una clínica del sueño. Te anotaré lo que debes decir exactamente.

—A ver si lo adivino. Quieres que les diga que ya puedes volver al colegio.

—Qué va. Solo tienes que confirmar que la clínica les ha enviado una carta y que el doctor está ocupado con un paciente, pero que se comunicará más tarde. Luego me llamas a mí y yo me ocupo del resto, aunque no creo que haga falta nada más. Quizá quieran confirmar que la clínica ha enviado la carta, pero lo más probable es que no pase de ahí.

—¿No eres un poco joven para ir por ahí cometiendo delitos?

Sonrío.

—¿Entonces lo vas a hacer?

—Claro. Tráeme el móvil. Philip aún tardará una hora en volver. Porque me imagino que no quieres que él sepa nada de esto.

Sonrío. Parece tan normal que me cuesta recordar a la Maura ojerosa sentada en lo alto de la escalera y hablando sobre los ángeles.

—Maura, eres una diosa. Dibujaré tu rostro en el puré de patatas para que todos puedan venerarte igual que yo. Cuando dejes a Philip, ¿te casarás conmigo?

Suelta una risa.

—Más vale que Philip no te oiga decir eso.

—Ya —contesto—. ¿No has cambiado de opinión? ¿Se lo has dicho ya?

—¿El qué?

—Eh... —farfullo—. Lo de la otra noche. Dijiste que querías dejarlo... Bueno, supongo que al final lo arreglasteis. Me alegro mucho.

—Yo nunca he dicho eso —replica Maura con firmeza—. ¿Por qué iba a decir algo así, con lo felices que somos Philip y yo?

—No sé. Seguramente te habré entendido mal. Tengo que colgar, enseguida te llevo el móvil.

Guardo el teléfono con las manos sudorosas. ¿Qué acababa de ocurrir? Quizá Maura no haya querido decirlo por teléfono por si la están espiando. O quizá haya alguien con ella ahora mismo y no pueda hablar con libertad.

Entonces me acuerdo de que el abuelo comentó que Philip la estaba obrando. ¿Seguro que soy yo el que se ha equivocado? Quizá Maura no se acuerde de lo que me dijo porque Philip ha contratado a alguien para que le quite esos recuerdos. Quizá haya muchas más cosas que no recuerda.

Maura me abre la puerta cuando llamo al timbre, pero no del todo. Tampoco me invita a pasar. Siento un nudo de inquietud en el estómago.

La miro a los ojos intentando leer su expresión, pero solo veo cansancio.

—Gracias de nuevo por hacerme este favor. —Le tiendo el móvil envuelto en una hoja con las instrucciones.

—De nada. —Sus guantes de cuero rozan los míos cuando le doy el móvil. Me va a cerrar la puerta en las narices, así que meto el pie para impedírselo.

—Espera. Espera un segundo. —Frunce el ceño—. ¿Te acuerdas de la música?

Maura deja que la puerta se abra de nuevo y me mira fijamente.

—¿Tú también la oyes? Ha empezado esta mañana, es preciosa. ¿No te parece preciosa?

—Nunca he oído nada igual —digo con cautela. Maura está siendo sincera. No se acuerda. Y solo se me ocurre una persona a la que le convendría que Maura olvidase que quiere dejar a su marido.

Rebusco en el bolsillo y saco el amuleto de la memoria. *Esto es para recordar.* Tiene aspecto de reliquia familiar, algo que podrían regalarle a una nuera para darle la bienvenida a la familia.

—Mi madre quería que tuvieras esto —miento.

Maura retrocede. Entonces me acuerdo de que mi madre no le cae bien a todo el mundo.

—Philip no quiere que lleve amuletos —contesta—. Dice que la esposa de un obrador no debe mostrar miedo.

—Puedes esconderlo —añado rápidamente, pero la puerta ya se está cerrando.

—Cuídate —se despide Maura a través de la rendija—. Adiós, Cassel.

Me quedo parado en los escalones varios segundos, amuleto en mano, intentando pensar. Intentando recordar.

La memoria es traicionera. Se amolda a nuestra percepción del mundo, se pliega para acomodarse a nuestros prejuicios. No es de fiar. Los testigos rara vez recuerdan los mismos hechos. Se equivocan al identificar a una persona. Dan detalles de acontecimientos que nunca han sucedido. La memoria es traicionera, pero de pronto la mía se me antoja más traicionera aún.

Tras el divorcio de sus padres, Lila se vio arrastrada por toda Europa durante una temporada y luego pasó varios veranos con su padre en Nueva York. Yo no tenía noticias de ella, tan solo lo que su abuela le iba contando a la mía, así que me quedé helado cuando un día entré en la cocina y la encontré sentada en la encimera, charlando con Barron como si nunca se hubiera marchado.

—Hola —me saludó, haciendo explotar una pompa de goma de mascar. Se había cortado el pelo a la altura de la barbilla y lo llevaba teñido de rosa. Entre eso y los ojos maquillados, parecía mayor de trece años. Mayor que yo.

—Lárgate —me espetó Barron—. Estamos hablando de negocios.

Se me hizo un nudo en la garganta, como si fuera a dolerme al tragar.

—Pues vale. —Tomé mi novela de Heinlein y una manzana y regresé al sótano.

Me quedé viendo un rato la tele: un animé en el que un tipejo armado con un espadón despedazaba satisfactoriamente a una horda de monstruos. Pensé en lo poco que me importaba que Lila hubiera vuelto. Un rato después, ella bajó las escaleras y se dejó caer en el gastado sofá de cuero, a mi lado. Llevaba un jersey gris con dos agujeros en las mangas por los que sacaba los pulgares, y noté que tenía una tirita en la mejilla.

—¿Qué quieres? —le pregunté.

—Verte. ¿Qué voy a querer? —Señaló mi libro—. ¿Está bien?

—Si te gustan las asesinas buenorras clonadas. ¿Y cómo no te van a gustar?

—Tendrías que estar loco —contestó Lila. No pude contener la sonrisa.

Me habló un poco de París y del diamante que su padre había conseguido en una subasta de Sotheby's; se decía que había pertenecido a

Rasputín y que le había concedido la vida eterna. Me contó que desayunaba café con leche y pan con mantequilla en el balcón. No parecía echar de menos el sur de Jersey. Y no era de extrañar.

—¿Y qué quería Barron? —le pregunté por fin.

—Nada. —Lila se mordió el labio mientras se recogía el cabello fucsia en una coleta bien apretada.

—Secretos de obradores —dije, agitando las manos para indicar lo impresionado que estaba—. Uuuuuh, no me lo cuentes, no vaya a ser que me chive a la poli.

Lila se miró fijamente el pulgar que asomaba por el tejido de lana.

—Dice que es muy sencillo, que solo serán un par de horas. Y me ha prometido devoción eterna.

—Parece una ganga —dije.

Secretos de obradores. Sigo sin saber adónde fueron aquel día ni qué tuvo que hacer Lila, pero cuando regresó tenía el pelo alborotado y el pintalabios corrido. No hablamos de ello, pero vimos un montón de pelis de atracadores en blanco y negro y me dejó fumar unos Gitanes sin filtro que había comprado en París.

Los celos me envenenaban las venas. Quería matar a Barron.

Supongo que al final me conformé con Lila.

Capítulo siete

Llego a la casa vieja a tiempo para la cena, que consiste en una especie de guiso con muchos fideos, zanahoria en rodajas y cebollitas. Me zampo tres platos acompañados de café solo, con la gata blanca enroscada en los tobillos; le voy pasando los trozos de carne que encuentro en el plato.

—¿Cómo te ha ido en la cita con el médico? —El abuelo también bebe café. Le tiembla un poco la mano al llevarse la taza a los labios; me pregunto si le habrá echado un chorrito de algo más.

—Bien —contesto con cautela. No quiero decirle nada sobre la prueba ni sobre los recuerdos desaparecidos de Maura, así que apenas tengo nada que contar—. Me han conectado a una máquina y me han pedido que intentara quedarme dormido.

—¿Allí mismo, en la consulta?

Ha sonado inverosímil, es verdad, pero ya no puedo echarme atrás.

—Sí, y he conseguido quedarme dormido un rato. Solo querían hacerme las primeras pruebas. Una «evaluación inicial», según el médico.

—Ya —dice el abuelo mientras se levanta para recoger la mesa—. Supongo que por eso has llegado tan tarde.

Recojo mi plato y lo llevo al fregadero sin decir nada.

Por la noche, después de limpiar casi todo el piso de arriba y terminar cubierto de polvo de los pies a la cabeza, vemos una serie: *La banda de los proscritos*. Va de unos obradores de maleficios que forman parte de un grupo secreto del FBI y usan sus poderes para detener a otros obradores, sobre todo narcotraficantes y asesinos en serie.

—¿Sabes cómo se reconoce a un obrador? —pregunta el abuelo con un gruñido. Ha rescatado esa silla que tanto odio; está sentado en ella, con el rostro iluminado por la luz azulada de la pantalla. El protagonista de la serie, MacEldern, acaba de echar una puerta abajo mientras un obrador de las emociones hace que los malos se echen a llorar y confiesen entre balbuceos. No puede ser más cutre, pero el abuelo no me deja cambiar de cadena.

Miro de reojo los muñones ennegrecidos de sus dedos.

—¿Cómo?

—Nadie más niega que tiene poderes. Todo el mundo se cree especial. Todos cuentan alguna anécdota sobre aquella vez que desearon que le pasara algo malo a alguien, o que alguna imbécil se enamorara de ellos, y se hizo realidad. Ni que todas las coincidencias del mundo fueran maleficios, joder.

—A lo mejor es verdad que tienen una pizca de poder —contesto—. A lo mejor todo el mundo tiene algo.

El abuelo suelta un resoplido burlón.

—No te creas esas mierdas. Aunque tú no seas obrador, procedes de una orgullosa familia de obradores. Eres demasiado listo para pensar igual que... cómo se llama... el que dijo que los niños pueden activar sus poderes si toman suficiente LSD.

Una de cada mil personas es un obrador. Y el sesenta por ciento son obradores de la suerte. La gente solo quiere creer en las probabilidades. El abuelo debería entenderlo.

—Timothy Leary —contesto.

—Ese. Y recuerda cómo terminó la cosa. Todos esos críos tocándose unos a otros... Se volvieron medio locos imaginando que los estaban obrando, que se estaban muriendo por las reacciones. Se destrozaron a arañazos. Los sesenta y los setenta fueron décadas absurdas, llenas de falsos mitos y estrellas del rock chaladas que se hacían pasar por profetas y fingían ser obradores. ¿Sabes a cuántos obradores contrataron para el maleficio que Fabulous Freddy aseguraba que hizo sin ayuda?

Es inútil intentar cambiar de tema cuando el abuelo ha arrancado con sus peroratas. Disfruta demasiado como para darse cuenta de que ya las he oído un millón de veces. Lo único que puedo hacer es intentar que pase de un sermón a otro.

—¿A ti te contrataron alguna vez? Por entonces tendrías... veintitantos años, ¿verdad? ¿O más?

—Yo trabajaba para el viejo Zacharov, ¿no? No iba por libre. Pero conozco a gente que sí. —Se echa a reír—. Como un fulano que se fue de gira con la Black Hole Band. Un obrador físico. Y muy bueno. Si alguien se metía con el grupo, terminaba con todo el cuerpo enyesado.

—Creía que los obradores de las emociones eran los más populares. —A pesar de todo, la conversación me interesa. Normalmente, cuando el abuelo suelta este discurso, siento que en realidad se lo está contando al resto de la familia y que yo soy un oyente accidental. Pero esta vez estamos los dos solos. Y pienso en todas las fotos que he visto en Internet o en los especiales del canal VH1 de aquella época. Artistas con cabeza de cabra, sirenas que nadaban en tanques de agua hasta que se ahogaban porque la obradora no sabía lo que estaba haciendo al transformarlas, personas convertidas en caricaturas cabezonas y de ojos saltones. Todo eso lo hizo una única obradora de la transformación que murió de sobredosis en su habitación de hotel, rodeada de animales obrados que caminaban en dos patas y farfullaban incoherencias.

Hoy en día no quedan obradores de la transformación que los grupos de música puedan contratar para que hagan esa clase de cosas (suponiendo que fuera legal). Se dice que hay uno en China, pero hace mucho que no se sabe nada de él.

—Ya, el problema es que no se puede obrar a todo el público. Es demasiada gente. Hubo un chaval que lo intentó. Le echó huevos y decidió aguantar la reacción. Dejó que toda una multitud lo fuera tocando, uno tras otro, y los hizo sentir eufóricos a todos. Como si él fuera una droga.

—Y la reacción también debió de ser la euforia, ¿verdad? ¿Qué tiene de malo?

La gata blanca se sube de un salto al sofá y empieza a desgarrar los cojines con las uñas.

—¿Lo ves? Ese es el problema que tenéis los jóvenes. Todos sois iguales. Os creéis inmortales. Creéis que nadie ha intentado nunca las tonterías que hacéis. Ese chico se volvió loco. Sonreía y babeaba. Estaba feliz, pero loco de atar. Es hijo de un pez gordo de la familia Brennan, así que al menos tienen dinero para pagar sus cuidados.

El abuelo sigue despotricando sobre la estupidez de la juventud en general y de los jóvenes obradores en particular. Acaricio a la gata, que se va calmando bajo mi mano hasta que se queda quieta y muda como una estatua, sin ronronear.

Esa noche, antes de acostarme, busco en el armario de las medicinas. Me tomo dos somníferos y me quedo dormido con la gata echada a mi lado.

No sueño.

Alguien me zarandea.

—Arriba, bella durmiente.

El abuelo me tiende una taza de café demasiado cargado, pero hoy me hace falta. Siento que tengo la cabeza llena de arena.

Me pongo el pantalón y me meto las manos en los bolsillos para ponerlos del derecho, pero en ese momento me doy cuenta de que me falta algo. El amuleto. El amuleto de mamá. El que ayer intenté darle a Maura.

Recuerda.

Me arrodillo y me asomo bajo la cama. Solo hay polvo, novelas de bolsillo que llevaban años perdidas y veintitrés centavos.

—¿Qué buscas? —me pregunta el abuelo.

—Nada.

Cuando Philip, Barron y yo éramos pequeños, mi madre nos llamaba a los tres y nos decía que la familia lo era todo, que no podíamos confiar en nadie más que en nosotros. Después nos tocaba los hombros con las manos desnudas, uno tras otro, y entonces nos embargaba el amor por nuestros hermanos, un amor asfixiante.

—Prometeos que siempre os querréis y que haréis lo que haga falta para protegeros mutuamente. Jamás os haréis daño. Jamás os robaréis. La familia es lo más importante. Nadie os querrá como vuestra familia.

Los tres nos echábamos a llorar, nos abrazábamos y se lo prometíamos.

Los maleficios emocionales tardan meses y meses en desaparecer. Un año después, te sientes tonto por lo que hiciste o dijiste cuando te obraron, pero la sensación de plenitud de esas emociones no se olvida.

Son los únicos momentos en los que me he sentido a salvo.

Aún con la taza de café en la mano, salgo de casa para tratar de que se me aclaren las ideas. Un pie delante del otro. Inspiro hondo el aire frío y puro, como si me estuviera ahogando en el mar.

Las cosas se pueden caer solas de los bolsillos, me digo. Antes de volverme loco del todo, debería buscarlo en el coche. Si se me ha colado por la ranura del asiento o ha caído sobre la alfombrilla, me voy a sentir imbécil. Y eso es lo que más deseo ahora mismo.

Siento el impulso de abrir el móvil. Tengo un par de llamadas perdidas de mi madre (seguro que le fastidia no poder seguir llamándome a una línea fija), pero las ignoro y llamo a Barron. Necesito a alguien que responda a mis preguntas, que no intente protegerme. Salta el buzón de voz. Me quedo ahí plantado, pulsando el botón de rellamada una y otra vez, y escuchando el tono. ¿A quién más puedo acudir? Finalmente se me ocurre una manera de intentar llamarlo a su habitación de la residencia.

Marco el número de la centralita de Princeton. No consiguen localizar su habitación, pero por suerte me acuerdo del nombre de su compañera de cuarto.

Responde una chica con voz ronca y débil, como si acabara de despertarla.

—Ah, hola —le digo—. Quería hablar con mi hermano Barron.

—Barron ya no estudia aquí —me responde.

—¿Cómo?

—Dejó la uni un par de meses después de que empezara el curso. —Parece impaciente; ya se ha espabilado—. ¿Dices que eres su hermano? Porque aquí hay unas cuantas cosas suyas.

—Es un poco despistado. —Es verdad que Barron siempre ha sido despistado, pero ahora mismo cualquier olvido me da mala espina—. Puedo ir a buscarlas yo, si quieres.

—Ya se las envié por correo. —De pronto se queda callada. ¿Qué habrá pasado entre ellos? No me imagino a Barron dejando la universidad por una chica, pero tampoco me lo imagino dejando

Princeton, por la razón que fuera—. Me harté de que prometiera venir a buscarlas. Y no me ha pagado los gastos de envío.

Mi mente va a toda velocidad.

—¿Todavía tienes la dirección a la que enviaste sus cosas?

—Sí. ¿Seguro que eres su hermano?

—No sé dónde vive ahora, pero es mi culpa —miento rápidamente—. Cuando murió papá, me porté como un crío. Nos peleamos en el funeral y luego no quise responder a sus llamadas. —No me hace falta esforzarme para que se me quiebre la voz en el momento justo. Impresionante.

—Vaya... —dice la chica.

—Mira, solo quiero pedirle disculpas —insisto, adornando un poco más la mentira. No sé si mi voz suena arrepentida. Lo que siento ahora es un miedo gélido.

Oigo el roce de unos papeles.

—¿Tienes un boli?

Me apunto la dirección en la mano, le doy las gracias y cuelgo mientras vuelvo a entrar en la casa. Mi abuelo está amontonando docenas de postales que saca de detrás de una cómoda. Tiene los guantes manchados de purpurina. Es curioso lo vacías que parecen las habitaciones ahora que ya no hay basura. Oigo el eco de mis propios pasos.

—Necesito el coche otra vez —le digo.

—Aún tenemos que limpiar el dormitorio de arriba —me dice—. Y también el porche y la salita. Y hay que guardar en cajas todas las cosas de las habitaciones que están terminadas.

Levanto el móvil y lo meneo ligeramente, como si el aparato tuviera la culpa de todo.

—El médico quiere hacerme más pruebas. —Miente hasta que te creas tu propia mentira. Ese es el secreto, la única manera de que no se te note nunca.

Pero yo aún no lo domino del todo.

—Ya me lo imaginaba —dice con un profundo suspiro. Me quedo esperando a que me eche la bronca, a que me diga que ya ha hablado con el médico o que sabe desde el principio que le estoy mintiendo en la cara. Pero no hace nada de eso. Saca las llaves del bolsillo de la chaqueta y me las lanza.

Mi amuleto no está en el suelo del Buick ni en la ranura del asiento del conductor, aunque allí encuentro una bolsa arrugada de comida para llevar. Echo gasolina y aprovecho para comprar otro café y tres chocolatinas. Mientras espero a que el dependiente me traiga el cambio, introduzco la nueva dirección de Barron en el GPS de mi móvil. Vive en Trenton, en una calle que no conozco.

Es solo una corazonada, pero algo me dice que todos estos hechos insólitos (el sonambulismo, los recuerdos contradictorios de Maura, que Barron haya dejado la universidad sin decírselo a nadie, incluso el amuleto desaparecido) están conectados.

Y cuando piso el acelerador y el coche avanza a toda velocidad, siento que voy en la dirección correcta por primera vez en mucho tiempo.

Lila celebró su catorce cumpleaños en la ciudad, en un hotel de lujo propiedad de su padre. Fue una de esas ocasiones en las que se reúnen un montón de obradores, se intercambian diversos sobres que teóricamente tienen que ver con la fiesta y se habla de asuntos que es mejor que no oiga un don nadie como yo. Lila me llevó a rastras a su habitación del hotel una hora antes de que empezara la fiesta. Se había puesto una tonelada de maquillaje negro con purpurina y una camiseta holgada con la cara de un gato de dibujos animados. Ya no llevaba el pelo rosa, sino rubio platino y de punta.

—Qué muermo —dijo mientras se sentaba en la cama. No llevaba guantes—. Odio las fiestas.

—A lo mejor puedes meter la cabeza en un cubo de champán y ahogarte.

Lila me ignoró.

—Vamos a hacernos agujeros en las orejas. Me apetece agujerearte las orejas.

Ella llevaba unos pendientes de perlas diminutos. Si las hubiera mordido, seguro habría descubierto que eran auténticas. Se llevó la mano a uno de los pendientes, como si pudiera leerme la mente.

—A estos me los hicieron con pistola a los siete años —me explicó—. Mi madre me dijo que me compraría un helado si no lloraba, pero al final lloré.

—¿Y quieres hacerte más agujeros porque crees que el dolor te distraerá del aburrimiento de la fiesta? ¿O porque quieres sentirte mejor haciéndome daño?

—Más o menos. —Se metió en el cuarto de baño con una sonrisa enigmática y salió con un puñado de bolas de algodón y un imperdible. Después de dejarlo todo sobre el minibar, sacó una de las botellitas de vodka—. Trae un poco de hielo de la máquina.

—¿Es que no tienes amigas? No quiero decir que tú y yo no seamos amigos, pero...

—Es complicado —contestó Lila—. Jennifer me odia por algo que le contaron Lorraine y Margot. Siempre están inventando cosas. No quiero hablar de ellas. Quiero hielo.

—Eres un poco mandona —le dije.

—Tengo que aprender a dar órdenes a la gente. —Me sostuvo la mirada—. Como mi padre. Además, tú ya sabías que era mandona. Ya me conoces.

—¿Qué te hace pensar que quiero que me agujerees las orejas?

—A las chicas les molan los tíos con pendientes. Además, yo también te conozco. Te gusta que te manden.

—Puede que sí, pero cuando tenía nueve años —protesté, pero llevé el cubo al pasillo y lo traje lleno de hielo.

Lila caminó hasta la cómoda, se subió de un salto y tiró al suelo un montón de discos, ropa interior y papeles doblados.

—Ven aquí —me dijo con voz enigmática y teatral—. Primero enciendes la cerilla y luego calientas el imperdible con la llama. ¿Lo ves? —Lila hizo lo que me había explicado. Le brillaban los ojos—. Cuando se pone negro e iridiscente, está esterilizado.

Me levanté el pelo largo, negro y despeinado e incliné la cabeza como quien se presta a un sacrificio. El contacto del hielo sobre mi piel hizo que me estremeciera. Lila tenía las piernas un poco abiertas y tuve que meterme entre sus rodillas para acercarme lo suficiente a ella.

—No te muevas —dijo mientras sus dedos fríos me tocaban la piel. El hielo empezaba a derretirse y el agua se escurría por su muñeca hasta gotearle desde el codo. Los dos esperamos en silencio, como si estuviéramos celebrando un ritual. Al cabo de un minuto, Lila soltó el cubito de hielo y presionó el imperdible contra mi oreja, apretando lentamente.

—¡Ay! —Me aparté en el último segundo y Lila se echó a reír.

—¡Cassel! ¡Que tienes el imperdible colgando de la oreja!

—Me ha dolido —protesté, aturdido. Pero no lo hice por eso. Eran demasiadas sensaciones: sus muslos sujetándome, la punzada de dolor...

—Luego puedes hacerme más daño tú, si quieres —dijo Lila. Con un movimiento súbito y violento, terminó de atravesarme la oreja con el imperdible, dejándome sin aliento.

Se bajó de la cómoda para sacar otro cubito de hielo. Los ojos le centelleaban.

—A mí házmelos bien altos. Vas a tener que apretar con mucha fuerza para atravesar el cartílago.

Calenté un imperdible con una cerilla y lo situé por encima de sus pendientes. Lila se mordió el labio y le lloraron los ojos, pero no gritó, sino que me estrujó el pantalón de pana mientras yo presionaba. El imperdible se dobló un poco. Pensaba que no iba a ser capaz de atravesarle la oreja del todo cuando de pronto cedió con un sonoro chasquido. Lila dejó escapar un ruido ahogado y yo cerré con cuidado el imperdible para dejárselo colgado como un pendiente en lo alto de la oreja.

Después, Lila mojó los algodones en vodka para limpiar la sangre y nos tomamos un chupito cada uno. Le temblaban las manos.

—Feliz cumpleaños —le dije.

Oí pasos al otro lado de la puerta, pero ella no pareció darse cuenta y se inclinó hacia delante. Noté su lengua en la oreja, tan caliente como una cerilla, y mi cuerpo dio un respingo de sorpresa. Seguía sin creerme lo que acababa de ocurrir cuando Lila me sacó la lengua, manchada con mi propia sangre.

En ese momento la puerta se abrió y entró su madre. Carraspeó, pero Lila no se apartó de mí.

—¿Qué está pasando aquí? ¿Por qué no estás lista para la fiesta?

—La homenajeada siempre tiene que llegar tarde —dijo Lila, con la sombra de una sonrisa en las comisuras de la boca.

—¿Has bebido? —La señora Zacharov me miró como si no me conociera—. Fuera de aquí.

Salí de la habitación.

La fiesta ya estaba en pleno apogeo cuando bajé; no conocía a casi nadie. Busqué mi asiento, sintiéndome totalmente desubicado. La oreja me palpitaba como un segundo corazón. Intenté hacerme el simpático con los amigos de Lila, me pasé de gracioso y se hartaron tanto de mí que un chico de su colegio me arreó un puñetazo en el aseo de caballeros. Yo le di un empujón y se hizo una brecha en la cabeza contra el lavabo.

Al día siguiente, Barron me contó que estaba saliendo con Lila. Habían empezado más o menos al mismo tiempo que a mí me echaban del hotel.

Según mi GPS, Barron ahora vive en una casa adosada, en una calle con las aceras agrietadas y unos cuantos bloques de pisos tapiados. A una de las ventanas le falta casi todo el vidrio y está parcialmente tapada con cinta adhesiva. Abro la mosquitera y llamo a la puerta con los nudillos. Suena a hueco: madera barata. La pintura se me descascarilla en las manos.

Llamo otra vez, espero y vuelvo a llamar. No responden. Tampoco hay ninguna moto aparcada cerca. No se ven luces a través de las hojas de periódico que hacen las veces de cortinas.

La puerta tiene una cerradura muy básica y un cerrojo. Es fácil de forzar. Abro la primera pasando el carnet de conducir por la ranura. El cerrojo es más complicado, pero saco un alambre del maletero del coche, lo meto en la cerradura y lo voy deslizando por los pernos hasta colocarlos todos a la altura correcta. Por suerte, Barron no ha puesto ninguna medida de seguridad adicional. Giro el pomo, recupero mi carnet de conducir y entro por la cocina.

Al ver la encimera laminada, por un momento pienso que me he equivocado de casa. Los armarios blancos están llenos de notas adhesivas: «El cuaderno te recuerda lo que has olvidado», «Las llaves están en el gancho», «Paga las facturas con efectivo», «Eres Barron Sharpe», «El móvil está en la chaqueta». En la encimera hay un cartón de leche abierto; la leche está pasada y grisácea, llena de ceniza y colillas que flotan en la superficie. Hay un montón de facturas sin abrir, casi todas por préstamos universitarios.

Con lo de «Eres Barron Sharpe» creo que queda todo bastante claro.

En la mesa plegable del centro de la cocina está el portátil de Barron y un puñado de carpetas de papel marrón. Me siento y les echo un vistazo. Son expedientes sobre el recurso de apelación de mi madre. Barron ha hecho algunas anotaciones con rotulador rojo. A lo mejor ha dejado la universidad por esto, porque se está ocupando del caso personalmente. Tiene cierta lógica, pero no es suficiente.

Debajo de una de las carpetas hay un cuaderno cuadriculado; en la portada dice: «Febrero a abril». Lo abro, esperando encontrar más notas sobre el caso de mi madre, pero parece más bien un diario. En el margen superior de cada página hay una fecha, y debajo una lista obsesivamente detallada de todo lo que Barron comió ese día, con quién habló, cómo se sentía... Al final de todo hay otra lista de las cosas que quiere asegurarse de recordar. El día de hoy comienza así:

19 de marzo

Desayuno: batido de proteínas.
Carrera: 2 kilómetros.
Despertar: ligera apatía y agujetas.
Ropa: camisa verde claro, pantalón cargo negro y zapatos negros (Prada).

Mamá sigue quejándose de las demás reclusas, de lo mal que lo pasa sin nosotros y, en el fondo, de su miedo a no poder controlarnos. Tiene que darse cuenta de que ya somos mayorcitos, pero creo que no está lista. Cuanto más se acerca la fecha del juicio, más me preocupa cómo van a cambiar las cosas cuando ella vuelva a casa.

Dice que ha engatusado a otro millonario y que tiene muchas esperanzas puestas en él. Le he enviado unos recortes de periódico sobre ese hombre. Me preocupa que vuelva a meterse en un lío y, francamente, me cuesta creer que ese tipo sea incapaz de descubrir quién es mamá (si es que no lo sabe ya). Cuando salga de la cárcel, va a tener que ser más discreta. Pero seguro que no está por la labor.

No recuerdo a nadie del instituto. Me he cruzado por la calle con alguien que decía conocerme. Le he dicho que era el hermano gemelo de Barron y que iba a otro colegio. Tengo que estudiarme el anuario.

Philip sigue tan insoportable como siempre. Quiere aparentar que está dispuesto a hacer cualquier cosa, pero no es verdad. Y no es simple debilidad, sino esa constante necesidad romántica de creer que los demás lo manipulan en contra de su voluntad, en lugar de reconocer que quiere poder y privilegios. Cada día lo aguanto menos, pero Anton confía en él mucho más de lo que confiará nunca en mí. En cambio, Anton sabe que yo siempre cumplo, cosa que no puede decir de Philip.

Tal vez el dinero que sacaremos bastará para tener controlada a mamá durante un tiempo. Cuando todo esto termine, Anton estará en deuda con nosotros.

Las notas de hoy terminan ahí, pero al revisar las semanas anteriores me doy cuenta de que Barron ha ido anotando detalles sueltos, conversaciones y emociones, como si supiera que va a olvidarlos. Abro el portátil con cautela, temiendo lo que pueda encontrar, pero la pantalla está en suspensión. Al encenderlo, aparece mi debut en YouTube.

El vídeo está grabado con un móvil, así que tiene muy mala calidad. Soy una mancha borrosa, pálida y descamisada, pero me estremezco en el momento en que parece que me voy a caer del tejado. Una voz grita «¡Salta!» y la cámara se gira hacia la multitud. En ese momento la veo. Una silueta blanca junto a los arbustos. La gata se está lamiendo una pata. La gata a la que perseguía en el sueño. Me quedo mirando el vídeo, intentando comprender cómo es posible que una gata que aparecía en mi sueño, una gata que se parece mucho a la que ahora duerme a los pies de mi cama, estuviera allí esa noche.

Abro de nuevo el cuaderno y busco el día en el que el vídeo fue subido a Internet.

15 de marzo

Desayuno: claras de huevo.
Carrera: 2 kilómetros.
Despertar: normal; me recorté los pelos de la nariz.
Ropa: vaqueros azul oscuro (Monarchy), camisa azul (HUGO), abrigo.

He entrado en el correo electrónico de *C* y he encontrado el vídeo. *L* aparece claramente, pero no sé dónde puede estar ahora ella. *C* está en la casa vieja, pero el *V* no le quita ojo. *P* dice que lo arreglará. Todo esto es por su culpa.

Cuidado con los idus de marzo. Es un chiste. He encontrado su collar; no sé cómo logró quitárselo. Seguro que *P* no se lo puso bien. Tengo que encontrar la manera de usar esto para distanciar a *P* y a *A* un poco más.

Debo tener el control de la situación.

La palabra «control» aparece subrayada dos veces; el bolígrafo ha traspasado el papel con la segunda línea.

Me quedo mirando el texto hasta que las palabras se emborronan. *C* es Cassel. Debe de referirse al vídeo del tejado. *P* tiene que ser Philip. *A* podría ser Anton, ya que Barron lo ha mencionado antes. Me detengo un momento en la *V* hasta que caigo en la cuenta de que se trata del «viejo», es decir, del abuelo. ¿Y la *L*? Pienso inmediatamente en Lila, por absurdo que resulte.

Vuelvo a reproducir el vídeo, fotograma a fotograma. Apenas se distinguen las caras; la cámara se mueve demasiado deprisa y solo muestra borrones. Aun así reconozco unas pocas, todas de estudiantes. No hay rastro de Lila. No hay ninguna chica muerta. No hay nadie que esté fuera de lugar. Nadie que lleve un collar.

La única que podría llevar un collar en ese vídeo es la gata.

Solo tú puedes romper el maleficio.

La idea es tan delirante que me hace sonreír.

Voy al cuarto de baño para refrescarme la cara, pero al pasar frente a una puerta me detiene un intenso olor a amoníaco. La habitación al otro lado está totalmente vacía, salvo por la jaula metálica colocada cerca de la ventana. La portezuela de alambre está abierta. Tanto el papel de periódico que hay dentro de la jaula como el suelo de madera a su alrededor están manchados de algo que, a juzgar por el fuerte olor y el color amarillento, debe de ser orina de gato. Los periódicos acartonados están puestos unos sobre otros, como si hubieran tenido encerrado a un animal durante mucho tiempo, sin molestarse en limpiar.

Contengo la respiración y me acerco un poco más. Hay varios pelos blancos y cortos enganchados a los barrotes. Salgo de la habitación.

Barron está perdiendo la memoria. Y Maura. Y quizá yo también. No recuerdo los detalles del asesinato de Lila. No recuerdo cómo terminé encima del tejado. No recuerdo qué le ha pasado a mi amuleto de la memoria.

Supongamos que alguien me está quitando esos recuerdos. No me parece tan descabellado.

Supongamos también que alguien me indujo ese sueño, el sueño en el que la gata me pedía ayuda. Si me obraron un maleficio para que soñara eso, alguien tuvo que tocarme la piel. Y la gata, la que ha dormido en mi cama, la que aparece cerca de mi habitación en ese vídeo, me ha tocado.

Por lo tanto, es posible que la gata me indujera ese sueño.

Pero eso es ridículo, claro. Los gatos son animales. Son tan capaces de obrar maleficios como de interpretar una sinfonía o de componer un soneto.

A menos que la gata sea en realidad una chica. Una obradora del sueño. Lila.

Eso significaría algo muy distinto. No solo que alguien me ha robado ciertos recuerdos del momento en que la asesiné. Significaría que Lila no está muerta.

Capítulo ocho

Los azulejos beige del cuarto de baño de Barron me resultan familiares, pero tengo la sensación de estar viéndolos desde un ángulo equivocado.

La idea de que Lila sea una gata es una locura. La de que Barron la haya tenido encerrada en esta casa todo este tiempo es una locura aún mayor. Pero la de que yo no haya matado a Lila me desestabiliza tanto que no sé cómo recuperar el equilibrio.

Me miro al espejo. Me miro la cara (el cabello desaliñado que me llega hasta la mandíbula, los ojos oscuros como dos gotas de tinta) e intento saber si debería tener miedo. Si seguiré siendo un asesino. Si me estaré volviendo loco.

Al ver el reflejo de la bañera a mis espaldas tengo un extraño *déjà vu*. Me tambaleo, mareado, pero consigo sujetarme por los pelos.

Chapoteaba en el agua mientras mis manos se transformaban en brazos y luego en estrellas de mar que se enroscaban como serpientes. Todo salió mal, me estaba haciendo pedazos, el agua me cubría la cabeza y...

Más recuerdos borrosos.

Me doy la vuelta, me acuclillo y toco la baldosa que hay junto al grifo de la bañera. Casi puedo recordar cómo mis dedos tocaron ese mismo grifo, pero entonces el recuerdo se vuelve surrealista, onírico, y mis dedos se convierten en garras negras.

Un miedo animal, instintivo y horrible, se apodera de mí. Tengo que salir de aquí. No puedo pensar en otra cosa. Me dirijo a la puerta principal; tengo la presencia de ánimo justa para girar el pomo y cerrar la puerta del todo al salir. Subo al coche del abuelo y me quedo sentado un momento, esperando a sentirme como un crío idiota que huye de un fantasma imaginario. Mientras aguardo me como una chocolatina. Me sabe a polvo, pero la engullo igualmente.

Tengo que poner en orden mis pensamientos.

Mis recuerdos están llenos de sombras; por mucho que las persiga por mi cabeza, siguen siendo insustanciales.

Lo que necesito es un obrador. Alguien que me dé respuestas sin hacer demasiadas preguntas. Que me ayude a encajar las piezas del rompecabezas y me muestre la imagen completa. Arranco el coche y me dirijo al sur.

El mercadillo de la carretera 9 es poco más que una nave con hileras de puestos separados por mostradores o cortinas. Barron y yo siempre les pedíamos a Philip o al abuelo que nos llevaran en coche y nos pasábamos el día entero comiendo perritos calientes y comprando navajas baratas para escondérnoslas en las botas. Barron protestaba por tener que cargar conmigo, pero en cuanto llegábamos se iba a ligar con la chica del puesto de encurtidos.

El lugar no ha cambiado mucho desde entonces. Fuera hay una mujer con una torre de cestas de colores pastel y un tipo que vende pieles de conejo a gritos: tres por cinco pavos.

Dentro, el olor a fritanga hace que me ruja el estómago. Voy hacia el fondo de la nave, pasando junto a un puesto de carteras de piel de anguila y a otro que vende gruesos anillos de plata y dragoncitos de peltre. Busco a las adivinas, las de falda de terciopelo y cartas marcadas. Te cobran cinco dólares por decirte «a veces te sientes solo, incluso cuando estás rodeado de gente», «hace tiempo sufriste una trágica pérdida que te hace ver las cosas de manera diferente a los demás», o incluso «por lo general eres tímido, pero en el futuro vas a ser el centro de atención».

Hay muchos mercadillos parecidos en Jersey, pero este se encuentra a solo veinte minutos de Carney. El verdadero negocio de estas adivinas consiste en vender amuletos que fabrican los obradores jubilados de Carney; algunos incluso ofrecen sus servicios en la trastienda. No hay lugar mejor para conseguir algún pequeño maleficio en el que no estén involucradas las familias mafiosas. Y los amuletos de aquí son mucho más fiables y variados que los que te venden en centros comerciales y gasolineras.

Me acerco a una mesa cubierta con un pañuelo a modo de tapete.

—Annie la Torcida —la saludo. La anciana me sonríe. Tiene un diente negro y podrido. Lleva unos guantes de raso morados, anillos de plástico y cristal, y varios vestidos con campanillas en el bajo.

—Te conozco, Cassel Sharpe. ¿Qué tal está tu madre?

Annie vende magia desde antes de que yo naciera. Es de la vieja escuela. Discreta. Y si de algo estoy seguro es de que no puedo arriesgarme a compartir la escasa información que tengo.

—En la cárcel. La pillaron obrando a un ricachón.

Annie suspira. Ella conoce bien el mundillo, así que no se sorprende ni se escandaliza como harían en el colegio. Se inclina hacia delante.

—¿La sueltan pronto?

Asiento, aunque en realidad no estoy seguro. Mi madre no para de repetir que es inocente (yo no me lo trago), que no hay pruebas en su contra, solo prejuicios y vaguedades (eso sí que me lo puedo creer), y que ese recurso de apelación que tanto está tardando lo demostrará.

—Echas de menos a tu madre, ¿verdad?

Asiento de nuevo, aunque tampoco estoy seguro de eso. Todo es más fácil ahora que está fuera de escena, que no puede trastornarnos la vida en un instante. En la cárcel, mi madre es una matriarca benévola y algo chiflada. Pero en casa volvería a ser una dictadora.

—Necesito comprar un par de amuletos para la memoria. De los buenos.

—¿Cómo? ¿Insinúas que vendo alguno que no sea bueno?

Sonrío.

—No lo insinúo, lo sé.

Su sonrisa se vuelve pícara. Me da un cachete afectuoso con la mano enguantada. Entonces me acuerdo de que no me he afeitado; seguramente tendré la mejilla muy áspera y se le enganchará el guante, pero no parece que le importe.

—Eres igual que tus hermanos. ¿Sabes lo que se decía antiguamente sobre los chicos como tú? «Listo como el diablo y el doble de guapo».

Es un cumplido un poco ridículo, pero me sonrojo y bajo la mirada.

—También tengo unas preguntas. Sobre la magia de la memoria. Sé que no soy un obrador, pero necesito saberlo, de verdad.

Annie aparta una baraja de cartas de tarot muy gastadas.

—Siéntate —me dice mientras rebusca bajo la mesa y extrae una caja de herramientas de plástico. Dentro hay una colección de piedras. Saca un ónice resplandeciente, con un agujero en el centro, y también un fragmento de cristal rosado y algo turbio—. Lo primero es lo primero. Aquí están los amuletos que quieres.

Hay muchos amuletos de calidad que parecen auténticas baratijas. Estos no tienen mala pinta.

—No quiero ser pesado —le digo mientras me reclino en la silla plegable de metal—. Pero...

—¿Quieres algo más elegante?

Niego con la cabeza.

—Más pequeño.

Annie murmura entre dientes y examina de nuevo sus existencias.

—Mira, tengo esta. —Me enseña una piedra diminuta. Parece gravilla.

—Me llevo estas dos. —Señalo la piedrecilla y el anillo de ónice—. Pensándolo mejor, dame tres de esas piedrecillas, si tienes más. Y el ónice.

Annie enarca las cejas, pero responde:

—Cuarenta. Cada una.

En otras circunstancias regatearía con ella, pero me imagino que ha subido el precio para que incluya también la información que necesito. Saco los billetes y los deslizo por la mesa.

Ella me sonríe y me muestra su diente negro.

—Dime, ¿qué quieres saber?

—¿Cómo te das cuenta de que te han alterado la memoria? ¿Los recuerdos dejan un hueco negro en tus pensamientos? ¿Se pueden sustituir unos por otros?

Annie enciende un cigarrillo de liar que apesta a té verde.

—Voy a responderte, pero no estoy admitiendo que conozca a nadie en particular. Es pura especulación, ¿entendido? Solo vendo amuletos que fabrico yo misma y también los de algunos amigos míos. De momento, el gobierno no lo ha podido ilegalizar.

—Ya lo sé —digo, ofendido—. Aunque yo no sea un...

—No pongas esa cara. No te lo estoy diciendo a ti. Se lo estoy explicando a cualquiera que pueda estar escuchando esta conversación. Porque nos están escuchando.

—¿Quiénes?

Annie me mira fijamente, como si yo fuera un poco corto, le da una calada a su cigarrillo y lanza una bocanada de humo de hierbas.

—El gobierno.

—Ah. —Aunque sospecho que está paranoica (o incluso un poco senil), siento el impulso de mirar por encima del hombro.

—Con respecto a tus preguntas, todo depende de quién haya obrado el maleficio. Los mejores obradores no dejan rastro. Te quitan un recuerdo y lo sustituyen por otro. Los peores son unos chapuceros. Te pueden hacer creer que les debías dinero, pero si luego te encuentras con la cartera vacía y no recuerdas habértelo gastado en nada, empezarás a hacerte preguntas.

»Casi todos los obradores de la memoria están en un punto intermedio. Dejan retazos, hilos sueltos. Un cielo azul sin el resto del día. Una gran pena sin motivo aparente.

—Pistas —digo.

—Sí, se pueden llamar así. —Le da otra larga calada al cigarrillo—. Hay cuatro tipos de maleficios de la memoria. El obrador puede arrebatarte recuerdos de la mente y dejarte ese agujero negro que comentabas, o puede darte recuerdos nuevos de cosas que no han ocurrido nunca. También puede hurgar en tus recuerdos para enterarse de cosas o bloquearte el acceso a tus propios recuerdos.

—¿Y de qué sirve lo último? Lo de bloquear el acceso. —Acaricio la superficie negra y lisa del amuleto de la memoria, que resbala bajo el dedo enguantado.

—Resulta más sencillo bloquear un recuerdo que eliminarlo por completo, así que también es más barato. Del mismo modo, cambiar un fragmento de un recuerdo es más sencillo que crear un recuerdo totalmente nuevo. Y cuando retiras el bloqueo, el recuerdo regresa, lo cual es muy útil si quieres revertir el proceso en el futuro.

Asiento con la cabeza, aunque no sé si lo entiendo del todo.

—Un obrador de la memoria desaprensivo te puede cobrar por eliminar un recuerdo y luego limitarse a bloquearlo. Después le cobra a la víctima a cambio de retirar el bloqueo. Así no se hacen los negocios, pero ¿qué sabrán los críos de hoy en día? Ya no respetan nada. —Me mira fijamente—. ¿Tu familia nunca te ha contado nada de esto?

—Yo no soy obrador —le recuerdo, pero noto que me pongo rojo de vergüenza. Debería saber estas cosas; mi familia debería confiar en mí lo suficiente para habérmelas contado. Esto dice mucho sobre la opinión que tienen de mí.

—Pero tu hermano...

—¿Se puede revertir? —la interrumpo. No me apetece hablar de mi familia ahora mismo.

Annie me fulmina con la mirada hasta que bajo la vista. Carraspea y sigue hablando como si no se hubiera fijado en mi falta de modales.

—La magia de la memoria es permanente. Pero eso no quiere decir que la gente no pueda cambiar de opinión. Puedes hacer que alguien recuerde que eres un auténtico bombón, pero si luego te mira con atención, a lo mejor se desengaña.

Me obligo a sonreír, pero tengo la sensación de haberme tragado un trozo de plomo.

—¿Y qué hay de los maleficios de transformación?

Annie se encoge de hombros, haciendo tintinear las campanillas.

—¿Qué les pasa?

—¿También son permanentes?

—Otro obrador de la transformación puede deshacerlos, siempre que la persona haya sido transformada en un ser vivo. Un transformador puede convertir a un niño en un barco y luego revertirlo, pero el crío no sobrevivirá a la transformación. Cuando un ser vivo se transforma en un objeto inerte, ya no hay nada que hacer.

Nada que hacer. Quiero preguntarle qué pasa si a una chica la transforman en gata, pero no puedo ser tan específico. Ya me estoy arriesgando bastante.

—Gracias —le digo mientras me levanto de la silla. No sé muy bien qué he averiguado, aparte de que no me va a ser tan fácil obtener las respuestas que busco.

Annie me guiña un ojo.

—Dile a tu abuelo que Annie la Torcida ha preguntado por él.

—Se lo diré —miento. Si le digo al abuelo que he estado cerca de Carney, querrá saber por qué.

Empiezo a alejarme, pero de pronto me acuerdo de algo y me giro.

—¿La señora Z aún vive en el pueblo?

La madre de Lila. Pienso en cómo colgué el teléfono al oír su voz, en cómo me miró cuando me encontró en la habitación del hotel durante la fiesta de cumpleaños.

En que durante años tuve la impresión de que ella veía en mí una oscuridad oculta de la que ni siquiera yo era consciente.

—Claro que sí —contesta Annie—. Si sale de Carney, ese marido suyo se le echará encima.

—¿Encima?

—Cree que ella sabe dónde está su hija y no quiere decírselo. Yo le he dicho que no se preocupe, que ella durará más que su marido. Ni siquiera el diamante de la resurrección puede funcionar eternamente.

—¿La piedra que Zacharov compró en París cuando fue con Lila? —Sabía que ese diamante tenía algo que ver con Rasputín, pero no recordaba que tuviera nombre.

—Por lo visto, contiene un maleficio que hace que su portador no muera nunca. Suena a paparrucha, ¿verdad? Eso significaría que una piedra es capaz de hacer algo más que desviar maleficios. Pero parece que funciona. Nadie lo ha matado de momento, y eso que muchos lo han intentado. Me gustaría echarle un vistazo. —Ladea la cabeza—. Ahora que lo pienso, tú estabas enamorado de su Lila, ¿verdad? Me acuerdo de que bebías los vientos por ella. Tú y ese hermano tuyo.

—Eso fue hace mucho tiempo.

Annie se inclina para darme un beso en la mejilla. Doy un respingo por la sorpresa.

—Dos hermanos enamorados de la misma mujer. Eso siempre sale mal.

Barron salía con muchas otras chicas además de con Lila. Chicas de su edad, chicas que iban a su instituto y tenían coche propio. Lila llamaba preguntando por Barron y yo le contaba alguna mentira chapucera y evidente con la esperanza de que se desengañara, pero ella se las creía todas. Después charlábamos por teléfono hasta que se quedaba dormida o hasta que Barron llegaba a casa a tiempo para darle las buenas noches.

Lo peor de todo era cuando Barron estaba en casa y le hablaba a Lila con voz asqueada mientras miraba la tele.

—Es una cría —me dijo una vez, cuando le pregunté por Lila—. No es mi novia. Además, vive a más de dos horas de aquí.

—Entonces, ¿por qué no cortas con ella? —Pensé en el sonido de su respiración al teléfono, ralentizándose a medida que se quedaba dormida. No entendía cómo Barron podía querer a ninguna otra chica.

Él me sonrió.

—Porque no quiero hacerle daño.

Estampé la mano contra la mesa del desayuno, haciendo temblar los platos apilados y la basura.

—Solo sales con ella porque es hija de Zacharov.

Su sonrisa se ensanchó.

—Eso no lo sabes. Quizá solo salgo con ella para joderte.

Yo quería contarle la verdad a Lila. Pero si lo hubiera hecho, habría dejado de llamar a casa.

Los *yakuza* se insertan perlas en el pene, una por cada año que pasan en la cárcel. Un tío les hace un corte en la piel del pene con una caña de bambú y les introduce la perla. El dolor debe de ser espectacular. Supongo que insertarme tres piedrecillas bajo la piel de la pantorrilla dolerá mucho menos, ¿verdad?

En el asiento trasero del coche del abuelo, me remango la pernera izquierda de los vaqueros hasta la rodilla. He comprado en una tienda cercana todo lo que considero necesario. Vuelco la bolsa de plástico en el asiento. Primero me afeito unos siete centímetros con una cuchilla desechable y limpio la piel con agua mineral. Tardo bastante; la cuchilla es de las baratas. Cuando termino, tengo la piel enrojecida y sangra por varios cortes diminutos.

Me doy cuenta de que no he comprado nada para absorber la sangre, que es más de la que esperaba. Me quito la camiseta y la presiono contra la piel, ignorando el escozor. También tengo un frasco de agua oxigenada para esterilizar el corte, pero no lo abro. Quizá luego le eche huevos y lo use, pero ahora mismo ya me duele bastante la pierna.

Saco una cuchilla de afeitar del estuche y miro por la ventanilla del coche con aire culpable. Hay familias cruzando el aparcamiento, niños encaramados a los carritos de la compra y señores con bandejas llenas de tazas de café. *No miréis*, les pido mentalmente mientras deslizo el filo por mi pierna.

Corta con tanta facilidad y siento tan poco dolor que me asusto. Solo siento una punzada y un curioso frío que me recorre las extremidades. Parece engañar incluso a mi piel, porque por un momento la herida es solo una línea que me divide la carne. Pero entonces empieza a asomar la sangre a lo largo del corte, primero en esferas individuales que luego van juntándose hasta formar una larga línea roja.

Lo jodido es meterme las piedrecillas en la herida. Tengo la sensación de estar arrancándome la piel mientras empujo las tres piedras, una por cada año que me han hecho creer que soy un asesino. El dolor es tal que tengo que tragar saliva para reprimir las náuseas mientras enhebro la aguja, la doblo y me coso la herida con dos puntadas torpes, chapuceras y atroces.

Volveré a casa, me llevaré a Lila y nos iremos lo más lejos posible. Quizá vayamos a China y busque a alguien que la transforme de nuevo en humana, o quizá se la lleve a su padre para intentar explicárselo todo. Pero lo que tengo claro es que esta noche nos largamos de aquí.

Después de la visita a Annie la Torcida sigo sin saber quién es el obrador de la memoria, pero ahora estoy más seguro que nunca de que me han echado un maleficio. Me imagino que el responsable es Anton, porque es evidente que Philip, Barron y él se traen algo entre manos. Creía que Anton era un obrador de la suerte, pero puede que me haya alterado los recuerdos para que pensase eso. Si el obrador de la memoria es él, no hay duda de que también le está jodiendo los recuerdos a Barron.

Y Philip no ha hecho nada para impedírselo.

Mientras contemplo la espuma del agua oxigenada, me digo a mí mismo que no pasa nada por el mareo, por los temblores. Porque ya está. Se acabó. Nadie me va a hacer olvidar ni un solo recuerdo. Nunca más.

Cuando aparco delante de la casa y salgo del coche, veo que las puertas del cobertizo están abiertas. Me acerco y miro dentro. No hay trampas. No hay gatos. No hay ojos brillantes entre las sombras.

Me quedo ahí plantado un buen rato, tratando de entender lo que ha pasado. Después corro a la casa y abro la puerta de un tirón.

—¿Y los gatos? —grito.

—Tu hermano ha llamado al refugio de animales —me informa el abuelo mientras levanta la vista del montón de ropa de cama apolillada que estaba revisando—. Han venido esta tarde.

—¿Y mi gata? La gata blanca.

—Ya sabes que no te la podías quedar —me dice—. Ellos sabrán cuidarla mejor.

—¿Cómo has podido hacerlo? ¿Cómo has dejado que se la llevasen?

El abuelo extiende el brazo, pero doy un paso atrás.

—¿Cuál de mis hermanos ha sido? ¿Cuál ha llamado al refugio? —Me tiembla la voz de rabia.

—No se lo tengas en cuenta —insiste el abuelo—. Lo ha hecho por la casa. Los gatos estaban dejando el cobertizo hecho un asco.

—¿Quién ha sido? —exclamo.

—Philip —contesta el abuelo, encogiéndose de hombros con aire derrotado. Continúa hablando y explicándome todas las ventajas de que los gatos ya no estén aquí, pero no lo escucho.

Pienso en Barron, en Maura, en mis recuerdos robados y en la gata desaparecida. Philip me las va a pagar. Todas juntas. Y con intereses.

Capítulo nueve

Odio los refugios de animales. Odio el tufo a orina, heces, comida y papel mojado. Odio los gemidos desesperados de los animales, los lloriqueos continuos que salen de las jaulas, la culpa que siento por no poder hacer nada por ellos. Ya estaba un poco alterado antes de entrar en el primero, y tengo que visitar tres hasta dar con ella. Con la gata blanca.

Me mira desde el fondo de su jaula. No maúlla ni frota la cara contra los barrotes como otros animales. Parece más bien una serpiente, lista para atacar.

Pero no veo nada que me haga pensar que una vez fue humana.

—¿Qué eres? —le digo—. ¿Eres Lila?

La gata se levanta y se acerca a los barrotes. Suelta un único maullido lastimero. Siento un escalofrío, mezcla de terror y de rechazo.

Una chica no puede ser un gato.

De improviso, me viene a la mente mi último recuerdo de Lila. Huelo la sangre. Siento la sonrisa que me tensa el rostro mientras contemplo su cuerpo. Aunque es posible que ese recuerdo sea falso, yo lo siento totalmente real. En cambio, todo esto (la idea de que Lila sigue viva, de que todavía puedo salvarla) parece una pantomima. Siento que me estoy mintiendo a mí mismo. Que se me está yendo la olla.

Pero sus ojos desiguales, uno verde y el otro azul, se parecen mucho a los de Lila. Y me está mirando fijamente. Y aunque puede que me esté volviendo loco, aunque me parece imposible, estoy seguro de que es ella.

Cuando me doy la vuelta la gata empieza a maullar, pero la ignoro y salgo de la zona de los animales. Voy a la recepción. Una mujer
corpulenta, vestida con una sudadera con la imagen de un schnau-
zer, le está explicando a un tipo dónde puede pegar unos carteles de
recompensa por su pitón real desaparecida.

—Me gustaría adoptar a la gata blanca —anuncio.

La mujer me entrega un formulario. Quieren saber el nombre y
la dirección de mi veterinario, cuánto tiempo llevo viviendo en mi
domicilio actual y si estoy a favor de la extirpación de las garras. Escribo lo que creo que quieren oír y dejo en blanco el apartado del
veterinario. Me tiemblan las manos. Me siento igual que después del
accidente de mi padre: el tiempo parece avanzar de forma distinta
para mí. Va demasiado deprisa y demasiado despacio. Solo puedo
pensar en que, si logro salir de aquí con la gata, podré sentarme a
esperar a que el tiempo recupere su ritmo habitual.

—¿Esta es tu fecha de nacimiento? —me pregunta la mujer, clavando un dedo en el papel. Asiento con la cabeza—. Eres menor de
edad.

Señala el margen superior de la hoja, en el que aparece escrito en
negrita: **Imprescindible ser mayor de edad**. Me quedo mirando la
frase, embobado. Normalmente presto atención a esa clase de detalles. Me preparo. Analizo las variables. Pero ahora estoy boqueando
como un pez.

—¡No lo entiende! —Veo que frunce el ceño—. Ha sido un malentendido. Esa gata es mía. La que le he dicho que quería adoptar. Alguien la ha traído aquí, pero en realidad es mía.

—Llegó sin collar ni identificación.

Se me escapa una risa nerviosa.

—Es que se lo engancha por todas partes.

—Chaval, esa gata no tenía dueño, vivía en un cobertizo. Ha
llegado hace solo un par de horas. Y, una de dos, o no la alimenta-
ban lo suficiente o lo hacían desde hace poco.

—Es verdad que estaba en un cobertizo. Pero ahora vive conmigo.

La mujer sacude la cabeza.

—No sé qué ha pasado, pero me lo imagino. Tus padres no te han dado permiso para quedártela y la han enviado al refugio. Es una irresponsabilidad...

—No es eso. —¿Cómo reaccionaría si le contara lo que creo que ha pasado en realidad? Casi me da risa.

La campanilla de la puerta tintinea cuando entra una pareja con una niña. La mujer de la sudadera se gira hacia ellos con una sonrisa.

—¡Venimos a por un perrito! —exclama la niña. Tiene la boca pringosa y los guantes manchados de marrón.

—Un momento —digo a la desesperada—. Por favor.

La mujer me lanza una breve mirada de compasión.

—Vuelve cuando hayas convencido a tus padres. Como ha hecho esta niña.

Inspiro hondo.

—¿Estará aquí mañana? —le pregunto.

Se lleva una mano a la cadera. La estoy cabreando, y más teniendo en cuenta que antes se ha apiadado de mí, pero me da igual.

—No, pero el chico que estará mañana te dirá lo mismo que yo. Habla con tus padres.

Asiento con la cabeza, pero en realidad ya no la escucho. Mi mente solo oye los maullidos de Lila desde la jaula. Llora y llora sin que acuda nadie.

Mi padre me enseñó un truco para relajarme. Por ejemplo, antes de entrar a robar en una casa o si la policía me interrogaba. Me dijo que me imaginara que estaba en una playa y me concentrara en el sonido del agua azul y cristalina lamiéndome los pies. En el tacto de la arena bajo los dedos. Que inspirara hondo la brisa marina.

No funciona.

Sam contesta al segundo tono.

—Estoy en el ensayo —susurra—. Y la Stavrakis me está mirando mal. Ve al grano.

No tengo nada que ofrecerle a Sam, tan solo la confianza que estoy depositando en él a pesar de todo. Y sé que la confianza no vale mucho; a lo mejor a Sam no le interesa.

—Necesito tu ayuda.

—¿Va todo bien? Estás muy serio.

Suelto una risa forzada.

—Tengo que sacar a una gata del refugio de animales Rumelt. Sería una especie de fuga carcelaria.

Funciona: se echa a reír.

—¿De quién es la gata?

—Pues mía. ¿Qué te crees, que voy por ahí liberando gatos ajenos?

—A ver si lo adivino: la han incriminado y en realidad es inocente.

—Como todos los reclusos. —Pienso en mi madre y se me escapa una carcajada amarga y sarcástica—. Bueno, ¿quedamos mañana entonces? —le pregunto cuando consigo dejar de reírme.

—Sí, es él. —Sam está hablando con alguien, pero su voz suena mal, como si estuviera tapando el auricular con la mano—. ¿Quieres venir? —No distingo el resto.

—¡Sam! —Le doy un manotazo al salpicadero.

—Hola, Cassel. —Daneca se pone al teléfono y habla en voz baja. Daneca, la del cáñamo y las causas nobles, la que no se da cuenta de que la evito a propósito—. ¿Qué es eso de la gata? Sam dice que necesitas ayuda.

—Solo me hace falta una persona —le digo. Lo último que quiero ahora es tener a Daneca pegada a los talones.

—Sam dice que necesita que alguien lo lleve.

—¿Qué le ha pasado a su coche? —Sam conduce un coche fúnebre; por lo visto, consumen muchísimo combustible, así que él ha modificado el suyo para que fuera más sostenible: funciona con grasa. Por eso siempre huele a fritanga cuando te montas.

—No lo sé —contesta Daneca.

No me quedan muchas opciones. Me muerdo el carrillo y respondo entre dientes:

—Entonces nos vemos allí. Parece que te debo una, Daneca.

Cuelgo antes de soltarle algo de lo que pueda arrepentirme. Mi mente ya está ocupada pensando en cómo voy a saldar la deuda que estoy a punto de contraer con ellos. Si todas las amistades son negociaciones de poder, a esta la he perdido miserablemente.

Cuando llego a casa, el abuelo está furioso. Empieza a echarme la bronca desde el momento en que cruzo la puerta. Que me he llevado el coche sin permiso, que esta casa es mía y tengo la responsabilidad de ocuparme de ella, que él está viejo y cansado... Al oír lo último que dice, no puedo evitar echarme a reír. Y eso hace que me grite más fuerte.

—¡Que te calles de una vez! —vocifero mientras subo a mi cuarto.

Se queda mudo.

Supongamos que la gata es Lila. Sígueme la corriente un minuto, aunque creas que me he vuelto loca. Solo intento aclarar un par de cosas.

Alguien la convirtió en una gata.

Esa persona colabora con mis hermanos.

Y tiene que ser un obrador de la transformación, lo que lo convierte en uno de los obradores más poderosos de Estados Unidos.

En resumen: estoy jodido. No puedo luchar contra algo así.

El cartel de Magritte pegado al techo muestra la espalda de un hombre del siglo XIX, bien vestido y aseado, que se mira en el espejo de una repisa. Pero en el reflejo solo ve su propia espalda. Me lo compré porque me gustó que no se le viera nunca la cara. Sin embargo, ahora que lo miro pienso que a lo mejor no tiene cara.

Me suena el móvil sobre las diez de la noche. Es Sam. En cuanto respondo, me doy cuenta de que está borracho.

—¡Vente! —me dice, entusiasmado y arrastrando las palabras—. Estoy en una fiesta.

—Estoy cansado —contesto. Llevo horas mirando la misma grieta en el yeso. No me apetece levantarme.

—Venga —insiste—. Si estoy aquí es gracias a ti.

Me tumbo de lado.

—¿Y eso?

—Ahora que soy el corredor de apuestas, estos tíos me adoran. —Se ríe—. ¡Gavin Perry me acaba de traer una birra! Esto te lo debo a ti, macho. No lo olvidaré. Mañana iremos a recuperar a tu gata y luego...

—Vale. ¿Dónde estás?

Tiene gracia que Sam crea que me debe una cuando es él quien me está haciendo un favor tras otro. Me levanto de la cama.

Al fin y al cabo, aquí no pinto nada. No hago más que pensar en Lila convertida en gata, encerrada en una jaula y llorando hasta quedarse ronca, además de desgastar mis recuerdos a fuerza de repasarlos.

Sam me da una dirección. Es la casa de Zoe Papadopoulos. Ya he estado antes allí. Sus padres suelen viajar por trabajo, así que Zoe celebra muchas fiestas en casa.

El abuelo se ha quedado dormido viendo la tele. En las noticias sale el gobernador Patton, un gran defensor de la propuesta 2, esa ley que impondría la prueba que determina quiénes son obradores. Patton habla largo y tendido. Dice que los obradores deben salir a la luz y apoyar el proyecto de ley para que el mundo entero sepa que son ciudadanos de bien. Dice que nadie salvo el interesado tiene por qué enterarse del resultado de la prueba. Que de momento no tiene intención de proponer ninguna ley que dé acceso al gobierno a esos informes médicos privados. Claro, claro.

El abuelo suelta un ronquido.

Me apodero de las llaves y salgo.

La casa de Zoe está en una urbanización nueva de Neshanic Station, en un terreno de varias hectáreas con arboledas. Es un lugar enorme, y al llegar encuentro la entrada abarrotada de coches. La inmensa puerta doble está abierta de par en par; en el porche hay una chica que no conozco riéndose como una histérica, recostada en una gruesa columna de estilo corintio y empuñando una botella de vino tinto.

—¿Qué se celebra? —le pregunto.

—Se celebra... —repite como si no entendiera las palabras. Sonríe lentamente—. ¡La vida!

No tengo ganas ni de devolverle la sonrisa. Daría lo que fuera por estar en otra parte. Por colarme en el refugio de animales. Por hacer algo, lo que fuera. La espera es la peor parte de un timo, esas horas interminables antes de que empiecen a moverse los engranajes. Es en esos momentos cuando muchos pierden los nervios.

Entro en la casa, procurando mantener la calma.

Han encendido velas en la sala de estar, pero ya están gastadas y han dejado charcos de cera sobre los muebles. Hay poca gente dentro, todos sentados en el suelo y bebiendo cerveza. Un chico de segundo curso dice algo y todos levantan la vista para mirarme.

Me llevó dos años y medio conseguir que la gente olvidara que soy diferente, pero solo han tardado quince minutos en recordarlo. Mi triste y patética vida social está a punto de empeorar.

Los saludo con la frente. ¿Sam estará aceptando apuestas sobre los rumores que corren sobre mí? Más le vale.

En la cocina, un grupo de chicos de último curso forman un corro alrededor de Harvey Silverman, que está bebiéndose una pirámide de chupitos. La mayoría de los invitados están fuera, cerca de la piscina. Hace demasiado frío para bañarse, pero bajo las luces del jardín veo a un par de personas dentro del agua, vestidas y con los labios amoratados.

—Cassel Sharpe —dice Audrey, enlazando su brazo en el mío—. ¿Qué haces tú por aquí?

Audrey tiene los ojos vidriosos y una sonrisa vaga, pero está preciosa. Mira de reojo a Greg Harmsford, que está recostado contra una estantería hablando con dos chicas del equipo de hóckey sobre hierba. ¿Audrey y Greg habrán venido juntos?

—Siempre igual —me dice Audrey, girándose hacia mí—. Nos acechas desde las sombras. Nos observas. Nos juzgas.

—Yo no hago eso —contesto. No sé cómo explicarle que en realidad me da miedo que me juzguen.

—Me gustaba ser tu novia. —Recuesta la cabeza en mi hombro, tal vez por costumbre o por la borrachera. Es un gesto demasiado tierno como para que siga haciéndome el duro—. Me gustaba que me observaras.

Siento el impulso de prometerle que si me dice qué cosas hacía bien, las volveré a hacer. Pero me contengo.

—¿A ti te gustaba ser mi novio? —me pregunta en voz tan baja que casi es un suspiro.

—Me dejaste tú —le recuerdo. Pero yo también he bajado la voz y mis palabras salen como una caricia. No me importa lo que estoy diciendo. Solo quiero que siga aquí, hablando conmigo. Audrey me hace sentir que puedo escapar de mi antigua vida y entrar en la suya, en la que todo es más sencillo, más sincero.

—Aún me gustas —me dice—. Creo.

—Oh. —Entonces me inclino y la beso. *No pienses. No pienses.* Más bien aplasto mi boca contra la suya. Audrey sabe a tequila. Es un beso penoso, demasiado lleno de dolor, de frustración, de la certeza de que lo estoy jodiendo todo y no sé hacer nada más que seguir jodiéndolo.

Audrey levanta las manos y me las pone en los hombros. No me empuja para apartarme. Desliza los dedos por mi nuca hasta que me hace cosquillas y sonrío. Intento ir más despacio. Así es mejor. Audrey suspira mientras la beso.

Mis dedos le recorren el hombro y descienden por la curva del cuello. Quiero besarla ahí. Quiero dejar que mi boca y mi lengua sigan el sendero de pecas que salpican su piel pálida.

—Eh —me espeta Greg—. Suéltala.

Audrey retrocede a trompicones y casi choca con Greg. Tengo la impresión de que he emergido de unas aguas muy profundas demasiado deprisa. He olvidado que estamos en una fiesta.

—Estás borracha —le dice Greg, agarrándola del brazo. Audrey se tambalea.

Cierro los puños. Quiero estamparlo contra la pared. Quiero sacudirlo hasta romperme los nudillos. Miro a Audrey, esperando alguna señal. Si me parece que está asustada o simplemente molesta, le parto la cara a Greg.

Pero Audrey baja la mirada y se gira para evitarme. Toda mi rabia se transforma en autodesprecio.

—¿Qué pintas tú aquí? —me dice Greg—. Creí que el decano ya se había dado cuenta de que eres un ladrón y te había echado de una vez.

—No sabía que era una fiesta oficial del colegio —me burlo.

—No queremos que vengas a echar maleficios a nuestras novias. —Sonríe con arrogancia—. Tú y yo sabemos que es la única manera de que puedas arrimarte a una tía.

Pienso en Maura y se me oscurece la visión. Es como si estuviera mirando a Greg a través de un túnel negro. Aprieto los puños con tanta fuerza que noto las uñas a pesar de los guantes de cuero. Le pego con tanta fuerza que cae al suelo de madera, desmadejado. Mientras le clavo el pie en las costillas, Rahul Pathak me agarra de la cintura y me aparta de él.

—Relájate, Sharpe —me advierte Rahul. Forcejeo. Me muero de ganas de darle otra patada a Greg. Alguien me aferra la muñeca y me la retuerce detrás de la espalda.

Ya no veo a Audrey.

Greg se levanta y se limpia la boca.

—He leído lo del juicio de tu madre en el periódico, Sharpe. Sé que eres igual que ella.

—Si lo fuera, ahora mismo estarías suplicando que te dejara chupármela —le suelto.

—Sacadlo de aquí —dice alguien. Rahul me lleva hacia la puerta. Los bañistas nos miran cuando pasamos junto a la piscina. Varias personas se levantan de las tumbonas; parecen ansiosas por ver una pelea.

No dejo de forcejear, así que cuando me sueltan sin previo aviso pierdo el equilibrio y caigo sobre el césped.

—¿A ti qué te pasa? —dice Rahul, jadeando.

Contemplo el cielo estrellado.

—Lo siento —contesto.

El otro que me sujetaba era Kevin Ford, un chico bajo pero corpulento que practica lucha libre. A juzgar por su mirada, está deseando que lo vuelva a intentar.

—Tranquilízate —me dice Rahul—. Tú no eres así, tío.

—Supongo que he olvidado cómo soy —respondo. He olvidado que no formo parte de este mundo, que nunca encajaré aquí.

He olvidado que los había seducido a todos con lo de las apuestas, pero que en el fondo nunca he sido su amigo. He olvidado los delicados cimientos sobre los que se alzaba mi intento de vida social.

Kevin y Rahul regresan a la casa. Kevin murmura algo en voz baja y Rahul se ríe entre dientes.

Vuelvo a mirar las estrellas. Nadie me ha enseñado nunca las constelaciones, así que para mí son solo puntitos brillantes. Un caos sin ningún patrón. De niño me inventé una constelación, pero nunca volví a encontrarla.

Alguien se acerca arrastrando los pies por el césped y se detiene delante de mí, tapando con su silueta las caóticas estrellas. Al principio me parece que es Audrey. Pero es Sam.

—Aquí estás.

Me levanto despacio mientras él se da la vuelta, se tambalea y vomita en las hortensias bajo la ventana de la cocina. Varias chicas se echan a reír desde sus tumbonas.

—Me alegro de que hayas venido —dice Sam cuando termina—. Pero creo que es mejor que me lleves a casa.

Le compro un café a Sam en un local de comida rápida y le añado un montón de azúcar. Me imagino que eso ayudará a que se le pase la borrachera, pero termina vomitando casi todo el café en el suelo del aparcamiento. Se enjuaga la boca con el resto.

Enciendo la radio y nos quedamos escuchándola mientras a Sam le suenan las tripas. Otra canción sobre un obrador que te enamora. Como si fuera romántico que te lavasen el cerebro.

—De niño jugaba a ser obrador —me dice Sam.

—Como todo el mundo —le digo.

—¿Tú también?

—Sobre todo yo. —Le tiendo mi vaso de café. Como era para mí no le he puesto leche ni azúcar, pero a lo mejor queda algún sobre por ahí. Sam lo rechaza negando con la cabeza.

—¿Cómo descubres que eres un obrador? ¿Cuándo supiste que no lo eras?

—Seguro que nos pasó lo mismo a los dos. Nuestros padres nos dijeron que con esas cosas no se bromea. Mi madre llegó a decirnos que los niños que intentan obrar maleficios antes de ser mayores podían morir por la reacción.

—¿Y no es verdad?

Me encojo de hombros.

—La única forma de que te mate directamente es que seas un obrador de la muerte con muy mala pata. Y en ese caso da igual la edad que tengas. Pero mis hermanos lo supieron desde muy jóvenes. Barron siempre ganaba todas las apuestas, ¿entiendes? Y Philip nunca perdía una pelea.

Recuerdo que en secundaria llamaron a mi madre desde el instituto porque Philip les había partido las piernas a tres chicos mucho más corpulentos. La reacción lo dejó un mes entero postrado en cama, pero ya nadie volvió a meterse con él. No sé cómo se las arregló mi madre, pero tampoco lo denunciaron. Intento recordar alguna anécdota de Barron, pero no se me ocurre ninguna.

—Cuando descubres que eres un obrador, empiezas a aprender secretos de otros obradores. De eso no te puedo hablar porque nunca me lo han contado.

—¿Y esto sí me lo podías contar?

—Tampoco —replico mientras arranco el coche—. Pero vas tan en pedo que mañana no te acordarás de nada.

Mientras le pido disculpas a la señora Yu por traer a Sam tan tarde, lo tumbo en su cama y salgo marcha atrás de su enorme casa de ladrillo de estilo colonial, caigo en la cuenta.

Si Lila es una gata, eso significa que hay un obrador de la transformación aquí, en Estados Unidos. En realidad eso ya lo sabía, pero no había pensado en las consecuencias. El gobierno daría lo que fuera por contratarlo. Las mafias estarían desesperadas por reclutarlo. Eso es lo que se traen entre manos; si Philip conoce la identidad de esa persona, los maleficios de la memoria empiezan a tener sentido.

Tienen a un obrador de la transformación que trabaja para ellos. Y eso sí que les interesa que lo olvide.

Capítulo diez

Quedo con Sam y con Daneca delante de la cafetería. Los encuentro en el aparcamiento, sentados en el capó del coche fúnebre de Sam: un Cadillac Superior de carga lateral del año 78. Sam tiene una pinta horrible y no para de dar sorbitos a su vaso, como si tuviera fiebre. El coche está impecable: la pintura negra metalizada y encerada tiene una sola pegatina encima del parachoques cromado, que dice: «Funciona con aceite 100% vegetal». Sam lleva una americana, camisa blanca y corbata, pero la chaqueta le queda corta de mangas; parece que hace mucho tiempo que no la usa.

Daneca está rara sin el uniforme. Viste unos vaqueros con los bajos desgastados y unas chanclas, pero la blusa blanca está perfectamente planchada.

—Veo que ya te han arreglado el coche —le digo a Sam. Parece confundido.

—A mi coche no le...

Daneca lo interrumpe:

—Ya que te lo había prometido, he decidido venir igualmente.

Inspiro hondo y me seco las manos húmedas en el pantalón. Estoy demasiado nervioso para enfadarme por la mentira.

—Muchas gracias por renunciar a vuestro sábado para ayudarme —les digo, pasando a adoptar una actitud caballerosa y cortés.

—Bueno, ¿por qué te interesa tanto esa gata? —pregunta Daneca.

—Es amiga de la familia —respondo para hacerlos reír.

Sam levanta la mirada de su taza. Le brilla la cara por el sudor. Tiene una resaca de caballo.

—¿No habías dicho que la gata era tuya?

—Y lo es. Bueno, lo era. Era mía. —Me estoy liando. No estoy respetando los fundamentos del arte de mentir. Ante todo, simplicidad. La verdad es complicada; por eso todo el mundo prefiere una mentira medianamente decente—. Os voy a decir lo que necesito que hagáis. Supongo que no habéis recibido el mensaje que os mandé.

—¿Es que no parezco un niño rico? —pregunta Sam, echándose hacia atrás para que podamos admirar su atuendo en toda su gloria—. Lo que pasa es que os doy envidia.

—Pareces un chiflado —le espeto, sacudiendo la cabeza—. Un aparcacoches chiflado. O un camarero chiflado.

Sam se vuelve hacia Daneca, que se parte de risa.

—¿Por eso te has vestido así?

Sam vuelve a dejarse caer sobre el capó.

—Menudo mazazo para mi ego.

—Puede hacerlo Daneca —añado—. Ella sí que da el perfil.

—Eso, tú sigue humillándome —gruñe Sam—. Daneca parece una niña rica porque lo es.

—Tú también eres rico —replica Daneca. Sam se pone las gafas de sol y gruñe. Los padres de Sam son dueños de una cadena de concesionarias; resulta irónico que conduzca un coche fúnebre y se oponga a las grandes petroleras.

—Es muy fácil —le aseguro a Daneca mientras procuro no pensar en todas las veces que he pasado de ella—. Te harás pasar por una niña buena que tenía que cuidar de la gatita blanca de su abuela. Se llama Coco, pero tiene un nombre artístico más largo que no recuerdas. La gata también llevaba un collar de cristales Swarovski que vale miles de dólares.

Sam se incorpora.

—¿Tu gata es persa? Me encantan sus caras chatas. Parece que siempre están cabreados.

—No —contesto con toda la calma posible, aunque me apetezca darle una colleja—. No es mi gata. Es la de Daneca. Déjame
terminar.

—Pero si Daneca no tiene gata... —Lo fulmino con la mirada y
levanta las manos—. Vale, vale.

—Primero entras buscando a Coco, pero después preguntas si
tienen alguna gata blanca de pelo largo, la que sea. Estás desesperada. Tu abuela vuelve a casa el lunes y te va a matar. Estás dispuesta a
pagar al dependiente quinientos pavos si te consigue una gata totalmente blanca y de pelo largo. —Me miran raro—. En el mostrador
no hay monitores, lo he comprobado.

—Así que me dan la gata y yo les pago —dice Daneca.

Niego con la cabeza.

—No. Allí no tienen ninguna gata blanca de pelo largo. La nuestra tiene el pelo corto.

—Macho, me parece que tu plan tiene un fallo —dice Sam, arrastrando las palabras.

—Fiaos de mí —les digo con mi sonrisa más seductora.

Daneca entra en el refugio de animales Rumelt. Cuando sale y regresa al coche, parece un poco agitada.

—¿Cómo ha ido? —le pregunto.

—No lo sé. —Por un momento me da rabia no haber podido interpretar también su papel. Me da rabia que sus padres no le hayan
enseñado a mentir y a engañar como es debido, y que ahora su inex-
periencia me perjudique.

—¿Era una mujer? —pregunto, mordiéndome el carrillo.

—No, un chico flacucho de veintipocos años.

—¿Qué ha dicho cuando le has comentado lo del dinero? ¿O lo
del collar?

—Nada. Que allí no tenían ninguna gata blanca de pelo lago. No sé si lo he hecho bien. Estaba muy nerviosa.

—No pasa nada. —Le doy la mano—. Los nervios son creíbles. Acabas de perder a Coco, la gata de tu abuela; cualquiera estaría nervioso en tu situación. Por favor, dime que le has dejado tu número de teléfono.

—Eso era lo único que parecía interesarle de todo lo que he dicho. —Se echa a reír—. ¿Y ahora qué?

Me encojo de hombros.

—Ahora, a esperar. Para la siguiente fase tiene que pasar una hora como mínimo. —Daneca me mira igual que cada vez que me he negado a apoyar alguna de sus causas. Es una mirada que me acusa de estar traicionando a la persona que ella creía que soy. Pero no suelta mi mano enguantada.

—¿Y entonces entro en escena yo? —pregunta Sam. Los nervios me están matando. Esta parte es muy delicada. Si no sale bien, mi único plan de emergencia es convencer a algún vagabundo para que adopte a la gata en mi lugar.

—Yo me ocupo —le digo. Sam me mira con expresión dolida.

—Quiero ver cómo despliegas tu magia.

Me siento mal por haberlo arrastrado hasta aquí un sábado, para nada.

—Vale —contesto finalmente—. Tú sígueme el rollo.

Esperamos una hora y media, bebiendo café y chocolate caliente hasta que me hormiguea la piel de pura impaciencia. Finalmente saco una pulsera de una bolsa de Claire's y me la guardo en el bolsillo. Y también busco en la mochila un puñado de carteles impresos. Daneca se está comiendo una bolsita de granos de café con cobertura de chocolate; me mira de forma extraña. Me pregunto si alguna vez podré regresar a Wallingford o si ya les he revelado demasiadas cosas sobre mí.

¿Y si le digo a Daneca que ella ya ha cumplido su papel y puede irse a su casa? Eso debería habérselo dicho hace más de una hora; seguramente es una mala idea a estas alturas.

—¿Para qué son? —pregunta Sam, señalando los carteles.

—Ahora lo verás.

Cruzamos la carretera, atravesando a toda velocidad los dos carriles cuando el semáforo se pone en rojo. Luego recorremos una calle secundaria hasta el refugio. Es sábado y hay mucha gente allí, casi toda reunida en una sala llena de árboles forrados de moqueta, donde docenas de gatos bufan, dormitan y arañan. Se me cae el alma a los pies al comprobar que Lila no está entre ellos. La posibilidad de que ya la haya adoptado alguna familia me encoge el corazón.

Lila.

Ya no finjo ni dudo al pensarlo.

La gata blanca es Lila.

Sam me mira como si pensara que no tengo ni idea de lo que hago. Carraspeo y el tipo del mostrador levanta la vista. Tiene la cara llena de granos.

—Hola, ¿puedo colgar esto aquí? —le digo, enseñándole un cartel.

Está impreso en papel blanco y muestra una fotografía de la gata persa blanca y sin collar más mona que he encontrado en Internet. Es idéntica a la descripción de Coco. Encima de la foto aparece la palabra ENCONTRADA y un número de teléfono. Dejo el cartel en el mostrador, delante del chico.

—Claro —contesta.

Es la víctima perfecta: es bastante joven para codiciar tanto la recompensa como la gloria de haber ayudado a una chica guapa. De pronto no podría estar más contento de que Daneca haya querido participar en el plan.

Me pongo a clavar otra hoja en el tablón de anuncios, rezando por que, en medio del caos, el dependiente le eche un vistazo al cartel que le he dejado delante. Una anciana empieza a hacerle preguntas sobre un cruce de pitbull y lo distrae. Sam no sabe dónde meterse, no tiene idea de lo que está pasando. Dejo caer la hoja para ganar tiempo mientras la recojo.

La mujer se marcha por fin.

—Gracias por dejar que lo pusiera —le digo para captar su atención. Por fin baja la vista y mira el cartel; casi puedo ver los engranajes moviéndose dentro de su cabeza.

—Oye, ¿has encontrado a esta gata? —me dice.

—Sí, y espero poder quedármela. —A la gente le encanta ayudar. Se sienten bien. La avaricia es la guinda del pastel—. Mi hermanita está súper ilusionada con ella. Hace tiempo que quería tener un gato.

Sam me ha mirado raro cuando he dicho «súper». Seguramente tenga razón: menos entusiasmo.

Meto la mano en el bolsillo y saco la pulsera, que centellea bajo las luces fluorescentes.

—Mira qué chabacano —le digo riendo—. ¿A quién se le ocurre ponerle esto en el cuello a un gato?

—Creo que conozco a la dueña —contesta el chico lentamente. Sus ojos brillan tanto como la pulsera.

Parece que el persuasor funciona bien.

—Vaya, qué disgusto se va a llevar mi hermana. —Suspiro—. En fin, dile a tu amiga que me llame.

Es la hora de la verdad. Al escudriñar el rostro de mi víctima, me doy cuenta de que ya ha caído. No parece mal chaval, pero esos quinientos pavos tentarían a cualquiera. Por no hablar del collar.

Además, así tendrá una excusa para llamar a Daneca.

—Espera —me dice—. ¿Y si traes a la gata aquí? Estoy seguro de que conozco a la dueña. La gata se llama Coco.

Me giro hacia la puerta y de nuevo hacia él.

—No debería haberle dicho nada a mi hermana. Ahora está muy ilusionada y... Oye, ¿no tendréis por casualidad alguna gata blanca aquí? A ella solo le he dicho que es blanca.

Se pone ansioso.

—Pues, sí. Claro que sí.

Suspiro. El alivio que se adueña de mi rostro no es para nada fingido.

—Uf, genial. Sería estupendo poder llevarle una gatita blanca. —Sonríe de oreja a oreja. Como he dicho, a la gente le encanta ayudar, sobre todo si al mismo tiempo se ayudan a sí mismos—. Vale, te relleno el formulario y nos llevamos a la gata. La de tu amiga está en casa de mi colega. —Señalo a Sam—. Ahora vamos a buscarla y te la traemos enseguida.

—Ese bicho estará llenando de pulgas el sofá de mi madre —comenta Sam. Una intervención perfecta. Me gustaría decírselo, pero me conformo con echarle una mirada de gratitud.

La víctima me tiende un formulario. Esta vez sé lo que debo hacer. Digo que tengo diecinueve años, pongo los datos de un veterinario y me invento un nombre que nada tiene que ver con el mío.

—¿Me enseñas el carnet de identidad? —me pregunta.

—Claro.

Me llevo la mano al bolsillo de atrás para sacar la cartera. La abro y palpo el bolsillo transparente del carnet de conducir. Está vacío.

—Venga ya —protesto—. Hoy no es mi día.

—¿Dónde te lo has dejado? —me pregunta el chico.

Sacudo la cabeza.

—Ni idea. Oye, comprendo perfectamente que esto va contra las normas. Ahora tengo que pasar por otro sitio para colgar carteles, pero en cuanto termine iré a buscar el carnet. Si no, tu amiga puede llamarme para que le lleve la gata directamente a su casa. Seguro que mi hermanita lo entenderá.

El chico se queda mirándome un buen rato.

—¿Tienes dinero para pagar la adopción? —me pregunta.

Miro el formulario, aunque ya sé lo que figura allí.

—¿Cincuenta pavos? Sí.

Suena la campanilla y entran varias personas, pero el dependiente no deja de mirarme. Se humedece los labios.

Saco el dinero y se lo dejo sobre el mostrador. Entre las apuestas perdidas y los gastos estoy fundiendo buena parte de mis ahorros. Si Lila y yo queremos vivir de lo que me queda, debo tener más cuidado.

—Vale, yo me encargo de arreglarlo —dice la víctima mientras se apodera del dinero.

—Ah —contesto—. Guay. Gracias. —Es mejor no sobreactuar.

—Bueno, y esa gata de pelo largo... —dice Sam. Me quedo helado, rezando por que no meta la pata. Está mirando al dependiente—. ¿Quieres llamar a tu amiga o algo?

—Luego la llamo. —El dependiente se pone colorado—. Quiero darle una sorpresa.

Una mujer se acerca al mostrador con un formulario en la mano. Parece impaciente. Toca meter presión.

—¿Nos la podemos llevar ya? —pregunto y dejo el brazalete en el mostrador—. Ah, seguramente tu amiga también quiera el collar.

El dependiente mira a la mujer. Luego a mí. Se apodera del brazalete, entra en la zona de animales y regresa al cabo de unos minutos con una transportadora de cartón.

Me tiembla la mano cuando me la da. Sam me sonríe con cara de alucinado, pero yo solo puedo pensar en que ya es mía. Lo he conseguido. La tengo aquí, en mis manos. Miro por los respiraderos y la veo caminando de lado a lado. Lila. Me recorre un escalofrío de terror al imaginármela encerrada en ese cuerpecillo diminuto.

—Vuelvo en una hora —le prometo al chico al que espero no volver a ver en mi vida.

No soporto esta parte.

No soporto dejarlos esperando, saber que su ilusión se irá agriando y transformando en vergüenza al darse cuenta de su propia credulidad.

Pero aprieto los dientes y salgo del refugio con Lila.

Cuando llegamos al aparcamiento de la cafetería y la libero, lo primero que hace es darme un fuerte mordisco en el pulpejo de la mano. Y lo segundo es ronronear.

Mi madre siempre dice que gracias a que puede manejar a su antojo las emociones de las personas, también sabe cómo piensan. Que yo también tendría ese instinto si fuera como ella. Puede que todos los obradores tiendan a ponerse un poco místicos, pero yo creo que mamá conoce bien a la gente porque sabe estudiar sus rostros con detenimiento. Hay expresiones que duran menos de un segundo (microexpresiones, las llaman), pistas efímeras que revelan mucho más de lo que pensamos. Creo que mi madre las percibe inconscientemente. Y yo también.

Por ejemplo, mientras regreso a la cafetería con la gata en brazos, me doy cuenta de que Sam está asustado por la estafa que acabamos de concretar, tanto por haber participado como por toda la planificación por mi parte. Por mucho que sonría, lo veo.

Pero yo no soy mi madre. No soy un obrador de las emociones. No me sirve de nada saber que está asustado. No puedo hacer que deje de sentirse así.

Dejo la gata encima de una mesa de la cafetería y me limpio la sangre de la muñeca con unas servilletas. Me palpita la mano por el dolor. Daneca sonríe a la gata como si fuera una vajilla de plata Gorham recién caída de la caja de un camión.

Lila maúlla y el camarero levanta la vista de la máquina de café. La gata vuelve a maullar y lame la espuma que gotea del vaso desechable de Daneca.

Me quedo mirando a la gata Lila, totalmente incapaz de hacer nada más que ahogar un extraño grito de júbilo que amenaza con escapar de mi garganta.

—Quita —dice Daneca, ahuyentándola. La gata bufa, se tumba en la mesa y empieza a lamerse la pata.

—No te vas a creer cómo lo ha hecho —le dice Sam, inclinándose hacia delante.

Miro al camarero, a los demás clientes y luego a Sam. La gente ya nos presta suficiente atención. La gata se mordisquea las uñas.

—Sam... —le digo en tono de advertencia.

—¿Sabes una cosa, Sharpe? —Sam me mira y luego echa un vistazo a su alrededor—. Tienes unas habilidades muy interesantes. Tan interesantes como tu paranoia.

Sonrío, pero sus palabras me duelen. Me he esforzado mucho para evitar que en el colegio vieran mi otra cara, cómo soy en realidad, y en media hora me lo he cargado todo.

Daneca ladea la cabeza.

—Qué majo. Tantas molestias por una gatita. —Le rasca la coronilla y las orejas.

Mi móvil empieza a vibrar y a sonar. Me levanto, tiro las servilletas ensangrentadas a la papelera y contesto.

—Hola.

—¡Devuélveme el coche de una vez! —dice el abuelo—. Antes de que llame a la poli y les diga que me lo has robado.

—Lo siento —digo en tono arrepentido. Luego me echo a reír al darme cuenta de lo que está diciendo—. Un momento, ¿me estás amenazando con llamar a la policía? Porque me encantaría verlo.

El abuelo gruñe. Sospecho que él también se está riendo.

—Ve directo a casa de Philip. Quiere que cenemos todos juntos. Va a cocinar Maura. ¿Crees que es buena cocinera?

—¿Y si compro una pizza? —le propongo. La gata se está frotando contra la mano de Daneca—. Prefiero que cenemos tú y yo en casa, tranquilos. —Aún no me veo capaz de tener delante a Philip sin escupirle a la cara.

—Demasiado tarde, gandul. Ya me ha recogido y te toca a ti llevarme a casa después, así que mueve el culo y ven al piso de tu hermano.

La llamada se corta antes de que pueda argumentar nada.

—¿Te has metido en un lío? —pregunta Sam. Sospecho que está buscando la forma de escaquearse si le digo que sí.

Niego con la cabeza.

—Cena familiar. Llego tarde.

Quiero decirles que agradezco mucho su ayuda y que lamento haberlos metido en esto, pero no es verdad. Lo único que lamento es que ahora sepan cosas que no quería que supieran. Ojalá pudiera hacer que lo olvidaran. Por un momento, entiendo perfectamente la tentación de obrar la memoria de los demás.

—Eh... ¿Podríais vigilarme a la gata durante unas horas?

Sam suelta un gemido de propuesta.

—Venga ya, Sharpe. ¿Qué está pasando en realidad?

—Yo me la quedo —se ofrece Daneca—. Con una condición.

—Bueno, o también puedo dejarla en el coche. —Quiero escudriñar esos extraños ojos gatunos y esas patas diminutas y preguntarle si es Lila. Aunque ya haya decidido que sí. Quiero decidirlo por segunda vez.

—No puedes dejar a un gato dentro de un coche —protesta Daneca—. Se asfixiará.

—Claro. Es verdad. —Mi sonrisa parece más bien un rictus. Sacudo la cabeza como si quisiera desembarazarme de esa expresión. Estoy nervioso. Estoy perdiendo los papeles—. ¿Podrías quedártela hasta mañana?

La gata suelta un profundo maullido.

—Confía en mí —le digo a la gata—. Tengo un plan. —Daneca y Sam me miran como si me hubiera vuelto loco.

No quiero separarme de ella, pero necesito un poco de tiempo para sacar el resto de mis ahorros del escondite de la biblioteca y conseguir un coche. Después podremos largarnos de la ciudad. Es la única manera de que Lila esté a salvo.

Daneca se encoge de hombros.

—Supongo que sí, aunque esta noche duermo en la residencia. Mis padres tienen una conferencia y se marchan a Vermont después de la cena. Pero mi compañera de cuarto no es alérgica ni nada, seguro que podremos esconderla. No creo que pase nada.

Me levanto mientras Lila vuelve a bufar. Me las imagino a las dos en una fiesta de pijama. ¿Con qué soñará Daneca esta noche?

—Gracias —digo mecánicamente; los planes empiezan a agolparse en mi cabeza.

—Espera. He dicho que hay una condición.

—Ah, ya.

—Quiero que me lleves a casa.

—Yo puedo... —dice Sam.

Daneca lo interrumpe:

—No, tiene que llevarme Cassel. Y quiero que entre en mi casa un momento.

Suspiro. Sé que su madre quiere hablar conmigo, seguramente porque cree que soy un obrador que se resiste a sumarse a la causa.

—No tengo tiempo. Tengo que ir a casa de mi hermano.

—Claro que tienes tiempo —replica Daneca—. Será solo un minuto.

Suspiro de nuevo.

—Está bien, como quieras.

La casa de Daneca, un elegante y antiguo edificio colonial de ladrillo, con hortensias de color verde y ámbar a ambos lados del camino de entrada, está a un paso de la calle principal de Princeton. Huele a fortuna familiar, a la clase de educación que permite que la élite lo siga siendo, a unos privilegios arrolladores. Nunca me he colado en una casa como esta.

Por supuesto, Daneca entra como si tal cosa. Suelta su mochila en el recibidor, deja la transportadora sobre el parqué encerado y desaparece por un pasillo con antiguos grabados del cerebro humano colgados de las paredes.

La gata maúlla discretamente desde su jaula.

—Mamá —exclama Daneca—. ¡Mamá!

Me detengo en el comedor; sobre una mesa reluciente, entre dos candelabros de plata, hay un jarrón azul y blanco lleno de flores casi frescas.

Siento el impulso de guardar los candelabros en mi mochila; me hormiguean los dedos.

Me vuelvo instintivamente hacia el vestíbulo. En las escaleras hay un niño rubio de unos doce años que me mira como si supiera que soy un ladrón.

—Ah, hola —le digo—. Tú debes de ser el hermano de Daneca.

—Vete a la mierda —me espeta antes de largarse escaleras arriba.

—Estoy aquí —exclama la madre de Daneca. Camino en esa dirección. Daneca me espera junto a una puerta entreabierta; al otro lado hay una sala llena de librerías que llegan hasta el techo. La señora Wasserman está sentada en un pequeño sofá, junto a un escritorio.

—¿Te has perdido? —me pregunta Daneca.

—La casa es grande —me defiendo.

—Dile que pase, venga —dice la señora Wasserman. Daneca me invita a entrar, se desploma en la silla giratoria de madera de su madre y hace que dé vueltas lentamente con el pie.

Me siento en el borde de una otomana de cuero marrón.

—Es un placer conocerla —le digo.

—¿De verdad? —La señora Wasserman tiene una mata de cabello rizado castaño claro que no se molesta en recoger. Va descalza y se abriga los pies bajo una suave alfombrilla de color crudo—. Me alegro. He oído que no te fías mucho de nosotros.

—No quiero desilusionarla, pero yo no soy obrador —le digo—. Creo que ha habido un malentendido.

—¿Sabes de dónde viene el término «obrador»? —me pregunta mientras se inclina hacia delante, ignorando mis excusas.

—¿Es por lo de «obrar» magia?

—No, es mucho más moderno. Hace muchísimo tiempo, nos llamaban «teúrgos». Luego, entre el siglo XVII y la década de 1930, empezaron a llamarnos «diestros». El término «obrador» viene de los obreros de los campos de trabajo. Cuando se aprobó la prohibición no sabían cómo aplicarla, así que encerraban a la gente en campos de trabajo. El gobierno tardó mucho tiempo en desarrollar un método de enjuiciamiento; algunos tuvieron que esperar durante años. Las familias mafiosas nacieron en esos campos, cuando empezaron a reclutar a los obreros. La prohibición creó el crimen organizado tal y como lo conocemos.

»En Australia, por ejemplo, donde los maleficios nunca han sido ilegales, no existe ninguna mafia con tanto poder como las nuestras. Y en Europa las familias mafiosas están tan arraigadas que se las considera casi una segunda realeza.

—Hay quien piensa que los obradores pertenecen a la realeza —digo, pensando en mi madre—. Y Australia no ilegalizó los maleficios porque es un país fundado por obradores (o por diestros, o como quiera llamarlos) enviados a las colonias penitenciarias.

—Conoces bien la historia, pero quiero que veas una cosa. —La señora Wasserman me pone delante una pila de fotografías grandes en blanco y negro. En ellas salen hombres y mujeres con las manos amputadas y unos cuencos sobre la cabeza—. Esto les hacían a los obradores de todo el mundo. En algunos lugares todavía ocurre. Siempre se dice que los obradores abusaban de sus dones, que lo manejaban todo como un poder en la sombra, pero la mayoría vivían en pueblos y aldeas. Igual que hoy en día. Y nadie se toma en serio la violencia que se ejerce contra ellos.

En eso tiene razón. Resulta difícil tomarse en serio la violencia contra los obradores cuando estos tienen tantas ventajas. Vuelvo a mirar las fotos. Mis ojos se detienen una y otra vez en los brutales muñones y las cicatrices oscuras de la cauterización.

La señora Wasserman se da cuenta.

—Y lo más sorprendente es que algunos han aprendido a obrar con los pies.

—¿En serio? —Levanto la vista. Me sonríe.

—Si la gente lo supiera, creo que los guantes no serían tan populares. Lo de llevar guantes se remonta nada menos que al Imperio bizantino. En aquellos tiempos la gente se los ponía para protegerse de lo que llamaban «el toque». Creían que los demonios se mezclaban con las personas y que desataban el caos y el terror al tocarte. Se pensaba que los obradores eran demonios con los que uno podía negociar para conseguir grandes recompensas. Tener un hijo obrador significaba que estaba poseído por un demonio. El emperador Justiniano I se llevaba a todos esos bebés y los criaba en una gran torre con el propósito de crear un imparable ejército de demonios.

—¿Por qué me cuenta todo esto? Ya sé que se han dicho cosas absurdas sobre los obradores a lo largo de la historia.

—Porque Zacharov y los demás jefes mafiosos están haciendo lo mismo. Sus agentes merodean por las estaciones de autobús de las grandes ciudades, buscando fugitivos. Les ofrecen un techo, les dan algunos encargos y, cuando quieren darse cuenta, están en la misma situación que esos niños demoníacos bizantinos. Se endeudan tanto que se convierten en prisioneros, o en prostitutos.

—Nosotros hemos acogido a un niño —comenta Daneca—. Se llama Chris. Sus padres lo echaron de casa.

El niño rubio de las escaleras.

La señora Wasserman mira a Daneca con severidad.

—Eso es un asunto privado de Chris.

—Tengo que irme ya —anuncio, poniéndome de pie. Me siento incómodo; noto la piel tirante, como si me hubiera encogido. Necesito poner fin a esta conversación.

—Quiero que sepas que, cuando estés preparado, podré ayudarte —me dice la señora Wasserman—. Podrías rescatar a muchos niños de su torre.

—No soy lo que usted cree —insisto—. Yo no soy un obrador.

—No hace falta que lo seas. Tú sabes cosas, Cassel. Y podrías ayudar a niños como Chris.

—Te acompaño a la puerta —me dice Daneca.

Salgo de la habitación apresuradamente. Tengo que escapar de aquí. Me cuesta respirar.

—No hace falta —farfullo—. Te veo mañana.

Capítulo once

Un rico olor a cordero al ajillo me golpea cuando abro la puerta del apartamento de Philip y de Maura. Tanto insistir en que me diera prisa y ahora el abuelo está tirado en un sillón abatible, con una copa de vino tinto apoyada en el vientre, precariamente sujeta por la mano izquierda y algo inclinada hacia el pecho. En el televisor sale un predicador fundamentalista que anima a los obradores a hacerse la prueba para que todos podamos darnos la mano en armonía y sin guantes. Dice que todos somos pecadores y que el poder es demasiado tentador. Que los obradores terminarán por caer en esa tentación si no se los mantiene bajo control.

Quizá tenga algo de razón, salvo en eso de darse la mano con desconocidos. Qué asqueroso.

Oigo el tintineo de unos platos cuando Philip sale de la cocina. Me estremezco al verlo. Es como tener delante una imagen doble y surrealista. Philip, mi hermano. Philip, el que seguramente nos está robando los recuerdos a Barron y a mí.

—Llegas tarde —me dice.

—¿Qué celebramos? —pregunto—. Maura ha tirado la casa por la ventana.

Barron aparece detrás de Philip llevando otras dos copas de vino. Está más delgado que la última vez que lo vi. Tiene los ojos enrojecidos, y diría que su pelo (que normalmente luce un pulcro corte de abogado) está más largo y rizado.

—Maura está de los nervios. No deja de repetir que nunca ha cocinado para invitados. Será mejor que vuelvas a la cocina, Philip.

Quiero sentir lástima por Barron, pensar en todas esas notas adhesivas delirantes que deja para sí mismo, pero solo veo la jaula de acero en el suelo pegajoso por el meado de gato acumulado. Me lo imagino subiendo el volumen de la música para no oír los maullidos de Lila.

Philip levanta las manos con fastidio.

—Maura se ahoga en un vaso de agua. —Regresa a la cocina.

—Bueno, ¿qué hacemos aquí? —le pregunto a Barron, que sonríe.

—La apelación de mamá casi ha terminado. Solo nos queda esperar el veredicto.

—¿La van a soltar? —Acepto la copa de vino y me la bebo de un trago. Es muy triste que mi primera reacción sea de pánico. Pero que mamá salga de la cárcel significa que volverá a entrometerse en nuestras vidas. Significa el caos.

Entonces recuerdo que yo ya no estaré aquí cuando salga. De camino aquí he descartado la idea de conseguir un coche. Mañana reservaré un billete de tren rumbo al sur desde la sala de ordenadores del colegio.

Barron mira al abuelo y luego se gira hacia mí.

—Depende del veredicto, pero tengo un buen presentimiento. He hablado con un par de profesores míos y los dos me han dicho que llevamos las de ganar. Que han visto pocos casos tan favorables como el suyo. He estado repasando el caso como estudio independiente, así que mis profesores también se han involucrado.

—Genial —digo, escuchándolo solo a medias. ¿Me alcanzará el dinero para una litera en el coche cama?

El abuelo abre los ojos; resulta que no estaba dormido.

—Déjalo ya, Barron; Cassel es demasiado listo para creerse tus trolas. Sea como fuere, cuando vuestra madre salga de la cárcel,

Dios mediante, se encontrará con la casa bien limpia. El chaval se ha esforzado mucho.

Maura asoma la cabeza por la puerta de la cocina.

—Ah, ya estás aquí. —Lleva un chándal rosa; justo encima de la cremallera se le marcan las clavículas—. Sentaos. Creo que ya está todo listo.

Barron entra en la cocina. Me dispongo a seguirlo cuando el abuelo me agarra del brazo.

—¿Qué está pasando?

—¿A qué te refieres?

—Sé que te traes algo entre manos con tus hermanos y quiero saber qué es.

La boca le huele a vino, pero parece totalmente lúcido.

Quiero contárselo, pero no puedo. Es un hombre leal y me cuesta imaginármelo implicado en el secuestro de la hija de su jefe, pero mi falta de imaginación no es motivo suficiente para confiar en él.

—Nada —contesto, poniendo los ojos en blanco mientras me siento a la mesa.

Maura ha puesto un mantel blanco en la mesa de la cocina y ha traído un par de sillas plegables, además de los candelabros de plata que un tal «tío Monopoly» le regaló a Philip cuando se casó (estoy seguro de que son robados). La luz de las velas mejora el ambiente al sumir en las sombras el resto de la cocina. En una fuente, junto a un cuenco de zanahorias y nabos asados, hay un cordero al horno con rodajas de ajo que sobresalen como astillas de hueso. El abuelo se está bebiendo casi todo el vino; Barron no deja de llenarle la copa, pero me dejan el suficiente para ponerme un poco achispado. Hasta el bebé parece contento mientras aporrea su bandeja con un sonajero plateado y se embadurna la cara de puré de patatas.

También reconozco la vajilla. Yo mismo ayudé a mi madre a robarla.

Cuando echo un vistazo al espejo del vestíbulo, tengo la sensación de estar viéndonos en uno de esos espejos de los parques de atracciones; somos una versión paródica de una reunión familiar. Mira cómo celebramos nuestros mayores delitos. Mira cómo nos reímos. Cómo mentimos.

Suena el teléfono justo cuando Maura trae el café. Philip se levanta y regresa unos minutos más tarde. Me tiende el auricular.

—Es mamá.

Me voy a la sala de estar con el teléfono.

—Enhorabuena —le digo.

—Has estado evitando mis llamadas. —Mi madre no parece irritada, más bien curiosa—. Tu abuelo me dijo que ya te encontrabas mejor. Y que cuando un chico se encuentra mejor, no llama a su madre. ¿Es verdad?

—Me encuentro de lujo —respondo—. Como una rosa.

—Ya. ¿Duermes bien?

—Y en mi cama, además —bromeo animadamente.

—Muy gracioso. —Su larga exhalación me indica que está fumando—. Supongo que es buena señal que te hagas el gracioso.

—Lo siento. Es que tengo muchas cosas en la cabeza.

—Tu abuelo también me ha dicho eso. Dice que has estado pensando mucho en cierta persona. Pensar tiende a soltar la lengua, Cassel. En su momento, los demás te respaldaron. Respáldalos tú ahora. Olvídate de ella.

—¿Y si no puedo? —¿Cuánto sabe mi madre? ¿De qué lado está? En cualquier caso, mi parte más infantil quiere creer que me ayudaría si pudiera.

Titubea un instante.

—Ella ya no está, cielo. No puedes dejar que siga teniendo influencia sobre...

—Mamá —la interrumpo. Me alejo un poco más de la cocina y me detengo frente al ventanal de la sala de estar, cerca de la puerta del apartamento—. ¿Qué clase de obrador es Anton?

Ella baja la voz.

—Anton es el sobrino de Zacharov. Su heredero. No te acerques a él; deja que tus hermanos cuiden de ti.

—¿Es un obrador de la memoria? Solo quiero saber eso. Dime «sí» o «no».

—Pásame a Philip.

—Mamá —insisto—. Dímelo, por favor. Aunque yo no sea obrador, sigo siendo tu hijo. Por favor.

—Pásame a tu hermano, Cassel. Ahora mismo.

Durante un momento me planteo la posibilidad de colgar. Luego, pienso en estampar el teléfono contra el suelo hasta hacerlo pedazos. Ambas opciones me darían una gran satisfacción, pero nada más.

Cruzo el apartamento y dejo el teléfono junto al plato de tarta de Philip.

—En mis tiempos... —dice el abuelo. Ya está otra vez con sus sermones—. En mis tiempos todavía se respetaba a los obradores. Manteníamos la paz en el barrio. Era ilegal, claro, pero los polis hacían la vista gorda porque sabían lo que les convenía.

Ahora sí que está borracho.

Barron y el abuelo se sientan a ver la tele en la sala de estar mientras Philip habla con mamá por el teléfono supletorio del ático. Maura está echando los restos de comida en el triturador del fregadero. Mientras frota la olla, enseña los dientes como un perro antes de atacar.

Quiero preguntarle por los recuerdos perdidos, pero no sé cómo hacerlo sin que se cabree.

—La cena estaba deliciosa —digo por fin.

Se da la vuelta. Su rostro adopta una expresión agradable y distraída.

—Se me han quemado las zanahorias.

Me meto las manos en los bolsillos sin saber qué hacer.

—Pues estaban ricas.

Maura frunce el ceño.

—¿Quieres algo, Cassel?

—Darte las gracias por haberme echado un cable el otro día.

—Y por mentir a tu colegio, ¿no? —pregunta con una sonrisa astuta—. Todavía no han llamado.

—Llamarán. —Me pongo a secar un cuchillo con un trapo de cocina—. ¿No tenéis lavaplatos?

—Estropea los cuchillos. —Me lo quita y lo guarda en un cajón—. Y la olla tenía demasiados restos pegados. Hay cosas que todavía se tienen que hacer a mano.

Dejo el trapo en la encimera con repentina determinación.

—Tengo una cosa para ti. —Salgo de la cocina y busco en el bolsillo interior de mi chaqueta.

—Eh, siéntate un rato con nosotros —me dice Barron cuando me ve.

—Ahora vengo. —Regreso enseguida a la cocina—. Mira —le digo a Maura mientras le enseño el amuleto de ónice—. Ya sé que dijiste que la esposa de un obrador no debe...

—Qué detalle —dice Maura. Bajo los focos de la cocina, la piedra resplandece como una gota de alquitrán—. Eres igual que tu hermano. Para ti no hay favores, solo intercambios.

—Cósetelo al sujetador. ¿Me lo prometes?

—Qué encanto. —Ladea la cabeza—. Te pareces a él, ¿sabes? A mi marido.

—Es normal. Somos hermanos.

—Estás muy guapo con ese pelo negro alborotado y esa sonrisa torcida. —Son cumplidos, pero su tono de voz no es elogioso—. ¿Ensayas para sonreír así?

A veces, cuando estoy en situaciones peliagudas, no puedo evitar sonreír de esa manera.

—Siempre he sonreído igual.

—Pero no eres tan encantador como crees. —Se acerca tanto que noto su aliento tibio y ácido en la cara. Retrocedo hasta que mis piernas chocan con la encimera—. No tanto como él.

—Lo que tú digas. Pero prométeme que lo llevarás encima.

—¿Por qué es tan importante? ¿Qué clase de amuleto es?

Miro de reojo hacia el umbral. Oigo el televisor de la sala de estar; están viendo un concurso de los que le gustan a mi abuelo.

—Un amuleto de la memoria —respondo en voz baja—. Es más eficaz de lo que parece. Dime que te lo pondrás.

—Vale.

Esbozo una sonrisa lo menos torcida que puedo.

—Los que no somos obradores tenemos que estar unidos.

—¿A qué te refieres? —Entorna los ojos—. ¿Te crees que soy tonta? Sé que eres uno de ellos. De eso sí que me acuerdo.

Niego con la cabeza, pero no sé qué responder. Es mejor esperar a que el amuleto le muestre la verdad, en lugar de ponerme a discutir con ella por tonterías.

—El abuelo se ha quedado frito —dice Barron cuando vuelvo a la sala de estar—. Me parece que vais a tener que dormir aquí. Creo que yo también me quedo. —Bosteza.

—No hace falta, puedo conducir yo —le digo. Me asfixian todas las cosas que no puedo decir, todo lo que sospecho que están haciendo mis hermanos. Quiero llegar a casa cuanto antes y hacer las maletas.

—¿Qué le has dicho a mamá? —Barron está tomando un café solo en una de las tazas caras de Maura, las que traen un platito a juego—. Parece que Philip tarda mucho en tranquilizarla.

—Solo le he dicho que sabe algo que no me quiere contar.

—Venga ya. Si nos dieran un dólar por cada cosa que mamá no nos ha contado, ya seríamos millonarios.

—Pero yo tendría mucho más dinero que tú. —Me siento en el sofá. Lo menos que puedo hacer antes de marcharme es intentar avisarle de lo que está pasando—. ¿Puedo preguntarte una cosa?

Barron se vuelve hacia mí.

—Claro. Dispara.

—¿Recuerdas cuando fuimos a la playa de Carney, de pequeños? Había sapos entre los arbustos. Tú cazaste uno diminuto que se te escapó de las manos dando un salto. Y yo estrujé demasiado al mío y vomitó las tripas. Lo di por muerto y lo dejé allí, pero al rato desapareció, como si se hubiera tragado otra vez las tripas y se hubiera largado dando brincos. ¿Te acuerdas?

—Sí —contesta Barron, encogiéndose de hombros—. ¿Por qué?

—¿Y del día cn quc Philip y tú sacasteis del contenedor un montón de revistas *Playboy*, recortasteis todas las tetas y las pegasteis en la pantalla de una lámpara? Se prendió fuego y me disteis cinco pavos a cambio de que les contara una mentira a mamá y a papá.

Se echa a reír.

—¿Cómo iba a olvidarme de eso?

—Vale. ¿Y del día en que te fumaste aquella hierba que pensabas que estaba mezclada con algo más? Te caíste dentro de la bañera y te negaste a salir porque estabas convencido de que se te iba a desprender la nuca. Solo te calmabas cuando te leía en voz alta, así que te leí de principio a fin el único libro que había en el cuarto de baño, una novela romántica de mamá: *La anémona*.

—¿Por qué me preguntas todo esto?

—¿Te acuerdas o no?

—Claro que me acuerdo. Me leíste el libro entero. Y cuando salí de la bañera, limpiamos la sangre enseguida. ¿A qué viene este interrogatorio?

—A ti no te pasó nada de eso —contesto—. Cuando fuimos a por sapos, tú no estabas. La anécdota de la lámpara me la contó mi compañero de cuarto; Sam le pagó a su hermana para que mintiera a sus padres. La tercera historia le pasó a Jace, otro chico de mi colegio. Como nadie tenía *La anémona* a mano, Sam, otro chaval de nuestra planta y yo nos turnamos para leerle *El paraíso perdido* desde fuera del cuarto de baño, porque había echado el cerrojo. Creo que solo conseguimos que se pusiera más paranoico.

—No es verdad.

—Bueno, a mí me pareció que estaba más paranoico. Y aún se le va un poco la pinza cuando le hablas de ángeles.

—Te crees muy gracioso. —Barron se yergue—. Solo te estaba siguiendo la corriente para ver de qué iba todo esto. A mí no me engañas, Cassel.

—Acabo de hacerlo. Estás perdiendo la memoria e intentas disimular. Yo también he perdido recuerdos.

Me mira extrañado.

—Lo dices por Lila.

—Eso es agua pasada.

Barron vuelve a mirar al abuelo.

—Me acuerdo de que me tenías envidia porque salía con Lila. Estabas colado por ella y siempre intentabas convencerme de que la dejara. Un día bajé al sótano del abuelo y me la encontré en el suelo. Tú estabas delante de ella con cara de pasmado.

Sospecho que me está contando la historia para fastidiarme, para devolvérmela por haberlo puesto en evidencia.

—Y con un cuchillo —añado. Me molesta que haya omitido lo que mejor recuerdo: esa espantosa sonrisa.

—Sí, con un cuchillo. Dijiste que no recordabas nada, pero era evidente lo que acababa de pasar. —Niega con la cabeza—. Philip estaba aterrado, lo acojonaba que Zacharov se enterara, pero la sangre es la sangre. Te protegimos. Escondimos su cadáver. Mentimos.

Hay algo muy extraño en su forma de describir el recuerdo. Es como si estuviera evocando frases sueltas de un libro de texto que describe una batalla, en lugar de recordar la batalla en sí. Nadie diría «la sangre es la sangre» mientras piensa en un gran charco rojo y coagulado.

—Tú la querías, ¿verdad? —le pregunto.

Barron agita las manos en un gesto que no termino de interpretar.

—Era muy especial. —Esboza una sonrisa ladeada—. Desde luego, a ti te lo parecía.

Es imposible que Barron no supiera quién estaba en realidad dentro de esa jaula en su casa. Quién maullaba, quién se comía lo que él le llevaba, quién le ensuciaba el suelo con sus excrementos.

—Supongo que es cierto eso que dicen: he amado demasiado para no odiar.

Barron ladea la cabeza.

—¿Cómo?

—Es una cita. De Racine. También se dice que del amor al odio solo hay un paso.

—Entonces, ¿la mataste porque la querías demasiado? ¿O ya no estamos hablando de Lila y de ti?

—No lo sé. Hablo por hablar. Solo quiero que tengas cuidado...

Me callo cuando Philip aparece en el umbral.

—Ya he terminado con mamá. Necesito hablar con Cassel. A solas.

Barron mira a Philip y luego a mí.

—¿Qué sospechas que está pasando? ¿Con qué dices que debo tener cuidado?

Me encojo de hombros.

—Qué sabré yo.

Philip me lleva a la cocina, se sienta a la mesa y entrecruza las manos sobre el mantel sucio. Quedan algunos platos y copas medio vacías. Destapa una botella de Maker's Mark y vierte el licor ambarino en una taza de café usada.

—Siéntate.

Cuando me siento, se queda mirándome en silencio.

—¿A qué viene esa cara tan larga? —le digo, pero mis dedos se mueven instintivamente hacia las piedrecillas que llevo escondidas bajo la piel. El escozor de la pierna es tranquilizador y tan adictivo como pasar la punta de la lengua por el hueco de un diente recién caído—. Pues sí que he cabreado a mamá.

—No tengo ni idea de lo que crees que sabes —empieza Philip—. Pero tienes que entender que lo único que intento... lo único que siempre he intentado hacer es protegerte. Quiero que estés a salvo.

Qué gran discurso. Sacudo la cabeza, pero no lo contradigo.

—Muy bien. ¿Y de qué me proteges?

—De ti mismo. —Esta vez me mira directamente a los ojos. Durante un momento vislumbro al mafioso al que teme la gente: la mandíbula apretada, el pelo que le ensombrece el rostro. Pero después de tantos años, por fin me está mirando de verdad.

—No te des tantos aires —replico—. Que ya soy mayorcito.

—Ahora que no está papá, todo es más difícil. La facultad de Derecho no es barata. Wallingford tampoco. Los abogados de mamá cuestan una fortuna. El abuelo tenía unos pocos ahorros, pero ya nos los hemos fundido. He tenido que hacerme cargo de todo y me estoy esforzando. Quiero que podamos tener cosas, Cassel. Y mi hijo también.

Bebe otro trago y ríe para sus adentros. Cuando me mira de nuevo, le brillan los ojos. ¿Cuánto habrá bebido ya? Lo suficiente para que el licor le suelte bastante la lengua.

—Entiendo.

—Eso implica correr ciertos riesgos. ¿Y si te dijera que te necesito para hacer una cosa? —continúa Philip—. ¿Que Barron y yo necesitamos que nos ayudes? —Me acuerdo de Lila pidiéndome ayuda en ese sueño. La suma de recuerdos me marea.

—¿Necesitáis mi ayuda? —pregunto.

—Lo que necesito es que confíes en nosotros —contesta Philip, ladeando la cabeza y dedicándome esa sonrisa ufana de hermano mayor. Cree que me está dando una lección.

—¿Cómo no voy a confiar en mis propios hermanos? —Creo que he conseguido que no se me note el sarcasmo.

—Bien.

Veo tristeza y cansancio en sus hombros caídos, algo más parecido a la resignación que a la crueldad. Ya no estoy tan seguro de mis conclusiones. Pienso en nuestra niñez y en lo mucho que quería que Philip me prestara atención, aunque fuera dándome órdenes. Me encantaba ir corriendo a traerle una cerveza de la nevera, abrírsela como si fuera un camarero, sonreírle y esperar a que asintiera distraídamente.

Y aquí estoy ahora, buscando alguna explicación en la que Philip no sea el villano. Buscando ese asentimiento. Y únicamente porque mi hermano por fin me ha mirado a los ojos.

—Las cosas van a cambiar mucho para todos dentro de poco. Muchísimo. No volveremos a pasar dificultades. —Al sacudir el brazo, derriba por accidente una de las copas que Maura no ha retirado. El poco vino que quedaba se derrama por el mantel blanco como una marea rosada. Philip no parece reparar en ello.

—¿Qué es lo que va a cambiar?

—No puedo contarte los detalles. —Philip mira hacia la sala de estar y se pone de pie, tambaleándose—. De momento procura no meterte en líos. Y no vuelvas a alterar a mamá. Dame tu palabra de honor.

Suspiro. Esta conversación circular es absurda. Philip quiere que confíe en él, pero él no confía en mí. Quiere que lo obedezca.

—Sí —miento—. Tienes mi palabra. La familia debe cuidarse. Lo entiendo.

Cuando me levanto, me fijo en que la copa de vino que ha volcado no está tan vacía como pensaba. Queda una especie de poso en el fondo. Me inclino sobre la mesa y lo toco con el dedo: son unos gránulos similares al azúcar. Intento hacer memoria. ¿Dónde estaba sentado cada uno durante la cena?

A pesar de las protestas de Maura y la insistencia de Barron, arrastro al abuelo hasta el coche. El corazón me late como si estuviera en mitad de una pelea mientras rechazo todas las propuestas de dormir en el estudio o en el sofá. Les digo que no estoy cansado. Me invento que el abuelo ha quedado por la mañana con una viuda que ha conocido en el bingo. El abuelo pesa mucho; está tan drogado y borracho que apenas responde.

Philip lo ha drogado. No me explico por qué, pero pienso en los posos del vino y sé que ha sido Philip.

—Es mejor que os quedéis —dice Barron por enésima vez.

—Se te va a caer al suelo —añade Philip—. Ten cuidado.

—Pues ayúdame —resoplo.

Philip apaga su cigarrillo en el revestimiento de aluminio de su casa y desliza el hombro por debajo de la axila del abuelo para levantarlo.

—Venga, volved aquí —dice Barron. Philip y él intercambian una mirada. Barron frunce el ceño—. Cassel, ¿cómo piensas meterlo tú solo en la casa cuando llegues, si necesitas a Philip para subirlo al coche?

—Seguro que para entonces ya se ha espabilado.

—¿Y si no? —insiste Barron. Philip camina hacia el coche.

Durante un instante tengo la impresión de que Philip va a cortarme el paso y no sé cómo reaccionar. Pero entonces abre la puerta y se queda sujetándola mientras meto al abuelo en el coche y le abrocho el cinturón de seguridad.

Mientras salgo marcha atrás, echo un último vistazo a Philip, Barron y Maura. Me embarga el alivio. Soy libre. Ya falta poco.

El sonido de mi móvil me hace dar un respingo. Tengo el volumen a tope, pero el abuelo no reacciona. Me fijo en el movimiento de su pecho para comprobar que no ha dejado de respirar.

—¿Hola? —No me molesto en ver quién llama. ¿A qué distancia estoy del hospital? ¿Debería llevarlo?

Philip y Barron no serían capaces de matar al abuelo. Y si lo estuvieran planeando, Philip no lo envenenaría en la cocina de su propia casa. Y si lo hiciera, desde luego no intentaría persuadirme de que lo acostara en su habitación de invitados.

Tengo que repetirme ese razonamiento una vez tras otra.

—¿Me oyes? Soy Daneca —susurra—. Y Sam.

¿Cuánto tiempo lleva hablando sola? Miro la hora en el salpicadero.

—¿Qué ha pasado? Son casi las tres de la madrugada.

Me lo explica, pero apenas la escucho. Mi mente está repasando todas las sustancias que se le pueden dar a una persona para dejarla inconsciente. La opción más evidente es un somnífero. Además, combina bien con el alcohol.

Me doy cuenta de que se ha hecho un silencio expectante al otro lado de la línea.

—¿Cómo? ¿Me lo puedes repetir?

—Te digo que tu gata es asquerosa —dice Daneca muy despacio, claramente irritada.

—¿Está bien? ¿La gata está bien?

Sam se echa a reír.

—La gata está bien, pero en el cuarto de Daneca hay un ratoncillo marrón decapitado. Tu gata ha matado a nuestro ratón.

—La colita parece un cordel —comenta Daneca.

—¿Al ratón? —pregunto—. ¿Al legendario ratón? ¿Al mismo ratón por el que la gente lleva medio año apostando?

—¿Qué pasa cuando todos pierden la apuesta? —pregunta Sam—. No ha acertado nadie. ¿A quién leches le tenemos que pagar?

—¿Qué más da eso? ¿Qué hago yo ahora? —pregunta Daneca—. La gata no me quita ojo, creo que tiene la boca manchada de sangre. La miro y veo la muerte de cientos de ratones y pajaritos. Los veo desfilando por su lengua extendida y entrando en su boca, como en los dibujos animados antiguos. Creo que ahora me quiere devorar a mí.

—Acaríciala, tía —dice Sam—. Te ha traído un regalo. Quiere que le digas lo chunga que es.

—Eres una máquina de matar en miniatura —le dice Daneca en tono afectuoso.

—¿Qué hace ahora? —les pregunto.

—¡Ronronear! —exclama Daneca. Parece encantada—. Buena chica. ¿Quién es una maquinita de matar fantástica? ¡Eso es! ¡Tú! ¡Eres una leoncilla cruel y brutal! Sí, claro que sí.

Sam se ríe tan fuerte que se atraganta.

—¿Estás mal de la cabeza? En serio...

—A la gata le gusta —protesta Daneca.

—Lamento ser yo el que te abra los ojos, pero la gata no entiende lo que le dices.

—A lo mejor, sí —intervengo—. ¿Qué sabrás tú? Está ronroneando, ¿verdad?

—Lo que tú digas, macho. Bueno, ¿nos quedamos con la pasta o qué?

—O eso, o soltamos otro ratón.

—Decidido —dice Sam—. Nos quedamos con la pasta.

Conduzco hasta la casa vieja, le desabrocho el cinturón de seguridad al abuelo y lo zarandeo. Al ver que no funciona, lo abofeteo con ganas hasta que gruñe y entreabre los ojos.

—¿Mary? —Qué mal rollo. Mary era mi abuela. Murió hace muchos años.

—Agárrate a mí —le digo, pero tiene las piernas tan flojas que apenas puede ayudarme. Avanzamos muy despacio hasta que llegamos al cuarto de baño; lo dejo recostado contra los azulejos mientras preparo un cóctel de agua oxigenada diluida.

Cuando el abuelo empieza a vomitar, me digo a mí mismo que las clases de química de Wallingford han servido para algo. ¿Sería un buen argumento para que el decano Wharton me readmitiera?

Capítulo doce

—Eh, levántate —dice una voz. Parpadeo varias veces, desconcertado. Estoy tumbado en el sofá del salón. Philip está de pie, delante de mí—. Duermes como un muerto.

—Si los muertos roncaran —dice Barron—. Oye, buen trabajo. El salón os ha quedado genial. Nunca lo había visto tan limpio.

El temor me atenaza la garganta hasta dejarme sin aliento.

Me giro para mirar al abuelo; sigue inconsciente en el sillón abatible, con un cubo al lado. Estuvo vomitando un buen rato, pero cuando se quedó dormido parecía estar mejor. Lúcido. Me extraña que no se haya despertado con este ruido.

—¿Qué le habéis dado? —les pregunto mientras saco una pierna de debajo de la manta de ganchillo.

—Está bien —contesta Philip—. Te lo prometo. Por la mañana se le habrá pasado.

Me tranquiliza ver que el pecho del abuelo sube y baja de manera regular. Mientras lo miro, me parece que le tiemblan los párpados durante un momento.

—Siempre te preocupas por él —murmura Barron—. Y nosotros siempre te decimos que no le pasará nada. Nunca les pasa nada. ¿Por qué te preocupas tanto?

Philip se vuelve hacia él.

—No te metas con Cassel. La familia debe cuidarse.

Barron se echa a reír.

—Por eso mismo no debe preocuparse. Nosotros cuidamos de los dos. —Se gira hacia mí—. Y ahora vístete deprisa, agonías. Ya sabes que Anton no soporta que lo hagan esperar.

No se me ocurre otra cosa que ponerme los vaqueros y una sudadera encima de la camiseta con la que he dormido.

Los dos esperan con tanta naturalidad a que me vista que, cuando repaso mentalmente lo que ha dicho Barron, deduzco que todo esto ya ha sucedido antes. Que no es la primera vez que mis hermanos me sacan de esta casa (y quizá también de mi habitación del colegio) sin que yo recuerde nada después. ¿Esperarán que me entre el pánico? Porque me está entrando ahora.

Me calzo las botas. Me tiemblan tanto las manos por la adrenalina y el miedo que me cuesta ponerme los guantes.

—A ver los bolsillos —dice Philip.

—¿Qué? —Dejo de atarme los cordones y lo miro.

Suspira.

—Vacíate los bolsillos.

Mientras lo hago, pienso en el escozor de la pantorrilla, en los amuletos que llevo escondidos debajo de la piel. Philip palpa bien la tela de los bolsillos para asegurarse de que no llevo nada oculto y luego me cachea. Cierro los puños. Tengo tantas ganas de darle un puñetazo a mi hermano que me duelen los brazos por la tensión.

—¿Qué buscas, caramelos de menta?

—Solo queremos saber qué llevas encima —contesta Philip con calma.

La adrenalina ha hecho retroceder al cansancio. Ahora mismo estoy despejado y me empiezo a cabrear.

Philip mira a Barron y este se inclina para agarrarme del brazo. Lleva la mano desnuda. Retrocedo.

—¡No me toques!

Qué curioso es el instinto: he bajado la voz al decir eso, porque en algún absurdo rincón de mi mente soy consciente de que esto es un asunto familiar. Ni se me pasa por la cabeza gritar para pedir ayuda.

Barron levanta las dos manos.

—Eh, tranquilo. Esto es importante. Los recuerdos antiguos tardan unos minutos en asentarse. Haz memoria. Estamos juntos en esto. Estamos en el mismo bando.

Entonces caigo en la cuenta de que ya me han obrado antes, mientras estaba dormido. Siento un escalofrío de horror y empiezo a respirar más deprisa para luchar contra el impulso de echar a correr, de huir de ellos y de esta casa. Asiento con la cabeza para ganar tiempo. ¿Qué recuerdos esperan haberme devuelto? No tengo ni la menor idea.

Barron vuelve a ponerse el guante. Al flexionar la mano, el cuero se tensa.

Esa mano desnuda solo puede significar una cosa.

No es Philip quien está detrás de los recuerdos robados. El obrador de la memoria no es Anton.

Es Barron. Tiene que ser él. No está perdiendo sus recuerdos porque alguien lo esté obrando; no es tan distraído. Cada vez que nos quita un recuerdo a Maura, a mí o a las demás personas a las que se los debe de estar robando, a cambio él pierde uno de los suyos. Está sufriendo la reacción. Busco en mi memoria alguna ocasión concreta en la que Barron obrara un maleficio de la suerte, pero no encuentro nada, tan solo la vaga intuición de que sé que mi hermano es un obrador de la suerte. Ni siquiera soy capaz de precisar en qué momento empecé a «saberlo».

Ahora que me concentro, ese recuerdo se me antoja irreal. Me rehúye, como la copia emborronada de una copia.

—¿Listo? —me dice Philip.

Me pongo de pie, pero noto que me tiemblan las manos. Una cosa es sospechar que mi hermano me ha estado obrando y otra distinta es tenerlo a mi lado ahora que tengo la certeza de que lo ha hecho. *Soy el mejor timador de esta familia*, me digo para darme ánimos. *Sé mentir. Sé aparentar que estoy tranquilo hasta que lo esté de verdad.*

Pero otra parte de mi mente brama, se debate y busca más recuerdos falsos. Sé que es imposible buscar lo que ya no está, pero lo hago de todas formas. Repaso mentalmente los últimos días (las últimas semanas, los últimos años) como si pudiera localizar los huecos.

¿Cuánto de mi vida ha falsificado Barron? Los escalofríos de pánico me recorren la piel.

Salimos de la casa en silencio, bajamos los escalones y caminamos hacia un Mercedes aparcado en la calle, con los faros apagados y el motor al ralentí. Anton está sentado en el asiento del conductor. La última vez que lo vi no parecía tan mayor, y ahora tiene una cicatriz encima del labio superior que hace juego con el collar de escarificaciones.

—¿Por qué habéis tardado tanto? —Anton se enciende un cigarrillo y tira la cerilla a la calle.

Barron se sienta a mi lado en la parte de atrás.

—¿Qué prisa hay? Tenemos toda la noche. El señorito no tiene clase mañana. —Me alborota el pelo con la mano enguantada.

Se la aparto con brusquedad, sintiendo una irritación al mismo tiempo familiar y surrealista. Cualquiera diría que Barron se piensa que nos vamos de excursión familiar.

Philip sube al asiento del copiloto, nos mira a los dos y sonríe.

Tengo que averiguar qué es lo que creen que sé. No puedo fastidiarla. Hasta ahora les parece normal que esté un poco desorientado, pero si se dan cuenta de que no tengo ni idea de lo que pasa, sospecharán.

—¿Qué vamos a hacer esta noche? —pregunto.

—Vamos a ensayar lo de este miércoles —contesta Anton—. El asesinato.

Fijo que he dado un respingo. El corazón se me acelera. ¿Cómo que el asesinato?

—Y después me bloquearéis el recuerdo. —Procuro que no me tiemble la voz. Me acuerdo de lo que me dijo Annie la Torcida: es posible bloquear el acceso a ciertos recuerdos con el fin de eliminar el bloqueo más adelante y así deshacer la pérdida de memoria. ¿Hemos ensayado esto otras veces? Si es así, estoy jodido—. ¿Por qué os empeñáis en hacerme olvidar?

—Para protegerte —contesta Philip automáticamente.

Ya, claro. Me inclino hacia delante.

—Entonces, ¿me toca hacer lo de siempre? —Es una pregunta bastante vaga como para obtener información sin revelarles mi ignorancia.

Barron asiente.

—Solo tendrás que acercarte a Zacharov, tocarle la muñeca con la mano desnuda y convertirle el corazón en piedra.

Trago saliva y me concentro en seguir respirando con normalidad. No puede estar hablando en serio.

—¿No sería más sencillo pegarle un tiro? —pregunto, porque todo esto me parece absurdo.

Anton me mira con severidad.

—¿Estáis seguros de que podrá hacerlo? Después de tantos maleficios de la memoria... parece un poco ido. Nos estamos jugando mi futuro.

Mi futuro. Claro. Anton es el sobrino de Zacharov. Si le pasa algo al gran jefe, Anton ocupará su lugar.

—No te acobardes ahora —me dice Philip con ese tono suyo de «pero qué paciencia hay que tener contigo»—. Será pan comido. Llevamos planeándolo mucho tiempo.

—¿Qué sabes sobre el diamante de la resurrección? —me pregunta Barron.

—Que hizo inmortal a Rasputín... —contesto con deliberada vaguedad—. Y que Zacharov lo consiguió en una subasta en París.

Barron frunce el ceño; al parecer, esperaba que no supiera nada al respecto.

—El diamante de la resurrección tiene treinta y siete quilates; es del tamaño de la uña del pulgar. Es de color rojo claro, como una gota de sangre diluida en agua.

Me da la impresión de que está citando algo de memoria. El catálogo de Christie's o algo así. Si me concentro en los detalles como si esto fuera un rompecabezas, quizá consiga mantener la compostura.

—Después de proteger a Rasputín de varios intentos de asesinato, pasó a manos de otras personas. Hay testimonios que hablan de pistolas que resultaron estar descargadas en el momento crucial, de venenos que terminaban dentro de la copa del envenenador. A Zacharov le han disparado en tres ocasiones y las balas nunca lo han rozado siquiera. Nadie puede matar al portador del diamante de la resurrección.

—Yo pensaba que era un mito —digo—. Una leyenda.

—Ahora va a resultar que es experto en maleficios —se burla Anton.

Pero a Barron le brillan los ojos.

—Llevo mucho tiempo investigando el diamante de la resurrección.

Me pregunto hasta qué punto recuerda su propia investigación; tal vez no le queden más que unas pocas frases. Quizá no esté citando el catálogo de una casa de subastas, sino uno de sus cuadernos.

—¿Cuánto tiempo? —le pregunto. Ahora sí que está enfadado.

—Siete años.

Philip suelta un resoplido.

—¿Entonces empezaste a investigar antes de que Zacharov se apoderara del diamante?

—Fui yo quien le habló de él. —La expresión de Barron es firme y segura, pero creo vislumbrar un destello de miedo. Está mintiendo, pero jamás lo reconocerá. No existe prueba en el mundo capaz de hacer que mi hermano se retracte de una afirmación. Porque entonces tendría que admitir que está perdiendo la memoria.

Philip y Anton se miran y ríen con disimulo; ellos también saben que Barron miente. Me siento igual que cuando pasábamos el verano en Carney con los abuelos e íbamos todos juntos al cine. Aunque no quiero hacerlo, esta familiaridad me relaja.

—¿De verdad he aceptado hacer esto? —les pregunto. Vuelven a reírse. Tengo que andar con mucho ojo—. Si el diamante de la resurrección impide el asesinato, ¿por qué estáis tan seguros de que lo conseguiré?

La pregunta es bastante creíble; se puede achacar al desconocimiento o a la duda. Anton me mira por el retrovisor y sonríe.

—Porque no vas a hacer un maleficio de la muerte. Por muy poderoso que sea ese diamante, no podrá detener tu tipo de magia.

Mi tipo de magia.

El corazón en piedra.

¿Soy yo? El obrador de la transformación, ¿soy yo?

¿Quién te maldijo?, le preguntaba a la gata en el sueño.

Tú.

Creo que voy a vomitar. No, seguro que voy a vomitar. Cierro los ojos con fuerza, apoyo la cabeza en el frío cristal de la ventanilla y me concentro en contener las náuseas.

Miente. Tiene que estar mintiendo.

—Soy...

Soy un obrador. Soy un obrador. Soy un obrador.

Ese pensamiento se repite en mi cabeza, dando botes de un lado a otro como esas pelotitas saltarinas de goma. No logro pensar en otra cosa.

Creía que daría cualquier cosa por ser un obrador, pero ahora me parece una espantosa violación de mi fantasía infantil.

Puestos a fingir, ¿por qué no pretender que soy el mejor obrador del maleficio más insólito de todos?

El problema es que ya no estoy fingiendo.

—¿Estás bien? —me pregunta Barron.

—Claro —contesto lentamente—. Solo estoy un poco cansado. Es muy tarde y la cabeza me está matando.

—Ahora paramos a por un café —me dice Anton.

Cuando nos detenemos, me las arreglo para echarme por encima medio café; la quemadura del líquido hirviente es lo primero que me hace sentir remotamente normal.

La entrada del restaurante Koshchey's tiene una decoración tan recargada que parece sacada de otra época. La puerta principal es de un latón tan lustroso que casi parece oro; la flanquean dos estatuas de piedra que representan pájaros de fuego, con las plumas pintadas de azul claro, naranja y rojo.

—Qué buen gusto… —comenta Barron.

—Oye, que pertenece a la familia —dice Anton—. Un poco de respeto.

Barron se encoge de hombros y Philip sacude la cabeza.

En la calle reina una calma que solo se ve de madrugada; en medio de esta quietud, el restaurante tiene un aire extrañamente majestuoso. O quizá sea que tengo mal gusto.

Anton abre la puerta con la llave y entramos. Está a oscuras.

—¿Seguro que no hay nadie? —pregunta Philip.

—Todavía es de noche —dice Anton—. ¿Quién quieres que haya? Me ha costado mucho conseguir la llave.

—Muy bien, escucha —me dice Barron—. Este sitio estará lleno de mesas y políticos. Algunos ricachones aburridos que no tienen reparos en codearse con mafiosos. Y quizás algunos obradores de los Volpe y los Nonomura; últimamente somos aliados. —Cruza la sala y me señala una zona situada justo debajo de una inmensa lámpara de araña con grandes cristales azules intercalados con los transparentes. Resplandece incluso en la penumbra—. Aquí habrá un estrado desde donde darán discursos tediosos y estridentes.

Miro a mi alrededor.

—¿Qué es?

—Una gala benéfica para pedir el voto contra la propuesta 2. La organiza Zacharov.

Barron me mira extrañado, como si esperara que lo supiera.

—¿Y esperáis que me acerque a él sin más? ¿Delante de todo el mundo?

—Tranqui —dice Philip—. Te repito por enésima vez que tenemos un plan. Llevamos demasiado tiempo aguardando esta oportunidad como para cagarla ahora, ¿vale?

—Mi tío es de costumbres fijas —me explica Anton—. Sus guardaespaldas no estarán demasiado cerca de él; no quiere que sus colegas de la alta sociedad y las demás familias crean que tiene miedo. En vez de eso, varios obradores de la familia se irán turnando para vigilarlo a corta distancia. A Philip y a mí nos toca pegarnos a su culo durante dos horas, a partir de las diez y media.

Asiento con la cabeza, pero desvío la mirada hacia las paredes. Están decoradas con cuadros al óleo en los que aparecen unas casas con patas de gallina que corretean junto a varias mujeres que surcan el cielo montadas en calderos. Hay unos espejos inmensos en los que se refleja todo, incluidos nuestros movimientos; tengo la sensación constante de que hay otra persona moviéndose, cuando en realidad soy yo.

—Tu misión consiste en no perdernos de vista y esperar a que Zacharov entre en el aseo. No le gusta que haya nadie más cuando lo utiliza, así que estaremos solos. Y ahí será cuando lo toques.

—¿Dónde está el aseo? —les pregunto.

—Hay dos aseos de caballeros —contesta Anton, señalando—. Uno tiene ventana, así que Zacharov prefiere el otro. Te lo muestro.

Barron y Philip se dirigen a una puerta negra y reluciente con la silueta de un hombre a caballo en color dorado. Los sigo.

—Nosotros entramos con Zacharov —dice Philip—. Tú esperas un par de minutos y luego entras.

—Yo me quedaré en la sala del restaurante, contigo, para asegurarme de que todo vaya bien —añade Barron.

Empujo la puerta y entro en un enorme aseo. La pared del fondo es un mosaico en el que aparece un gran pájaro rojo y naranja en pleno vuelo, delante de un árbol del que cuelgan unas coles (imagino que son hojas muy estilizadas). El secador de manos está adosado a la pared, pero lo han pintado de un color dorado casi idéntico al de los azulejos. Los cubículos de los retretes están a un lado, los urinarios al otro, y hay una larga repisa de mármol con lavabos de reluciente latón.

—Yo hago de Zacharov —dice Anton mientras se sitúa delante de un lavabo. Pero entonces me mira y parece caer en la cuenta de que estamos a punto de ensayar un asesinato—. No, mejor hago de mí mismo. Barron, tú eres mi tío. —Los dos cambian de posición—. Vale, adelante.

—¿Qué le digo? —pregunto.

—Hazte el borracho —responde Barron—. Vas tan bebido que no te has dado cuenta de que no tienes permiso para estar aquí.

Camino tambaleándome desde la puerta hasta donde está Barron.

—Echadlo de aquí —ordena Barron. Creo que intenta imitar el acento ruso.

Le tiendo la mano enguantada y procuro hablar arrastrando las palabras.

—Es un gran honor, señor.

Barron se queda mirándome.

—¿Creéis que Zacharov le estrechará la mano?

—Claro que sí —contesta Anton—. Philip le dirá que Cassel es su hermano pequeño. Otra vez, Cassel.

—Señor, es un gran honor estar aquí. Le agradezco mucho todo lo que hace para proteger a los obradores y ayudarnos a seguir aprovechándonos de la gente de a pie. —Le tiendo la mano de nuevo.

—No hagas el tonto —dice Philip, aunque no parece molesto—. Concéntrate en el objetivo y en cómo le vas a tocar la piel.

—Llevaré un agujero en el guante y le pasaré los dedos por debajo de la manga. Solo necesito rozarle la piel con el más largo.

Barron se echa a reír.

—El viejo truco de mamá. Se lo hizo a aquel tío en el hipódromo. Aún lo recuerdas.

Reprimo un comentario sarcástico sobre la pérdida de memoria. Bajo la mirada y asiento.

—Venga —dice Anton—. A ver cómo lo haces.

Le tiendo la mano derecha. Cuando Barron me da la suya, le rodeo la muñeca efusivamente con la izquierda mientras nos estrechamos la mano. De esta manera consigo retenerlo; aunque intente retroceder, tardará un momento en soltarse. Anton tiene los ojos muy abiertos. Está asustado. Sé leer las señales.

En ese momento comprendo que me odia. Odia tener miedo. Y me odia por hacer que se sienta así.

—Es un gran honor, señor.

Anton asiente.

—Y entonces le transformas el corazón en piedra. Hay que aparentar que...

—Qué poético —comento.

—¿Cómo?

—Es muy poético lo de convertirle el corazón en piedra. ¿Se te ocurrió a ti?

—Parecerá que le ha dado un infarto, al menos hasta que le hagan la autopsia —continúa Anton, ignorando mi pregunta—. Y eso es justo lo que le diremos a todo el mundo. Esperaremos aquí a que se te pase la reacción y luego pediremos un médico.

—No me ha parecido que estuvieras borracho —dice Barron.

—Eso déjamelo a mí —replico.

Barron se está mirando al espejo. Se peina una ceja con el dedo y gira la cabeza para admirar su perfil. Su afeitado es tan apurado que sospecho que se lo ha hecho con navaja. Está guapo. Es todo un vendedor de aceite de serpiente.

—Deberías vomitar.

—¿Qué? ¿Quieres que me meta los dedos en la garganta?

—¿Por qué no?

—¿Y por qué sí?

Me apoyo en la pared mientras observo a Philip y a Barron. Son las dos caras que mejor conozco en el mundo y ahora mismo tienen la guardia baja. Philip se balancea adelante y atrás con expresión sombría. No deja de cruzar y descruzar los brazos. Es un mafioso leal; seguro que lo incomoda la idea de liquidar al jefe de la familia, aunque así consiga volverse rico y poderoso de la noche a la mañana. Aunque así consiga poner al mando a su amigo de la infancia y convertirse en alguien indispensable para él.

Barron, en cambio, parece estar disfrutando. No sé qué saca él de todo esto. Lo que está claro es que le encanta tener el control, y es evidente que se las ha ingeniado para que Anton y Philip lo necesiten. Aunque esté destruyendo sus propios recuerdos al hacerlo, ha conseguido tener influencia sobre todos nosotros.

Y puede que también se haya metido en esto por dinero. Estamos hablando del jefe de una familia mafiosa, hay mucha pasta en juego.

—¿Crees que no serás capaz? —me pregunta Barron. Estábamos hablando sobre vomitar—. Tú piensa que lo más difícil es entrar. Así tendrás una excusa. Llegas corriendo, tapándote la boca con la mano, te metes en un cubículo, cierras la puerta y echas la pota. Cuando salgas, Zacharov se estará riendo de ti. No sospechará.

—No es mala idea —dice Philip, asintiendo.

—Nunca he intentado vomitar a propósito. No sé cuánto tardaré.

—Ya sé —dice Barron—. Ve a la cocina y vomita en un cuenco. Luego lo guardamos en una botella y lo pegamos con cinta adhesiva detrás del retrete del primer cubículo. Si los del restaurante lo encuentran, te tocará improvisar. Pero al menos ahora puedes hacerlo sin prisas.

—Qué asco —digo.

—Vamos —me apremia Anton.

—No. Hacerse el borracho está chupado. Fiaos de mí. —No tengo la menor intención de hacer nada de esto el miércoles, aunque tampoco sé cómo me voy a escaquear. Pero ya lo decidiré por la mañana; ahora mismo lo importante es observar.

—O vomitas o vas a lamentar no haberlo hecho —me amenaza Anton.

Giro la cabeza para que pueda verme bien el cuello.

—Yo no tengo cicatrices. No estoy con tu familia y tú no eres mi jefe.

—Ya lo creo que lo soy —dice Anton, acercándose a mí y agarrándome por la pechera.

—Ya está bien. —Philip se interpone entre nosotros y Anton me suelta—. Entra en la cocina y métete los dedos en la garganta —me dice—. No seas quisquilloso. —Se vuelve hacia Anton—. Y tú deja en paz a mi hermano. Ya tiene bastante.

No se me escapa la sonrisilla de Barron cuando Anton se da la vuelta y le da un puñetazo a la puerta de un cubículo.

Cuanto más nos peleamos los demás, más poder tiene Barron.

Paso al lado de Anton con brusquedad y cruzo unas grandes puertas dobles que me imagino que llevan a la cocina. Está a oscuras y el aire huele a pimentón y a canela.

Tanteo la pared y pulso el interruptor. La luz fluorescente se refleja en las maltrechas cacerolas de cobre y acero inoxidable. Podría continuar andando y escaparme por la puerta de atrás, pero no tiene sentido. Necesito que sigan creyendo que no sé lo que pasa; no quiero que me persigan por las calles, me registren de nuevo y encuentren los amuletos que llevo escondidos en la pierna, aunque quedarme implique la degradante y desagradable operación de vomitar en un cuenco. Abro una nevera industrial y bebo un par de tragos de un cartón de leche. Espero que sirva para protegerme el estómago.

Me quito los guantes; el forro está empapado de sudor. A la luz de los fluorescentes, mis manos parecen blancas.

Pienso en el agua oxigenada que le hice tragar al abuelo. ¿Esto será cosa del karma? Me llevo el dedo a la lengua, imaginando lo que está a punto de pasar. La piel me sabe a sal.

—Oye —dice una voz.

Al darme la vuelta no veo a Anton, a Philip ni a Barron, sino a un tipo que no conozco. Lleva un abrigo largo y me apunta con una pistola.

Se me cae el cartón de leche de las manos; el líquido se derrama por el suelo.

—¿Qué haces aquí?

—Pues... —Intento improvisar—. Un amigo mío tiene la llave. Trabaja para los dueños.

—¿Con quién hablas? —dice otra voz desde el fondo de la cocina. Aparece otro hombre, este con la cabeza afeitada y una camiseta con cuello de pico que deja al descubierto su collar de escarificaciones. Me mira—. ¿Quién es este crío?

—Eh, esperad —digo mientras levanto las manos. Pienso rápidamente una historia y empiezo a meterme en el papel. Soy un chaval obrador que acaba de bajar del autobús y está buscando trabajo y un sitio donde pasar la noche. Me han dicho que este restaurante tiene vínculos con Zacharov—. Solo he entrado a por comida. Lo siento. La pagaré fregando platos o lo que haga falta.

Entonces se abre la puerta del otro lado y entran Anton y Philip.

—¿Qué coño...? —dice el hombre rapado.

—Alejaos de él —les advierte Philip.

El tío del abrigo se gira para apuntar a mi hermano con la pistola.

Por puro instinto, estiro el brazo para agarrar el cañón del arma y apartarlo de Philip. El metal está más caliente de lo que esperaba. Y entonces, también por instinto, algo salta en mi interior y transforma la pistola.

Veo hasta la última partícula del metal. Pero en lugar de sólido, está líquido, y fluye creando formas infinitas. Es tan sencillo como elegir una.

Levanto la mirada. El hombre sostiene justo lo que he imaginado: una serpiente que se le enrosca en los dedos. Sus escamas verdes relucen como las alas de los fénix de la entrada.

El hombre suelta un grito y agita el brazo como si lo tuviera en llamas.

La serpiente se retuerce, estrecha su abrazo y boquea como si no pudiera respirar. Un momento después, de su boca cae una bala que rebota en la encimera de acero inoxidable y echa a rodar.

Suenan dos disparos.

Me pasa algo raro. Le pasa algo a mi cuerpo.

El pecho se me contrae dolorosamente y me tiemblan los hombros. Por un instante creo que me han disparado, pero entonces bajo la vista y veo que mis dedos se están transformando en raíces retorcidas. Avanzo un paso, pero me ceden las piernas. Una de ellas está cubierta de pelaje y la articulación está del revés. Parpadeo y de pronto lo veo todo con docenas de ojos. Incluso puedo mirar a mis espaldas, como si tuviera ojos en la nuca, pero solo veo el suelo de baldosas agrietadas. Al girar la cabeza descubro a los dos hombres tendidos en el suelo. El charco de leche se está mezclando con sangre mientras la pistola repta hacia mí, sacando la lengua para degustar el aire.

Estoy alucinando. Me estoy muriendo. El terror me trepa por la garganta, pero no consigo gritar.

—¿Qué coño hacían aquí? El plan no incluye matar a nuestros propios hombres —grita Anton—. ¡Esto no tenía que pasar!

Mis brazos son dos troncos de árbol, los brazos de un sofá, dos rollos de cuerda.

Que alguien me ayude. Ayudadme, por favor. Por favor.

Anton me señala.

—¡Es culpa de él!

Intento levantarme, pero mis piernas son una cola de pez. Mis ojos se mueven dentro de mi cabeza. Trato de hablar, pero solo salen gorgoteos de lo que sea que tengo ahora en lugar de labios.

—Hay que deshacerse de los cuerpos —dice Barron.

Entonces oigo otros sonidos, el ruido de huesos quebrados y un golpe húmedo. Quiero girar la cabeza para mirar, pero ya no sé cómo se hace.

—¡Hacedlo callar! —exclama Anton.

¿Estoy haciendo ruido? Ni siquiera me oigo.

Noto que unas manos me levantan en vilo y me llevan por el restaurante. La cabeza me cae hacia atrás y descubro que en el techo hay un mural en el que aparece un anciano desnudo que empuña una cimitarra y cabalga colina abajo a lomos de un caballo castaño. Las crines del caballo y la larga cabellera del viejo ondean al viento. Me echo a reír al verlo, pero mi risa suena como el silbido de una tetera.

—Estás teniendo la reacción —me dice Philip en voz baja—. Se te pasará enseguida.

Me mete en el maletero del coche de Anton y lo cierra con fuerza. Apesta a aceite y a más cosas, pero estoy tan aturdido que no lo distingo. Mientras el motor arranca, me debato a oscuras en un cuerpo que no es el mío.

Cuando vuelvo en mí, sé que estamos en la carretera: los faros de los coches se filtran erráticamente por la rendija del maletero. Con cada bache la cabeza me rebota dolorosamente contra la moqueta que cubre la rueda de recambio; siento la vibración del chasis bajo mi cuerpo. Me revuelvo para cambiar de postura y toco un plástico que tapa algo blando y cálido.

Decido apoyar la cabeza en el plástico, pero entonces noto algo húmedo y pegajoso y me doy cuenta de lo que estoy tocando.

Bolsas de basura.

Entre arcadas, me arrastro para alejarme todo lo posible de las bolsas y me arrimo al fondo del maletero hasta que ya no puedo moverme más. El metal se me clava en la espalda y tengo que sujetarme el cuello como puedo con un brazo, pero no me muevo de ahí en todo el trayecto.

Cuando el coche se detiene de pronto, estoy dolorido y mareado. Oigo los portazos y el crujido de la grava. El maletero se abre y Anton me mira. Estamos en el camino de entrada de mi casa.

—¿Por qué has tenido que hacer eso? —me grita.

Sacudo la cabeza. No sé por qué he transformado la pistola. Ni siquiera sé cómo lo he hecho. Me miro la mano y veo una mancha de color rojo oscuro.

No llevo guantes.

—Esto es un secreto. Tú eres un secreto. —De pronto Anton también se fija en mis manos. Parece que se han olvidado mis guantes en el restaurante.

Aprieta los dientes.

—Lo siento —digo mientras salgo del maletero tambaleándome. Y es verdad que lo siento.

—¿Cómo te encuentras? —me pregunta Barron.

—Mareado. —Pero las náuseas no se deben al trayecto en coche. Sé que estoy temblando, pero no puedo controlarme.

—He matado a esos hombres por ti —me dice Anton—. Tú eres el responsable de su muerte. Yo solo quiero que vuelvan los viejos tiempos, cuando ser obrador era algo importante, algo bueno, no algo de lo que avergonzarse. Cuando teníamos en el bolsillo a los políticos y a la policía. Éramos los príncipes de esta ciudad, y podemos volver a serlo. Nos llamaban «diestros». «Expertos». «Maestros». Cuando yo sea el jefe, los viejos tiempos volverán. Haremos temblar la ciudad. Es un objetivo importante, un gran propósito.

—¿Y cómo piensas hacer eso? —le pregunto—. ¿Crees que el gobierno se pondrá a tus pies solo porque asesines a un jefe mafioso para ocupar su lugar? ¿Crees que Zacharov podría tener a la ciudad agarrada por las pelotas si quisiera, pero que no lo hace porque no le apetece?

Anton me da un puñetazo en la mandíbula. Retrocedo a trompicones, a punto de perder el equilibrio por la explosión de dolor.

—Oye —dice Philip, tirando de Anton hacia atrás—. ¿No ves que solo es un bocazas?

Avanzo dos pasos hacia Anton, pero entonces Barron me agarra del brazo.

—No seas tonto. —Me tira de las mangas para cubrirme las manos.

—Sujétalo —le ordena Anton a Barron sin dejar de mirarme—. Aún no he terminado contigo, chaval.

Barron me agarra con fuerza.

—¿Qué haces, Anton? —pregunta Philip, tratando de calmar los ánimos—. No tenemos tiempo para esto. Además, mañana se despertará lleno de magulladuras. Piensa un poco.

Anton niega con la cabeza.

—No te metas en esto, Philip. ¿O hace falta que te recuerde que soy tu jefe?

La mirada de Philip oscila entre Anton y yo, como si estuviera sopesando el cabreo de Anton y mi estupidez.

—Eh —digo mientras forcejeo con Barron. Estoy agotado y no me sirve de mucho, pero no me pienso callar—. ¿Qué vas a hacer? ¿Asesinarme a mí también? ¿Igual que a esos tipos? ¿Igual que a Lila? ¿Qué te hizo ella, a ver? ¿Se interpuso en tu camino? ¿Te insultó? ¿Se negó a agachar la cabeza?

A veces puedo ser muy imbécil. Supongo que me merezco el segundo puñetazo que me arrea Anton mientras Barron me sujeta. Me acierta justo debajo del pómulo y me hace ver las estrellas. Siento el golpe hasta en los dientes.

—¡Que te calles! —grita Anton.

La boca me sabe a monedas viejas. Las mejillas y la lengua las siento hechas de carne picada cruda; me chorrea sangre de los labios.

—Ya está bien —dice Philip—. Ya es suficiente.

—Yo decido cuándo es suficiente —le espeta Anton.

—Vale, lo siento —digo. Escupo sangre—. Lección aprendida. Ya puedes dejar de sacudirme. No iba en serio.

Levanto la mirada a tiempo para ver que Philip enciende un cigarrillo y me da la espalda mientras suelta una bocanada de humo. Y que Anton me clava el puño en el vientre.

Intento echarme a un lado para esquivarlo, pero estoy tan maltrecho que tardo demasiado, y tampoco puedo ir a ningún lado con Barron inmovilizándome los brazos. Me doblo en dos con un gemido al sentir la oleada de dolor. Menos mal que Barron me suelta los brazos: así puedo dejarme caer al suelo y hacerme un ovillo. No quiero moverme. Quiero quedarme muy quieto hasta que deje de dolerme todo el cuerpo.

—Patéalo —dice Anton. Le tiembla la voz de rabia—. A ver cuán leal eres. Patéalo o cancelo todo el plan.

Me incorporo a duras penas e intento levantarme. Los tres me miran como si fuera un desecho que acaban de rasparse de la suela del zapato. Una súplica se repite en mi mente. *Por favor*. Pero no es eso lo que digo:

—En la cara, no...

El pie de Barron me derriba de nuevo. Unas pocas patadas más bastan para dejarme inconsciente.

Capítulo trece

No quiero moverme, porque me duelen las costillas hasta cuando respiro. Anoche no me dolían tanto como ahora, por la mañana. Tendido en la cama de mi antiguo cuarto, rebusco en mi memoria por si hay lagunas, igual que cuando era niño y me pasaba la lengua por la encía después de que se me cayera un diente. Pero recuerdo perfectamente lo que pasó anoche. Recuerdo a mis hermanos mirándome mientras estaba en el suelo, a Barron inflándome a patadas. Recuerdo la pistola transformándose y enroscándose en la muñeca de ese hombre. Lo único que no recuerdo es cómo llegué hasta la cama, pero sospecho que simplemente perdí el conocimiento.

—Ay, Dios. —Me froto la cara. Luego me miro la mano para asegurarme de que sigue igual que siempre. Que no ha adoptado la forma de otra cosa.

Estiro el brazo despacio y toco con cuidado la herida de la pierna en la que escondo los amuletos. Noto el bulto duro de la piedra que sigue entera y los fragmentos de otras dos que se han roto. Doy un respingo de dolor al presionarlas. No, no estaba loco: anoche una de estas piedras se partió bajo mi piel cada vez que Barron intentó obrarme.

Barron.

Él es el obrador de la memoria. Él alteró los recuerdos de Maura. Y los míos.

Se me revuelve el estómago y me giro hacia un lado con cautela; no quiero atragantarme cuando vomite. Vislumbro a la gata blanca sentada sobre un montón de ropa, mirándome con los ojos entornados.

—¿Qué haces aquí? —susurro. Mi voz suena como si tuviera esquirlas de cristal clavadas en la garganta.

La gata se levanta y se despereza, pisoteando el jersey sobre el que estaba echada y clavando las uñas como agujas en la tela mientras arquea el lomo.

—¿Has visto cómo me traían aquí? —digo con voz ronca.

Saca la lengua rosada y se relame el hocico.

—Deja de jugar conmigo —le digo.

La gata se agazapa y sube a la cama de un salto. Doy un respingo y suelto un gemido de dolor.

—Sé quién eres. Sé lo que te hice.

Solo tú puedes romper el maleficio. Claro.

Su pelaje suave me roza el brazo. Alargo la mano y la gata me deja acariciarle el lomo. Estoy mintiendo: no sé quién es. Creo saber quién fue, pero no estoy seguro de qué es ahora.

—No sé cómo deshacer la transformación. He deducido que te transformé yo. Eso sí. Pero no sé cómo se hace.

La gata se pone rígida y yo me giro para hundir la cara en su pelaje. Siento las ásperas almohadillas de sus patas. Sus uñitas me arañan la piel.

—No tengo ningún amuleto de los sueños. No tengo nada para impedir que me obres un maleficio. Puedes hacerme soñar, ¿verdad? Como con la tormenta. Y el tejado. Como antes de que fueras una gata.

Su ronroneo parece el rumor de un trueno lejano.

Cierro los ojos.

Me despierto todavía dolorido. Estoy tendido en un charco de sangre y me resbalo al intentar levantarme. Philip, Barron, Anton y Lila están inclinados sobre mí.

—No se acuerda de nada —dice la Lila humana. Sonríe, mostrando unos colmillos afilados. No parece tener catorce años. Parece mayor, hermosa y terrible. Retrocedo para alejarme de ella.

Lila se echa a reír.

—¿De quién es esta sangre? —pregunto.

—Mía —contesta ella—. ¿Es que no te acuerdas? Estoy muerta.

Me incorporo hasta quedar de rodillas. Ahora estoy en el escenario del salón de actos de Wallingford. Totalmente solo. El pesado telón azul está echado y me parece oír el murmullo del público al otro lado. Al bajar la vista, la sangre ya no está y en su lugar hay una trampilla abierta. Me levanto atropelladamente, pero resbalo. Me falta poco para caerme por el hueco.

—Necesitas maquillaje —dice una voz.

Me doy la vuelta. Daneca, vestida con una armadura de placas resplandeciente, se acerca a mí con una borla de maquillaje y me abofetea con ella, levantando una nube de polvo.

—Estoy soñando —digo en voz alta, pero no sirve de mucho.

Abro los ojos. Ya no estoy en el escenario de Wallingford, sino en el pasillo de la platea de un majestuoso teatro, con paredes de madera polvorientas y una alfombra escarlata. De las luces gotean cristales y el techo de yeso está decorado con frescos dorados. Los asientos están ocupados por gatos vestidos de humanos que se abanican con el programa de la obra y maúllan. Empiezo a dar vueltas, mirando en todas direcciones, y algunos se giran hacia mí; la luz se les refleja en los ojos.

Tropiezo con una fila de asientos vacíos y me siento en uno justo cuando se abre el telón granate.

Lila sale al escenario luciendo un largo vestido victoriano de color blanco, con botones de nácar. La siguen Anton, Philip y Barron, con trajes de diferentes épocas. Anton lleva un traje púrpura de los años cuarenta y un gran sombrero con una pluma; Philip viste de lord isabelino, con jubón y lechuguilla; y Barron lleva una túnica negra hasta los pies. No tengo claro si va disfrazado de sacerdote o de juez.

—¡Oíd! —exclama Lila, llevándose el dorso de la muñeca a la frente—. Soy una doncella muy dada a la diversión.

Barron hace una profunda reverencia.

—Pues hete aquí que yo soy sumamente divertido.

—Y hete aquí —dice entonces Anton— que Philip y yo nos hemos montado un pequeño chanchullo: me deshago de cualquiera por dinero. Y no puedo permitir que el padre de la doncella se entere. Algún día heredaré el mando de la familia.

—¡Ay de mí! —dice Lila.

Barron sonríe y se frota las manos.

—Pues hete aquí que a mí me chifla el dinero.

Philip me mira fijamente, como si me estuviera hablando solo a mí.

—Anton es nuestro billete para escapar de la mediocridad. Y creo que mi novia está encinta. Lo entiendes, ¿verdad? Lo hago por todos nosotros.

Niego con la cabeza. No, no lo entiendo.

Lila suelta un gritito y empieza a encogerse en el escenario hasta quedar reducida al tamaño de un ratón. Entonces la gata blanca salta desde un palco. El vestido que lleva puesto se le engancha en las astillas de la tarima y resbala por su cuerpo peludo. Se abalanza sobre la ratona Lila, la atrapa con los dientes y le arranca la cabecita de un mordisco. La sangre salpica todo el escenario.

—Lila —le digo—. Basta ya. Déjate de juegos.

La gata engulle los restos y me mira. Los focos del escenario ahora se giran hacia mí; su fulgor me deslumbra. Me pongo de pie mientras la gata blanca camina lentamente hacia mí. La miro a los ojos, uno azul y el otro verde. Tengo tan claro que son los de Lila que retrocedo a trompicones hasta el pasillo.

—Tienes que cortarme la cabeza —me dice.

—No.

—¿Me quieres? —Sus dientes parecen cuchillos de marfil.

—No lo sé.

—Si me quieres, tienes que cortarme la cabeza.

De pronto tengo una espada en la mano y la estoy blandiendo. La gata empieza a cambiar, igual que Lila, pero ella está creciendo y transformándose en algo monstruoso. Los aplausos del público son ensordecedores.

Las costillas me palpitan de dolor, pero me obligo a sacar las piernas de la cama. Voy al cuarto de baño, echo una meada y mastico un puñado de aspirinas. Al mirarme al espejo y verme los ojos enrojecidos y la colección de magulladuras de las costillas, pienso en el sueño, en la gata que crecía y se cernía sobre mí.

Es ridículo, pero no me da risa.

—¿Eres tú? —dice la voz del abuelo desde el pie de las escaleras.

—Sí.

—Has dormido mucho. —Lo oigo refunfuñar, seguramente sobre lo vago que soy.

—Es que no me encuentro bien —contesto desde lo alto de la escalera—. Hoy no voy a poder limpiar.

—Yo también he tenido días mejores —dice el abuelo—. Menuda nochecita, ¿no? Bebí tanto que no me acuerdo de casi nada.

Bajo las escaleras, abrazándome las costillas casi sin darme cuenta. Tropiezo. Me siento raro, incómodo en mi propia piel. Soy Humpty Dumpty, aquel huevo que se rompía por una caída y nadie conseguía recomponer.

—¿Ha pasado algo que quieras contarme? —pregunta el abuelo.

Recuerdo que anoche me pareció verlo parpadear en la oscuridad. ¿Habrá oído algo? ¿Qué es lo que sospecha?

—Nada —contesto mientras me sirvo una taza de café solo. El calor que noto en el vientre al beberlo es la primera sensación agradable que recuerdo desde hace bastante.

El abuelo me señala con la cabeza.

—Estás hecho un trapo.

—Ya te he dicho que no me encuentro bien.

Suena el teléfono en la otra habitación. El sonido es tan estridente que me pone de los nervios.

—Sí, pero tú dices muchas cosas —deja caer el abuelo antes de ir a contestar.

La gata está en las escaleras; bajo los rayos del sol, su cuerpo blanco parece casi fantasmal. La veo borrosa. Siempre he notado que mis hermanos están incómodos conmigo, pero no es por lo que yo creía. No porque yo fuera un asesino o alguien ajeno a su mundo. Resulta que estoy tan dentro de su mundo que ni yo mismo lo sabía. Durante un momento, tengo el impulso de estrellar la vajilla contra el suelo. Quiero gritar, chillar. Quiero transformar todo lo que tengo alrededor con este poder que acabo de descubrir.

El plomo en oro.

La carne en piedra.

Los palos en serpientes.

Levanto la taza de café y pienso en el cañón de la pistola derritiéndose y transformándose bajo mi mano, pero por mucho que me esfuerzo por evocar ese momento, la taza no cambia. El eslogan es el mismo: TRANSPORTES AMHERST: ARRIBA CON TODO, sobre fondo granate.

—¿Qué haces? —Doy un respingo y me mancho la camiseta con café. El abuelo me tiende el teléfono—. Es Philip. Dice que ayer te dejaste algo en su casa. —Niego con la cabeza—. Tú habla con él —insiste con exasperación. Como no se me ocurre una excusa para negarme, obedezco.

—¿Hola?

—¿Qué le has hecho? —La voz de Philip refleja rabia y algo más: pánico.

—¿A quién?

—A Maura. Se ha ido y se ha llevado a mi hijo. Tienes que decirme dónde está, Cassel.

—¿Yo? —Anoche se quedó mirando cómo Barron me dejaba inconsciente a patadas y hoy me acusa de haber organizado la fuga de Maura. La ira me nubla la visión. Agarro el teléfono con tanta fuerza que creo que la cubierta de plástico se va a resquebrajar.

Philip debería estar pidiéndome disculpas. Debería estar suplicando.

—Sé que has estado hablando con ella. ¿Qué le has dicho? ¿Qué le has hecho?

—Jo, lo siento —digo sin pensar, pronunciando cada palabra con una furia gélida—. *No me acuerdo.*

Cuelgo. La sensación de venganza es tan placentera que tardo unos instantes en darme cuenta de que acabo de cometer una estupidez mayúscula.

Pero entonces recuerdo que ya no soy Cassel Sharpe, su hermano menor y una decepción total. Soy uno de los obradores más poderosos de uno de los maleficios más insólitos que existen.

No voy a marcharme de la ciudad con Lila. No me voy a ninguna parte.

Son ellos los que deberían tenerme miedo.

Más o menos una hora después, el abuelo me dice que va a salir y me pregunta si necesito algo de la tienda. Le digo que no. Me pide que prepare un poco de equipaje.

—¿Por qué?

—Nos vamos a Carney.

Asiento con la cabeza y me abrazo las costillas mientras el abuelo se marcha.

Lila me observa desde los montículos de papeles, ropa y fuentes de la mesa del comedor. Está comiendo algo. Me acerco. Es una loncha de tocino; la grasa está empapando lentamente una bufanda.

—¿Te la ha dado el abuelo?

Se sienta sobre las patas traseras y se relame.

Me suena el móvil. Es Daneca.

—Te has escapado —le digo a Lila—. ¿De verdad has venido hasta aquí caminando?

Lila bosteza y me enseña los colmillos.

Tengo que transformarla ahora, antes de que vuelva el abuelo. Antes de que vuelvan a dolerme las costillas y ya no consiga concentrarme.

Ojalá supiera cómo.

Me acerco a ella. Le brillan los ojos.

Me echaron un maleficio. Un maleficio que solamente tú puedes romper.

Alargo el brazo para acariciarla y noto sus huesos, ligeros y frágiles como los de un pájaro. Me concentro en el momento en que el cañón de la pistola empezó a cubrirse de escamas e intento reproducir el mismo impulso que lo transformó.

Nada.

Me imagino a Lila, me imagino que la gata se alarga y crece hasta convertirse en una chica. Entonces caigo en la cuenta de que no sé qué aspecto tendría Lila ahora. Ahuyento ese pensamiento y me invento una mezcla entre la chica que conocía y la que he visto en el sueño. Algo es algo. Me la imagino cambiando. Me la imagino hasta que empiezo a temblar de pura concentración, pero no se transforma.

La gata suelta un gruñido.

Saco una silla del comedor, me desplomo en ella y apoyo la frente en el respaldo de madera.

Al transformar la pistola, no tuve que pensarlo: lo hice por instinto. Debe de ser una especie de memoria muscular o una parte de mi cerebro a la que solo conseguí acceder al ver en peligro a un ser querido.

He estado enfadado muchas veces, pero nunca he convertido mis guantes en hojas de árbol ni he transformado a nadie. Así que no puede ser una cuestión emocional.

Pienso en esa hormiga que Barron me dijo que no había transformado en un palo. No recuerdo lo que hice en esa ocasión.

Miro a mi alrededor. La espada que encontré mientras limpiaba el salón sigue donde la dejé, apoyada en la pared. Sin ser apenas consciente de mi propio cuerpo, la empuño y la sopeso. Me fijo en las manchas de óxido de la lámina. La noto pesada, muy diferente a los floretes de esgrima del colegio.

Si me quieres, tienes que cortarme la cabeza.

—Lila, no sé cómo transformarte.

Ella camina hasta el borde de la mesa y baja al suelo de un brinco. Es surrealista. Todo esto es surrealista. No está pasando.

—Se me acaba de ocurrir que puedo hacer algo para obligarme a actuar por instinto. Una locura. Para que la magia no tenga más remedio que manifestarse.

Esto es una estupidez. Que alguien me detenga. Que Lila me detenga.

La gata frota la cara contra la hoja de la espada. Luego cierra los ojos y se refriega el cuerpo. Adelante y atrás. Adelante y atrás.

—¿De verdad crees que es buena idea?

Lila maúlla, se encarama de nuevo a la mesa y se sienta a esperar.

Le pongo una mano en el lomo.

—Voy a blandir esta espada contra tu cabeza, ¿vale? Pero no te voy a hacer daño. —*Detenme*—. No te muevas.

Se limita a observarme y a esperar. Está totalmente inmóvil, salvo por la cola.

Echo la espada hacia atrás y la descargo contra su cuerpecillo. Acompaño el golpe con todo mi peso.

Dios, voy a matarla otra vez.

Y entonces lo veo. Todo se vuelve fluido. Sé que puedo transformar la espada en una cuerda, en una cortina de agua, en una nube de polvo. Y la gata ya no está hecha de pelaje y frágiles huesos de pájaro. Ahora veo el maleficio chapucero que la cubre, ocultando a la humana que hay debajo. Con un simple tirón mental, se deshace.

De pronto, estoy descargando la espada contra una chica acuclillada y desnuda. Me echo hacia atrás, pero estoy desequilibrado.

Caigo al suelo. La espada sale volando y se estrella contra el arcón veneciano en la otra punta del comedor.

La chica es una maraña de rizos apelmazados del color del heno y piel tostada por el sol. Intenta ponerse de pie, pero no puede. Quizá ya no recuerde cómo se hace.

Esta vez, cuando me sobreviene la reacción, siento que mi propio cuerpo está intentando despedazarme.

—Cassel. —Está inclinada sobre mí, vestida con una camisa que le queda grande. Al girar la cabeza, le veo las piernas desnudas—. Cassel, viene alguien. Despierta.

Vuelven a dolerme las costillas. No sé si eso es bueno o malo. Ahora solo necesito dormir. Si duermo el tiempo suficiente, seguro que cuando despierte estaré en Wallingford, Sam habrá vuelto a pasarse con la colonia y todo volverá a la normalidad.

Me da una bofetada con fuerza.

Abro los ojos con un grito ahogado. Me escuece la mejilla. Me giro y veo la empuñadura de la espada y los restos de un jarrón que debe de haberse caído del arcón. Hay libros y papeles tirados por el suelo.

—Viene alguien —repite. Su voz no es como la recordaba. Ahora es ronca y áspera.

—Es mi abuelo. Ha ido a la compra.

—Son dos personas.

Su cara me resulta a la vez desconocida y familiar. Se me encoge el estómago al mirarla.

Extiendo la mano, pero ella da un respingo y se aparta. Claro, ¿cómo va a querer que la toque? Sabe muy bien lo que puedo hacer.

—Deprisa.

Me levanto a trompicones.

—Ah —digo en voz alta; acabo de recordar lo que le he dicho a Philip por teléfono. Y yo que me tenía por un timador de primera—. Al armario.

El ropero está lleno de pieles y prendas de lana apolilladas. Apartamos las cajas del fondo para hacer hueco y nos metemos dentro. Para poder esconderme dentro sin tocar la puerta, tengo que pasar por debajo de la barra del perchero y quedarme encajado detrás. Me doy un golpe en el brazo con la barra mientras Lila entra detrás de mí y cierra la puerta. Se aprieta contra mis costillas doloridas, respirando atropelladamente. Noto la calidez de su aliento en el cuello; huele a hierba y a algo más, algo intenso y oscuro.

Apenas la veo bajo la rendija de luz que se cuela por la puerta cerrada. Una de las estolas de visón de mi madre me hace cosquillas en la barbilla; todavía huele levemente a perfume.

Oigo que se abre la puerta principal.

—¿Cassel? ¿Abuelo? —dice la voz de Philip.

Hago un movimiento brusco por reflejo, pero Lila me agarra de los brazos, clavándome los dedos en los bíceps.

—Chssst.

—Calla tú también —respondo con un susurro.

La he agarrado por los hombros inconscientemente, imitándola. En la penumbra, Lila es un fantasma. No es real. Noto una ligera vibración en las manos; está temblando.

Los dos llevamos las manos desnudas. Es una sensación rara y chocante.

Lila se inclina hacia delante.

De pronto su boca se apoya en la mía. Abre los labios, suaves y tiernos, y nuestros dientes se tocan. Es el sabor de todos mis pensamientos oscuros. Aquí está el beso con el que fantaseaba a los catorce años; con el que seguí fantaseando después, aun sabiendo que era repugnante y macabro pensar en ella. El beso que quería y nunca tuve. Y ahora que se hace realidad no puedo pararlo. Mis hombros presionan la pared del armario. Me agarro a un abrigo de lana para mantener el equilibrio, con tanta fuerza que noto que la tela envejecida se rasga.

Lila me muerde la lengua.

—No está aquí —dice Barron—. Y el coche tampoco.

De repente, Lila gira la cabeza e inclina el cuello, echándome el pelo en la cara.

—¿Qué crees que le ha contado al abuelo? —dice Philip.

—Nada —contesta Barron—. Estás sacando las cosas de quicio.

—Tú no has oído su voz por teléfono —protesta Philip—. Se acuerda de algo. No sé de qué, pero sabe que lo han estado obrando.

Algo cruje bajo sus pies. Teniendo en cuenta el desparramo que hay en el suelo, podría ser cualquier cosa.

—Solo es un bocazas. No te pongas paranoico.

Siento el aliento de Lila en el cuello, cada vez más caliente.

Se oyen pasos en las escaleras; han subido a buscarme en la planta de arriba.

Estamos tan cerca que me es imposible no tocarla. Entonces caigo en la cuenta de que Lila ha tenido que tocarme todas las veces que me ha hecho soñar.

—Aquella noche, en Wallingford, ¿estuviste en mi cuarto? —susurro.

—Ellos querían que te sacara del colegio —responde Lila—. Te estaban esperando fuera y yo tenía que hacerte caminar en sueños. Así es como se llevan a la gente. Lo han hecho muchas veces.

Me imagino una silueta blanca en los escalones, a la perra del decano a punto de ladrar antes de que Lila la hiciera soñar también.

—¿Por qué me has besado?

—Para que te calles. ¿Tú qué crees?

Nos quedamos en silencio un rato. Oigo los pasos de mis hermanos por la ruidosa tarima del piso de arriba. ¿Estarán en sus antiguos dormitorios? ¿O en el mío, hurgando en mis cosas igual que hice yo con las de Barron?

—Gracias —digo en tono sarcástico. El corazón me late a toda velocidad.

—No te acuerdas de nada, ¿verdad? Ya lo suponía. Barron me dijo que te echaste a reír cuando te contó que me tenía encerrada en una jaula. Pero no es verdad, ¿no?

—Claro que no —contesto—. Nadie me dijo que seguías viva.

Ella suelta una carcajada extraña y gutural.

—¿Y cómo creías que había muerto?

Pienso en la jaula en la que ha pasado estos tres últimos años. Eso volvería loco a cualquiera. Aunque Lila no parece particularmente loca. No más que yo, por ejemplo.

—Yo te clavé un cuchillo —Se me quiebra la voz al decirlo, aunque sé que el recuerdo es falso.

Lila guarda silencio. Solo oigo el martilleo de mi propio corazón.

—Lo recuerdo —continúo—. Recuerdo la sangre. Me resbalaba con ella. Miraba tu cuerpo y me sentía feliz, como si me hubiera salido con la mía. Ese recuerdo sigue pareciéndome totalmente real. Es tan espantoso que es imposible que alguien se lo inventara. Y lo que sentí... es peor que no sentir nada, como les pasa a los psicópatas. Es mucho peor creer que has disfrutado. —Menos mal que estamos a oscuras. No me imagino diciendo todo esto mientras la miro a los ojos.

—Iban a matarme —dice Lila—. Barron y yo estábamos en el sótano de tu abuelo y de pronto él me agarró por los brazos. Al principio pensé que estaba haciendo el tonto, que era una broma, pero entonces entrasteis Philip y tú. Philip te estaba diciendo algo y tú no dejabas de negar con la cabeza.

Quiero decirle que eso no es verdad, que nunca ocurrió. Pero no tengo ni la menor idea, claro.

—Yo le pedía a Barron que me soltara, que me dejara levantar, pero él ni me miraba a la cara. Philip sacó un cuchillo y en ese momento pareciste cambiar de opinión. Te acercaste a nosotros y bajaste la mirada, pero tuve la sensación de que no me estabas viendo, de que ni siquiera me reconocías. Se me empezó a pasar el susto cuando Barron se levantó, pero entonces tú me agarraste por las muñecas y me aplastaste contra la alfombra con más fuerza que él.

Trago saliva y cierro los ojos. Me da miedo lo que pueda decir a continuación.

Lila se queda callada al oír pasos en la escalera.

—Continúa —susurro, más alto de lo que pretendía, aunque seguramente no me deben de haber oído—. Cuéntame lo que pasó después.

Me tapa la boca con la mano desnuda.

—Calla. —Parece furiosa.

Si me pongo a forcejear, seguro que nos oyen.

—No quiero que se lo cuentes a Anton —dice Philip. Su voz suena muy cerca y Lila da un respingo. Intento sujetarle los brazos para tranquilizarla, pero solo consigo que tiemble aún más.

—¿El qué? —pregunta Barron—. ¿Que crees que Cassel va a echarse atrás? ¿Es que quieres que todo el plan se vaya a la mierda?

—Lo que no quiero es que nos reviente en la cara. Y Anton cada vez es más impredecible.

—Ya nos ocuparemos de Anton cuando terminemos. A Cassel no le pasa nada. Te preocupas demasiado por él.

—Yo solo digo que el plan es arriesgado y necesitamos estar seguros de que Cassel está de nuestro lado. Creo que ayer no te acordaste de hacerlo olvidar.

—¿Sabes lo que creo? —dice Barron—. Que el problema es la zorra de tu mujer. Ya te dije que te libraras de ella.

—Cállate. —Philip aparenta calma, pero está rabioso.

—Como quieras, pero Cassel estuvo hablando con ella anoche, después de la cena. Está claro que Maura lo ha deducido y se ha largado.

—Pero Cassel...

—Cassel, nada. Ella le contó sus sospechas y él está husmeando un poco para saber si es verdad, para comprobar cómo reaccionabas. No sabe nada ni lo sabrá, a menos que te dejes llevar por el pánico. Así de sencillo. Caso cerrado. Vámonos de una vez.

—¿Y qué pasa con Lila?

—Ya la encontraremos. Es una gata. ¿Qué va a hacer?

Un portazo. Calculo unos diez minutos y luego me deslizo bajo la barra para abrir el armario. Echo un vistazo a la sala. Está desordenada, pero no más que antes.

Lila sale detrás de mí. Cuando me doy la vuelta, esboza una sonrisa torva. Se dirige al cuarto de baño.

La agarro de la muñeca.

—¿Por qué haces todo esto? Dime cómo lograste escapar de Barron. Por qué me hiciste subir al tejado de Smythe Hall con ese sueño delirante.

—Quería matarte —contesta, ensanchando la sonrisa.

La suelto como si su muñeca me quemara la piel.

—¿Qué?

—Pero no fui capaz. A ti te odiaba incluso más que a ellos, pero no pude hacerlo. Qué alivio, ¿eh?

Siento que me ha robado el aire de los pulmones.

—No —respondo—. En absoluto.

La puerta de la cocina rechina al abrirse. Lila se aplasta contra la pared y me lanza una mirada de advertencia. No hay tiempo para volvernos a meter en el armario, así que voy directo a la cocina. No sé quién será, pero tengo que ganar tiempo para que ella se esconda.

Philip me sonríe desde la puerta.

—Sabía que estabas aquí.

—Acabo de llegar —digo. Sabe que estoy mintiendo.

Avanza un paso hacia mí. Yo retrocedo. ¿Va a intentar matarme? Levanto las manos desnudas. No parece reparar en que no llevo guantes.

—Necesito que hables con ella —dice Philip. Por un momento, no sé de quién me habla—. Dile a Maura que he sido débil. Que lo siento. Que era incapaz de parar.

—Ya te he dicho que no sé dónde está.

—Está bien —contesta Philip entre dientes—. Nos vemos el miércoles por la noche. Cassel, aunque estés cabreado o tengas preguntas, te aseguro que al final todo esto habrá merecido la pena. Si confías en nosotros un poco más, tendrás lo que siempre has deseado.

Sale de la casa y echa a andar hacia el coche de Barron. Lila entra en la cocina y me ponc una mano en el hombro. La ignoro.

—Tenemos que irnos de aquí —me dice—. Necesitas descansar.

Me doy la vuelta para decirle que tiene razón, pero Lila ya está sacando unos guantes y un abrigo del armario.

Capítulo catorce

El sol de la tarde entra por la ventana; me despierto recostado contra unos rizos rubios y una piel cálida. Al principio estoy tan desorientado que no sé quién es la chica que está a mi lado ni por qué va tan ligera de ropa.

Sam entra y cierra la puerta de nuestro cuarto.

—Oye, tío —susurra.

Con un leve gesto de protesta, Lila rueda hacia la pared; al rozar contra mi cuerpo, la camisa se le arruga y se le sube. Se tapa la cabeza con la almohada.

Adormilado, recuerdo que fui andando a la tienda que hay a tres manzanas de la casa vieja, llamé a un taxi y me senté a esperar en la acera, con Lila reclinada contra mí. Supuse que mi habitación de la residencia estaría vacía durante un par de horas. No se me ocurría ningún otro sitio adonde ir.

—Tranquilo, no he visto a Valerio —dice Sam—. Pero la próxima vez cuelga un calcetín en la puerta.

—¿Un calcetín?

—Según mi hermano, es la señal universal de «sexo». Una forma sutil de decirle a tu compañero de cuarto que se busque otro plan, para que no entre y os pille en plena faena.

—Ah, vale —digo, bostezando—. Lo siento. Un calcetín. Me lo apunto.

—¿Quién es? —susurra Sam, señalando a Lila con la barbilla—. ¿Estudia aquí, por lo menos? —Baja la voz todavía más—. ¿Es que te has vuelto loco?

Lila se da la vuelta de nuevo y sonríe a Sam con expresión adormilada.

—Qué uniforme tan mono —dice con su nueva voz ronca.

Sam se pone colorado.

—Me llamo Lila. Y sí, Cassel está loco. Pero seguro que ya te habías dado cuenta. Estaba loco cuando lo conocí y es evidente que con el tiempo ha ido a más. —Me revuelve el pelo con la mano enguantada.

Hago una mueca.

—Es una amiga. Una vieja amiga de la familia.

—Los demás llegarán enseguida —dice Sam, enarcando las cejas—. Más vale que tú y tu compi os larguéis.

Lila se apoya en un codo.

—¿Te encuentras mejor? —No parece incomodarla estar medio en cueros, con una pierna apretada contra mi cuerpo. A lo mejor se ha acostumbrado a la desnudez durante su época de gata, pero a mí se me hace muy raro.

—Sí —contesto. Aún me duelen las costillas, pero bastante menos que antes.

Lila bosteza y se despereza, levantando los brazos y ladeando el cuerpo hasta que la columna le cruje ruidosamente.

Tengo la sensación de que el mundo entero está patas arriba. Ya no hay reglas que valgan.

—Oye —le digo a Sam. Ya que el mundo se ha vuelto loco, supongo que yo también puedo hacer lo que me dé la gana—. ¿Sabes qué? Soy un obrador.

Sam me mira boquiabierto y Lila se levanta de un salto.

—No puedes contárselo.

—¿Por qué no? —Me vuelvo hacia Sam—. Lo descubrí ayer mismo. Mola, ¿eh?

—¿Qué tipo de obrador? —consigue farfullar.

—Si se lo dices, te mato —interviene Lila—. Pero primero lo mato a él.

—Retiro la pregunta. —Sam levanta las manos en son de paz.

Todavía me queda ropa en el armario y los cajones. Saco lo que necesito y me dirijo a la biblioteca. Necesito fondos de mi reserva para el negocio.

Entramos en la tienda de la esquina, donde todos los alumnos de Wallingford van a robar goma de mascar. Lila compra un bote de champú, jabón, un café extragrande y tres chocolatinas. Pago yo.

El señor Gazonas, el dueño, me sonríe.

—Es un buen chico —le dice a Lila—. Educado. No roba. No como los demás críos que vienen por aquí. No lo dejes escapar.

Me echo a reír.

Al salir, me reclino contra la pared.

—¿Quieres llamar a tu madre?

Lila niega con la cabeza.

—¿Con lo cotillas que son en Carney? Ni hablar. Nadie puede saber que he vuelto, solamente mi padre.

Asiento despacio.

—Pues vamos a llamarlo.

—Primero necesito una ducha. —Lila se enrolla en la muñeca el asa de la bolsa de plástico. Se ha puesto un pantalón de uniforme mío, remangando las perneras; con la camisa holgada y las botas de cordones que ha encontrado en mi armario, parece una vagabunda.

Marco el número de la misma empresa de taxis que nos llevó a Wallingford.

—¿Y dónde te vas a duchar?

—Vamos al hotel —me dice Lila.

Hay un hotel no muy lejos de donde estamos, un edificio sencillo y bonito en el que suelen alojarse los padres de los alumnos, pero hay que ser realistas.

—No nos van a dar una habitación, hazme caso. Los alumnos lo intentan constantemente.

Lila se encoge de hombros.

Le cuelgo el teléfono a la centralita.

—Ya sé. —Se me acaba de ocurrir que las habitaciones de hotel quedan abiertas mientras las limpian. No nos van a dar una habitación, pero con un poco de suerte podremos colarnos en una para una ducha rápida.

Mientras cruzamos el aparcamiento veo a Audrey con dos amigas: Stacey y Jenna. Stacey me enseña el dedo del medio y Jenna le da un codazo a Audrey. Sé que no debería hacerlo, pero las miro. Audrey levanta la cabeza. Tiene los ojos sombríos.

—¿La conoces? —me pregunta Lila.

—Sí —contesto. Me giro de nuevo hacia el hotel.

—Es guapa.

—Sí. Embuto las manos en los bolsillos hasta que mis dedos enguantados tocan las costuras.

Lila sigue mirando hacia atrás.

—Seguro que ella tiene ducha.

Os voy a contar otra cosa sobre los timos que mi madre me repetía siempre. Lo primero que debes hacer es ganarte la confianza de tu víctima, pero siempre resulta más convincente que sea una tercera persona la que le proponga el chollo a la víctima. Por eso casi todos los engaños requieren un cómplice.

—Cassel me ha hablado mucho de ti —le dice Lila a Audrey. A pesar del pelo enmarañado, su sonrisa consigue que parezca una chica normal en lugar de una mendiga.

La mirada de Audrey oscila entre Lila y yo, como si pensara que estamos jugando con ella.

—¿Qué te ha contado? —pregunta Jenna antes de dar un largo sorbo a su Coca-Cola light.

—Mi prima acaba de llegar de la India —digo, señalando a Lila con la cabeza—. Sus padres vivían en un *ashram*. Le estaba hablando de Wallingford.

Audrey pone los brazos en jarra.

—¿Es tu prima?

Lila frunce el ceño un momento, pero enseguida sonríe de oreja a oreja.

—¡Ah! Lo dices porque yo soy más blanca, ¿verdad?

Stacey da un respingo. Audrey me mira como si temiera haberme ofendido. En Wallingford, la corrección política exige no comentar absolutamente nada acerca de la raza. Jamás. La piel morena y el pelo negro deben ser tan invisibles como el cabello rubio, el pelirrojo o esas pieles tan blancas y veteadas de venas azules.

—Tranquilas, no pasa nada —dice Lila—. Somos primos políticos. Mi madre se casó con el hermano de su madre.

Mi madre no tiene hermanos.

No muevo ni una ceja.

No sonrío.

No quiero reconocer que engañar a la chica de la que puede que siga enamorado me está acelerando el pulso.

—Audrey —digo, porque este guion me lo conozco bien—. ¿Podemos hablar un momento?

—¡Cassel! —dice Lila—. Tengo que cortarme el pelo y darme una ducha. Vamos. —Sonríe a Audrey y me agarra del brazo—. Ha sido un placer conoceros.

Sigo mirando fijamente a Audrey, esperando su respuesta.

—Ya hablaréis más tarde, cuando vuelvas a Wallingford —nos dice Jenna.

—También puede ducharse en la residencia —dice Audrey con vacilación.

Soy un miserable.

—¿Y mientras podemos hablar? —le pregunto—. Sería estupendo.

—Claro —responde Audrey sin mirarme a la cara.

Mientras regresamos todos a Wallingford, Lila me sonríe discretamente. «Magistral», me dice con los labios.

Audrey y yo nos sentamos en los escalones de cemento del edificio de Bellas Artes. Veo que tiene manchas rojas en el cuello; le salen cuando está nerviosa. Se retira constantemente el cabello pelirrojo de la cara y se lo recoge detrás de la oreja, pero vuelve a soltársele con cada ráfaga de aire.

—Siento mucho lo que pasó en la fiesta —empiezo. Quiero acariciarle el pelo, alisárselo, pero no lo hago.

—Soy una chica independiente. Tomo mis propias decisiones. —Se tironea de las mallas grises con las manos enguantadas.

—Lo que quiero decir...

—Ya sé lo que quieres decir —me interrumpe—. Que estaba borracha. Que no estuvo bien besar a una chica borracha y menos delante de su novio. Que no es caballeroso.

—¿Greg y tú sois novios? —Ahora entiendo su reacción.

Audrey se muerde el labio y se encoge de hombros.

—¡Y encima voy y le pego! —me apresuro a añadir para quitarle hierro al asunto—. En vez de concertar un duelo al amanecer. Menuda decepción te llevarías. Ya no quedan caballeros.

Audrey sonríe; parece aliviada ahora que sabe que no pretendo interrogarla.

—Sí que estoy decepcionada.

—Yo soy más gracioso que Greg.

Hoy me resulta más fácil hablar con ella, porque ahora sé que no maté a la última chica de la que estuve enamorado. No era consciente de lo pesada que me resultaba esa carga hasta que me he deshecho de ella.

—Pero a Greg le gusto más que a ti —contrataca.

—Entonces debe de estar loco por ti. —La miro a los ojos. Mi recompensa es el rubor que se le sube a las mejillas.

Audrey me clava el puño en el brazo.

—Sí, eres un gracioso.

—¿Significa eso que todavía te gusto?

Se inclina hacia atrás, desperezándose.

—No estoy segura. ¿Vas a volver a Wallingford?

Asiento con la cabeza.

—Volveré.

—Tic, tac. Si no te das prisa, a lo mejor me olvido de ti.

Le sonrío.

—La ausencia hace que las pequeñas pasiones se apaguen y que se aviven las grandes.

—Tienes buena memoria —dice mientras mira a mis espaldas.

—¿No te he dicho que también soy más listo que Greg? —Al ver que no reacciona, me doy la vuelta para ver qué está mirando.

Lila está cruzando el patio en dirección a nosotros, vestida con una falda larga y un jersey; sin duda ha convencido a alguien para que se los preste. Se ha cortado tanto el pelo que ahora el mío es más largo. Da la impresión de que lleva puesto un gorro plateado, y aún calza mis botas y se ha puesto un brillo de labios rosa. Se me corta la respiración al verla.

—Pareces otra —dice Audrey.

Lila sonríe. Se acerca a mí y se me cuelga del brazo.

—Muchas gracias por dejarme usar la ducha.

—De nada. —Audrey nos observa, como si de pronto pensara que algo de lo que acaba de ocurrir no encaja. Puede que solamente esté impresionada por el nuevo aspecto de Lila.

—Vamos a perder el tren, Cassel —dice Lila.

—Es verdad. Te llamaré, Audrey.

Ella asiente, todavía perpleja.

Lila y yo nos alejamos en dirección a la acera. Sé cuál es esta fase: el escaqueo y la huida. No importa lo grande o lo pequeño que sea el timo. Los pasos son siempre los mismos.

Al final resulta que no me parezco en nada a mi padre. En realidad, he salido a mi madre.

Sin los trabajadores que van y vienen entre semana, la estación de tren está prácticamente desierta. Hay un chico más o menos de mi edad sentado en uno de los bancos de madera pintada, discutiendo con una chica que tiene los ojos enrojecidos e hinchados. Y una anciana apoyada en el carrito de la compra. Al fondo, dos chicas con crestas teñidas de rosa chillón se desternillan mientras juegan con una Game Boy.

—Deberíamos llamar a tu padre. —Saco el móvil del bolsillo—. No sabemos si estará en su despacho cuando lleguemos.

Lila contempla el vidrio de una máquina expendedora, con expresión inescrutable. Su reflejo vibra ligeramente, como si estuviera temblando.

—No vamos a Nueva York. Tenemos que conseguir que se reúna conmigo en otro lugar.

—¿Por qué?

—Porque no quiero que nadie más sepa que estoy viva. Nadie. No sabemos quién más puede estar compinchado con Anton.

—Vale. —Asiento con la cabeza. Después de todo lo que le ha pasado, no está de más una pizca de paranoia.

—Los he oído decir muchas cosas. Conozco su plan.

—Vale —repito. No quería insinuar lo contrario.

—Prométeme que no le contarás lo que me pasó —dice, bajando la voz—. No quiero que sepa que me convirtieron en gata.

—Vale —digo por tercera vez—. No diré nada que tú no quieras que diga. Pero algo tendré que contarle a tu padre.

Me avergüenza el alivio que siento. No tenía claro lo que iba a ocurrir después. Por muy enfadado que esté con Barron y con Philip, por mucho que los odie ahora mismo... Si Zacharov se entera de lo que han hecho, los matará. Y no sé si quiero que lo haga.

Lila extiende el brazo para quitarme el móvil.

—No tendrás que contarle nada. Voy a ir yo sola.

Abro la boca, pero Lila me lanza una mirada de advertencia para que piense bien antes de hablar.

—Mira, por lo menos deja que te acompañe en el tren. Me largaré cuando hayas llegado adonde sea que quieres ir. Cuando estés a salvo.

—Sé cuidarme sola —gruñe.

—Ya lo sé.

Le doy el móvil.

—Muy bien —dice mientras lo abre.

Frunzo el ceño mientras marca el número. No contárselo a Zacharov me permite ganar un poco de tiempo, pero no soluciona nada. La vida de Zacharov corre peligro. Necesitamos una estrategia.

—No pensarás que tu padre va a enfadarse contigo, ¿verdad? Sería de locos.

—Creo que le voy a dar pena.

Oigo el tono de la llamada.

—Pensará que has sido muy valiente.

—Puede ser. Pero también creerá que no soy capaz de cuidar de mí misma.

Oigo una voz de mujer; Lila se lleva el teléfono a la oreja.

—Quiero hablar con el señor Ivan Zacharov.

Se hace un largo silencio. Lila aprieta los labios.

—No, no es ninguna broma. Estoy segura de que querrá hablar conmigo. —Le da una patada a la pared con la bota holgada—. ¡Que me lo pase!

Enarco las cejas. Lila tapa el micrófono con la mano. «Ha ido a buscarlo», me dice moviendo los labios. En efecto:

—Hola, papá. —Cierra los ojos. Y unos segundos después—: No, no puedo demostrar que soy yo de verdad. ¿Cómo quieres que lo haga? —Oigo la voz de Zacharov como un zumbido distante, cada vez más potente.

»No lo sé. No me acuerdo —dice Lila con voz tensa—. No me llames mentirosa. ¡Soy Lillian!

Se muerde el labio y, tras unos segundos de silencio, me pasa el móvil con brusquedad.

—Habla tú con él.

—¿Y qué quieres que le diga? —le pregunto en voz baja. La mera idea de hablar con el señor Zacharov hace que me suden las manos.

Lila rebusca entre los folletos de una bandeja y me enseña uno.

—Dile que se reúna con nosotros aquí. —Miro el folleto—. Tiene una habitación en el Taj Mahal —sisea.

Me llevo el móvil a la oreja.

—Eh... Hola, señor. —Pero Zacharov sigue gritando. Finalmente parece darse cuenta de que Lila ya no está al teléfono.

Habla con el tono de alguien acostumbrado a que lo obedezcan:

—¿Dónde está? ¿Dónde estáis ahora? Dímelo.

—Quiere verse con usted en Atlantic City. Dice que tiene una habitación en el Taj Mahal.

Se hace un silencio tan absoluto que por un momento creo que ha colgado.

—¿En qué me estoy metiendo? —pregunta despacio.

—Lila solo quiere hablar con usted. A solas. Vaya esta noche a las nueve. Y no se lo diga a nadie. —No sé cómo impedir que me replique, así que corto la llamada cerrando el teléfono. Miro a Lila.

»¿Nos dará tiempo a llegar a las nueve?

Ella abre el folleto y consulta los horarios.

—Sí, de sobra. Ha salido genial.

Introduzco con cuidado un billete de veinte dólares en la máquina que hay al pie de las escaleras y pulso el botón de la estación de destino. Me devuelve el cambio en monedas; los dólares plateados tintinean en la bandeja como campanillas.

No hay ningún tren directo desde Jersey hasta Atlantic City. Primero hay que ir hasta Filadelfia y luego hacer transbordo en la estación de la Calle Treinta para subir a la línea de Atlantic City. En cuanto ocupamos los asientos, Lila rasga la bolsa y engulle las tres chocolatinas con bocados ávidos y veloces. Después se limpia la cara con la mano cerrada, frotándose los nudillos contra la mejilla y deslizándolos hacia la nariz. No es un gesto humano, o por lo menos los humanos no lo hacemos de esa manera.

Incómodo, miro por la ventanilla mugrienta y resquebrajada el mar de casas desdibujadas que pasan a toda velocidad. Todas deben de estar llenas de secretos.

—Cuéntame lo que sucedió esa noche —le digo—. Cuéntame el resto. Lo que pasó cuando te transformé.

—Vale. Pero primero quiero que entiendas por qué mi padre no debe enterarse de lo que me ocurrió. Yo soy su única descendiente, y soy mujer. Las familias como la mía son muy tradicionales. Las mujeres pueden ser obradoras poderosas, pero rara vez llegan a ser jefas. ¿Me sigues?

Asiento con la cabeza.

—Si mi padre se enterara de lo que pasó, se vengaría de Anton y de tus hermanos. Puede que incluso de ti. Pero a mí ya nunca dejaría de verme como la hija a la que debió proteger. Jamás me tendría en cuenta para liderar a la familia. Tengo que ser yo quien se vengue de ellos y quien salve a mi padre de Anton. Así se dará cuenta de que merezco ser su heredera. —Cruza las piernas, colocando los pies a mi lado. Mis botas le van enormes y se le ha desatado un cordón.

Me cuesta imaginármela como jefa de la familia Zacharov.

Asiento de nuevo. Me acuerdo de Barron pateándome las costillas, de Philip mirándome mientras me retorcía en el suelo. Una ira candente y peligrosa me sube por dentro.

—Y para hacerlo me necesitas a mí.

Lila entorna los ojos.

—¿Algún problema?

Odio con toda mi alma a Philip y a Barron, pero son mis hermanos.

—Quiero que dejes a mis hermanos al margen de tu plan.

Lila cierra la boca con fuerza, tensando la mandíbula.

—Merezco vengarme.

—Haz lo que quieras con tu familia. Pero de la mía me ocupo yo.

—Ni siquiera sabes lo que te han hecho.

Siento una oleada de temor. Me estremezco y trago saliva.

—Pues cuéntamelo.

Lila se humedece los labios.

—¿Quieres saber lo que pasó esa noche? Ya te dije que estaban discutiendo. Anton le dijo a Barron que se deshiciera de mí. Querían que tú me transformaras en... en algo. En algo de cristal para poder romperme. O en algo muerto, para no tener que hacer nada. No dejaban de repetirlo mientras tú me aplastabas contra el suelo. Philip decía que, si no me transformabas, iban a tener que hacerme daño y lo pondrían todo perdido. Barron te decía una y otra vez que recordaras lo que yo te había hecho. Y yo gritaba que no había hecho nada.

Baja la mirada un momento. Los gestos delatores; todo el mundo tiene alguno.

—¿Por qué quería matarte Anton?

—Porque quiere ser el jefe de la familia. Le daba miedo que mi padre nunca lo eligiera como heredero teniéndome a mí. Por eso siempre ha querido deshacerse de mí. Solo le faltaba encontrar una manera de hacerlo sin mancharse las manos.

»Finalmente encontró una excusa. Barron me había estado pidiendo que hiciera soñar a ciertas personas para que salieran sonámbulas de sus casas. Yo las rozaba casualmente durante el día y esa misma noche tenían un sueño, se levantaban de su cama y salían al jardín. A veces se despertaban por el camino y el maleficio se desvanecía, pero otras no. Yo no sabía por qué tu hermano quería que hiciera soñar a esas personas; él me decía que le debían dinero a mi padre y que Barron quería hacerlas entrar en razón para que no terminaran haciéndoles daño. Anton descubrió que estaba ayudando a Barron y le dijo que yo debía morir.

—¿Por qué? ¿Qué problema había? Solo estabas haciendo caminar a la gente en sueños. —Me reclino. El asiento de plástico chirría.

—Eh... Tus hermanos... hacen desaparecer a la gente. A eso se dedican.

—¿A matar? —pregunto, más alto de lo que pretendía. No sé de qué me sorprendo. Ya sé que los delincuentes hacen cosas malas y que mis hermanos son delincuentes. Supongo que había dado por sentado que Philip solo hacía trabajillos de poca monta para Anton. Romper piernas y cosas así.

Lila frunce el ceño y mira a su alrededor. A pesar de mi arrebato, parece que nuestra conversación no le interesa a nadie. Se pone a susurrar, como si quisiera compensar mi error:

—Ellos no matan a nadie. Su hermanito pequeño les hace el trabajo sucio. Él transforma a las personas en objetos. Y ellos se deshacen de esos objetos.

—¿Qué? —La he oído, pero seguro que le he entendido mal.

—Te han estado usando como triturador de basura humano. —Forma un cuadrado con las manos y me mira a través de él—. El retrato perfecto de un asesino adolescente.

Me pongo de pie, aunque sé de sobra que estamos en un tren y no puedo ir a ninguna parte.

—¿Cassel? —Lila alarga la mano, pero retrocedo.

Me rugen los oídos. Y menos mal, porque ya no quiero seguir escuchándola.

—Lo siento. Pero seguro que ya sospechabas que...

Creo que voy a vomitar.

Cruzo las pesadas puertas y me detengo en la plataforma que une los dos vagones. El suelo oscila bajo mis pies, a un lado y al otro. Estoy justo encima de los ganchos y las cadenas que dan al tren su forma de serpiente. El aire frío me echa el pelo hacia atrás, y el aire caliente del motor me golpea la cara.

Me quedo allí, con las manos apoyadas en la superficie móvil de metal, hasta que empiezo a serenarme.

Creo que ahora entiendo por qué antes fusilaban a todos esos obradores. Creo que ahora entiendo ese miedo.

En gran medida, somos quienes recordamos ser. Por eso cuesta tanto abandonar un hábito. Si sabes que eres un mentiroso, no decir la verdad es lo más normal del mundo. Pero si te consideras sincero, haces un esfuerzo.

Durante tres días enteros, no he sido un asesino. Lila había regresado de entre los muertos y mi autodesprecio estaba yendo a menos. Pero ahora una montaña de cadáveres se balancea sobre mi cabeza, amenazando con caérseme encima y con ahogarme en un mar de culpa.

Me he pasado la vida deseando que mis hermanos confiaran en mí. Que compartieran sus secretos conmigo. Quería que los dos, sobre todo Philip, me consideraran digno de ser su cómplice.

Incluso después de que me hubieran dado de hostias, mi primer impulso ha sido intentar salvarlos.

Pero ahora solo quiero vengarme.

Después de todo, ya soy un asesino. Nadie espera que un asesino deje de matar. Agarro la barra de metal del tren y la estrujo como si fuera la garganta de Philip. No quiero ser un monstruo, pero quizá ya sea tarde para intentar ser cualquier otra cosa.

La puerta se abre y el revisor pasa a mi lado.

—Está prohibido quedarse aquí —me dice, mirándome por encima del hombro.

—Está bien —contesto mientras abre la puerta y entra en el siguiente vagón para seguir picando billetes. En realidad le da igual; seguro que podría quedarme en la plataforma un buen rato antes de que volviera a pasar por aquí.

Inspiro hondo el aire fétido dos veces más antes de regresar junto a Lila.

—Qué melodramático —me dice cuando me siento—. Has hecho mutis y todo.

Tiene el contorno de los ojos oscurecido. Ha encontrado un bolígrafo y se está pintando garabatos en la pierna, debajo de la rodilla.

Me siento fatal, pero no me disculpo.

—Ya. Así soy yo. Salto a la mínima.

Sonríe, pero enseguida vuelve a ponerse seria.

—Cuando te veía tumbado en tu cómoda cama de la residencia, pensando en tus notas y en las chicas, en vez de en lo que me habías hecho, te odiaba.

Aprieto los dientes.

—Ya has dormido en mi cama. ¿Tan cómoda te parece?

Se echa a reír, aunque suena como un sollozo.

Miro por la ventanilla. Estamos pasando por un bosque.

—No he debido decir eso; tú estabas durmiendo en una jaula. No soy buena persona, Lila. —Titubeo—. Pero sí que me importaba... que me importa lo que te hice. Pensaba en ti a diario. Y lo siento. Ahora mismo me arrastraría para pedirte perdón.

—No quiero que me compadezcas. —Ahora su voz parece más dulce.

—Pues te aguantas. —Esboza una sonrisa traviesa y me da un puntapié—. ¿Me cuentas el resto de la historia? Cómo te transformé. Cómo te escapaste. No volveré a perder los papeles. Te escucharé hasta el final.

Lila asiente y sigue dibujándose en la pierna unos remolinos que parten de un círculo central de tinta azul.

—Vale, pues nos habíamos quedado en que me tienes inmovilizada contra la moqueta. Pones cara de loco, de cabreado. Pero de pronto te sale una sonrisa rarísima. Entonces me asusto, me asusto de verdad, porque tengo la impresión de que lo vas a hacer. Te inclinas sobre mí y me susurras al oído: «Corre». Eso me dices.

—¿Corre?

—Absurdo, ¿verdad? Te tengo encima, ¿cómo quieres que corra? Pero entonces empiezo a cambiar. —Lila aprieta el bolígrafo contra su pierna con más fuerza, arañándose la piel—. Notaba la piel muy tirante. Y me picaba. Los huesos se me deformaban, me fui encorvando y encogiendo. Se me nubló la vista y de pronto me di cuenta de que podía escabullirme. No sabía correr a cuatro patas, pero lo hice de todos modos.

»Te oí gritar, pero no miré atrás. Gritabais todos. Me atraparon cuando estaba debajo de unos arbustos. Había conseguido salir de la casa, pero no fui bastante rápida.

Lila deja de dibujar rayas y empieza a clavarse la punta del bolígrafo en la pierna.

—Para —le digo, sujetándola con la mano enguantada.

Ella parpadea varias veces, como si hubiera olvidado dónde está.

—Barron me metió en una jaula y me puso un collar eléctrico de esos que les ponen a los cachorros. Dijo que prefería que fuera una gata a que estuviera muerta. Ya no les estorbaba, pero él todavía podía utilizarme. Yo le inducía el sonambulismo a la persona que ellos querían y la hacía salir hasta donde la estabais esperando vosotros. Para un gato es muy fácil colarse en una casa y rozar a alguien. También te hacía salir a ti de la residencia cuando tus hermanos te necesitaban.

»Tú me mirabas con indiferencia, como si fuera un animal. —Se le ensanchan las fosas nasales—. Creía que tratabas de salvarme, pero no volviste a intentarlo nunca.

No sé qué decir. Siento un malestar hondo y afilado; me duele tanto que no consigo expresarlo con palabras. Quiero tocarla, pero no me lo merezco.

Lila sacude la cabeza.

—Pero ahora sé que Barron te estaba obrando. Y si he vuelto, es gracias a ti. No debería haberte dicho eso.

—No pasa nada. —Inspiro hondo—. Hay muchas cosas que hice mal.

—Debí imaginar que te estaban alterando la memoria. Barron se esfuerza tanto para que la gente recuerde exactamente lo que él quiere y para hacerles olvidar el resto que no se da cuenta de que está destruyéndose el cerebro. Ya no puede manejar los hilos porque no recuerda dónde los ha puesto.

»Y tanta soledad te vuelve loca. A veces Barron se olvidaba de ponerme agua o comida y me pasaba el día maullando. —Deja de hablar y mira por la ventanilla—. Me contaba a mí misma historias para entretenerme. Cuentos infantiles, pasajes de libros... Pero se me agotaron. Al principio intenté escapar, pero con el tiempo se me acabó la esperanza, igual que las historias. —Lila baja la voz y se inclina tanto hacia mí que su aliento me eriza el vello de la nuca—. Cuando me enteré de que ibais a hacerle daño a mi padre, cuando los oí hablar de ello, supe que lo importante no era escapar. Supe que tenía que matarte.

—Me alegro de que no lo hicieras.

Recuerdo mis pies descalzos resbalando por el tejado de pizarra. Lila sonríe.

—Descubrí que Barron ya no me tenía tan vigilada como antes. Logré desgastar el nailon del collar. Aun así me costó sacármelo, pero lo conseguí.

Pienso en las costras de sangre seca que tenía en el pelaje la primera vez que la vi.

—¿Aún me odias?

—No lo sé. Un poco.

Me duelen las costillas. Quiero cerrar los ojos. Se oye el llanto de un bebé en algún lugar del tren. Un ejecutivo sentado dos filas más adelante habla por teléfono:

—No quiero sorbete —dice—. No me gustan los sorbetes. Ponme un helado, joder.

Quizá me merezca que el dolor de las costillas haya vuelto.

Capítulo quince

El paseo marítimo de Atlantic City está tan iluminado que parece de día cuando el taxi nos deja delante del hotel Taj Mahal. Nos desperezamos, cansados por el largo viaje.

Consulto mi reloj: las nueve y cuarto. Lila llega con retraso.

—Ya entro yo sola —me dice.

Bostezo mientras saco un bolígrafo (el mismo que ha usado antes Lila para pintarrajearse la pierna) y le apunto mi número de móvil en el brazo, justo donde termina el guante.

Ella contempla con ojos entornados las marcas de tinta que se van extendiendo por su piel. Me pregunto qué pasaría si la besara ahora, a la luz de las farolas y con los ojos abiertos.

—Avísame cuando termines —le digo en voz baja. Lila mira el número.

—¿Te vuelves a casa?

Niego con la cabeza.

—Voy a estirar las piernas y a comer algo. No me iré a ninguna parte hasta que me llames.

Lila asiente.

—Deséame suerte.

—Suerte.

La miro mientras se dirige a la entrada del hotel, caminando con altivez. Espero un par de minutos y entro en el casino.

Una vez dentro, inspiro el olor familiar a puritos rancios y whisky. Las tragaperras tintinean y las monedas repiquetean a lo lejos. Los jugadores están inclinados sobre las máquinas, con un gran vaso de plástico en una mano y fichas en la otra. Algunos tienen pinta de llevar aquí bastante tiempo.

Dos guardias de seguridad se despegan de la pared y avanzan hacia mí.

—Oye, chaval —me dice uno—. Quieto ahí.

Ya se han dado cuenta de que soy menor de edad.

—Ya me iba —digo mientras me escabullo por la puerta trasera. La brisa marina me azota el rostro.

Camino por los gastados tablones grisáceos del paseo marítimo con las manos en los bolsillos mientras me imagino a Lila allí arriba, con su padre. De niño, para mí Zacharov era un personaje misterioso, una leyenda, el hombre del saco. Creo que lo he visto tres veces como mucho, y una de ellas mientras me echaban de la fiesta de cumpleaños de su hija.

Lo recuerdo riéndose.

Detrás del Taj Mahal, unas viejas apoyadas en la barandilla están arrojando algo a la arena de la playa. Varios tipos vestidos con chándal fuman junto a la entrada y piropean a las mujeres que pasan cerca. Y un hombre de cabello cano, con un largo abrigo de cachemira, contempla el mar.

Me palpo el bolsillo en el que guardo el móvil. Debería llamar al abuelo, pero ahora mismo no me veo capaz de inventar ninguna excusa.

El hombre de cabello blanco se gira hacia mí. Miro a mi alrededor y reparo en dos grandullones que tratan de pasar inadvertidos mientras miran el escaparate de una tienda de dulces.

—Cassel Sharpe —dice el señor Zacharov. Su leve acento hace que mi nombre suene exótico. Aunque es de noche, lleva gafas de sol. En el alfiler de su corbata reluce una gruesa gema de color rojo claro—. Creo haber recibido una llamada desde tu móvil.

Al final va a resultar que mi madre tenía razón con lo de los teléfonos fijos.

—Ya —contesto, fingiendo confianza.

Zacharov mira a su alrededor como si intentara distinguirla entre la multitud.

—¿Dónde está?

—En la habitación. Donde le dijo que estaría.

De pronto oigo un maullido gutural y me giro con un sobresalto. Mis músculos protestan; había olvidado lo doloridos que estaban.

El señor Zacharov se ríe.

—Solo son gatos. Debajo del paseo viven docenas de gatos asilvestrados. A Lila le encantaban los gatos. ¿Te acuerdas?

Me quedo callado.

—Si mi hija hubiera subido a la habitación, mis hombres me habrían avisado. —Ladea la cabeza y se mete la mano enguantada en el bolsillo—. No, yo creo que estás jugando. ¿A quién le has pedido que se hiciera pasar por mi hija? ¿Pensabas sacarme dinero? A mí me parece un juego muy estúpido.

—Lila le dijo que viniera solo. —Me inclino hacia él; Zacharov levanta la mano para impedir que me acerque más de la cuenta, mientras uno de sus gorilas camina hacia nosotros. Bajo la voz—. Seguramente habrá visto a uno de sus hombres y se habrá largado.

Se ríe de nuevo.

—Como villano das pena, Cassel Sharpe. Me decepcionas.

—No —insisto—. Es ella de verdad... —El grandullón me agarra los brazos por detrás y tira de ellos hacia arriba con fuerza—. Ojo con las costillas —resoplo.

—Gracias por decirme dónde tengo que arrearte —responde el gorila. Tiene la nariz torcida y todo. Es un estereotipo con patas.

Zacharov me da unos cachetes en la mejilla; huelo el guante de cuero.

—Creía que tú saldrías a tu abuelo, pero me parece que tu madre os malcrió a los tres.

No puedo evitar reírme.

El guardaespaldas vuelve a tirarme de los brazos hacia arriba y me crujen como si estuvieran a punto de desencajarse. Se me escapa un gruñido.

—¡Papá! —La voz de Lila, grave y extrañamente amenazante, atraviesa el bullicio del paseo marítimo—. Deja en paz a Cassel.

Lila sube desde la playa. Por un momento la veo tal como debe de estar viéndola Zacharov: mitad fantasma, mitad desconocida. Ahora Lila es toda una mujer, no la niña que él perdió, pero su boca cruel es idéntica a la de su padre.

Además, no puede haber mucha gente que tenga un ojo azul y el otro verde.

Zacharov parpadea y se quita lentamente las gafas de sol.

—¿Lila? —dice con una voz tan frágil como el cristal.

El matón deja de estrujarme los brazos y yo aprovecho para desembarazarme de un tirón. Me froto los brazos para desentumecerlos.

—Espero que tus hombres sean de confianza —dice Lila. Se le quiebra la voz—. Porque esto es un secreto. Yo soy un secreto.

—Lo siento —dice Zacharov—. Creí que era un cuento... —Extiende las manos enguantadas hacia ella.

Lila se queda donde está, como si estuviera reprimiendo un impulso salvaje. No se acerca a su padre.

—Aquí, no —digo, tocándole el brazo a Lila—. Aclaremos esto en privado. —Zacharov me mira como si no recordara quién soy—. Dentro —insisto.

Los dos grandullones de abrigo largo parecen alegrarse de tener algo que hacer.

—La gente nos empieza a mirar —dice uno mientras le pone una mano en la espalda a Zacharov y lo guía hacia el casino.

El otro me observa con recelo, pero respiro aliviado cuando Lila me da la mano y le lanza una mirada gélida al guardaespaldas, que retrocede y vigila la retaguardia mientras entramos en el Taj Mahal.

Miro a Lila con las cejas enarcadas.

—Tienes un don para conseguir que te partan la cara —me dice.

Nadie nos corta el paso mientras cruzamos el casino y entramos en el ascensor.

El rostro de Zacharov refleja una emoción descarnada e íntima; seguro que no quiere que yo lo vea en ese estado. ¿Debería intentar escaquearme? Pero la mano enguantada de Lila estruja la mía con una fuerza feroz. Procuro concentrarme en la puerta del ascensor y en los números que suben sin parar.

La suite tiene paredes de madera, una tele de pantalla plana, un diván de cuero y una mesa baja con un jarrón de hortensias frescas. Es una habitación grande como una caverna, con enormes ventanales que se abren a la inmensidad del negro océano. Uno de los guardaespaldas arroja su abrigo a un sillón, dejando al descubierto las pistolas que lleva bajo las axilas y en la espalda. Tiene más pistolas que manos.

Zacharov vierte un líquido claro en un vaso de cristal tallado y se lo bebe de un trago.

—¿Queréis beber algo? —nos pregunta—. Hay Coca-Cola en el minibar. —Me levanto—. No, tú eres mi invitado. —Le hace un gesto con la frente a uno de sus hombres, que suelta un gruñido y se dirige a la nevera.

—Solo un vaso de agua —dice Lila.

—Y aspirinas —añado yo.

—Venga ya —protesta el tipo cuando nos entrega los vasos y las aspirinas—. ¿Tanto daño te he hecho?

—No, tú no —contesto. Mastico tres aspirinas y trato de recostarme en los almohadones sin ponerme a gritar de dolor.

—Vosotros dos bajad al casino —les ordena Zacharov a sus matones—. Id a ganar algo de dinero.

—Entendido —contesta el pistolero. Recoge su abrigo y los dos se dirigen lentamente a la puerta. Zacharov me mira como si estuviera a punto de ordenarme que me vaya también de la suite.

—Cassel —dice finalmente—. ¿Cuánto hace que sabes el paradero de mi hija?

—Unos tres días.

Lila entorna los ojos, pero no tiene sentido que le ocultemos eso.

Zacharov se sirve otra copa.

—¿Y por qué no me llamaste antes?

—Lila se presentó de repente —contesto. En el fondo es verdad—. Yo la daba por muerta. No la veía desde los catorce años. Solo he hecho lo que ella me ha pedido.

Zacharov bebe un sorbo y hace una mueca.

—Lila, ¿piensas decirme dónde has estado?

Ella se encoge de hombros y rehúye su mirada.

—Estás protegiendo a alguien. ¿A tu madre? Siempre he pensado que te había secuestrado para alejarte de mí. Dime que te hartaste de la vieja y...

—¡No! —exclama Lila.

Zacharov sigue absorto en sus pensamientos.

—Tu madre prácticamente me acusó de haberte asesinado. Le contó al FBI que yo había dicho que prefería verte muerta antes que dejarte con ella. ¡Al FBI!

—No estaba con mamá —insiste Lila—. Mamá no tiene nada que ver con esto, papá.

Zacharov se detiene y la mira fijamente.

—¿Entonces? ¿Es que alguien te...? —Deja la frase a medias y se vuelve hacia mí—. ¿Fuiste tú? ¿Le hiciste daño a mi hija?

Titubeo.

—Él no me hizo nada —responde Lila.

Zacharov me pone una mano enguantada en el hombro.

—Falta poco para el juicio de apelación de tu madre, ¿verdad, Cassel?

—Sí, señor.

—Sería una pena que le saliera mal. Como me entere de que...

—Deja en paz a Cassel —dice Lila—. Escúchame, papá. Escúchame un minuto. No me apetece hablar de lo que pasó. Deja de buscar culpables. Deja de interrogarnos. Ahora estoy en casa. ¿Es que no te alegras?

—Pues claro que me alegro —contesta, claramente ofendido.

Me palpo las costillas doloridas sin pensar. Quiero otra aspirina, pero no he visto dónde han puesto el dichoso frasco.

—Solo me fío de ti porque lo dice Lila —me dice Zacharov, antes de suavizar el tono—. Mi hija y yo tenemos que hablar. A solas. Lo entiendes, ¿verdad?

Asiento con la cabeza. Lila contempla las aguas oscuras sin darse la vuelta.

Zacharov saca su cartera del bolsillo interior de la chaqueta y cuenta quinientos dólares.

—Toma.

—No puedo aceptarlo.

—Me sentiría mejor —insiste.

Me pongo de pie, reprimiendo una mueca de dolor. Niego con la cabeza.

—Pues siento desilusionarlo.

Zacharov suelta un resoplido.

—Uno de mis chicos te llevará a casa.

—¿Me puedo ir? ¿De verdad?

—No te equivoques: puedo volver a traerte cuando me apetezca, como quien recoge una moneda del suelo.

Quiero despedirme de Lila, pero sigue dándome la espalda. ¿En qué estará pensando?

—El miércoles doy una pequeña fiesta en un restaurante. Koshchey's. Una gala benéfica. Deberías pasarte —dice Zacharov—. ¿Sabes por qué me gusta ese sitio?

Niego con la cabeza.

—¿Te suena de algo Koshchey el Inmortal?

—No —contesto. Me acuerdo del extraño mural que vi en el techo del restaurante.

—Koshchey es un hechicero del folclore ruso que puede convertirse en un torbellino para destruir a sus enemigos. —Zacharov acaricia la reluciente gema que lleva prendida en el pecho—. Y guarda su alma en un huevo de pato para que nadie pueda matarlo. No intentes jugármela, Cassel. No te conviene tenerme como enemigo.

—Entendido —digo, abriendo la puerta. Pero lo único que entiendo es que Lila y yo estamos solos en esto y ni siquiera tenemos un plan.

—Otra cosa, Cassel.

Me doy la vuelta.

—Gracias por devolverme a mi hija.

Salgo de la suite. Mientras espero a que llegue el ascensor, me suena el móvil. Estoy tan cansado que el mero gesto de sacarlo del bolsillo supone un esfuerzo enorme.

—¿Diga?

—¿Cassel? —Es el decano Wharton. No parece nada contento—. Siento llamar a estas horas, pero acabamos de hablar con el último miembro del consejo de administración, que está en la costa oeste. Bienvenido de nuevo a Wallingford. Nos llegó el informe de su médico y todo el consejo ha votado a su favor. Nos gustaría que asistiera como estudiante externo durante un periodo de prueba, pero si no se mete en más líos, nos plantearemos readmitirlo en la residencia para su último curso.

Reprimo la risotada irónica que amenaza con escapárseme de la garganta. El timo ha salido bien. Ya puedo regresar al colegio. El problema es que no puedo volver a ser la persona que creía que era.

—Gracias, señor —farfullo.

—Contamos con verlo mañana por la mañana, señor Sharpe. Y puesto que ya ha pagado el curso completo, puede usted desayunar y comer en la cafetería si lo desea.

—¿El lunes por la mañana?

—Eso es, mañana por la mañana. A menos que tenga otros planes —añade secamente.

—No. Claro que no. Hasta mañana, entonces. Gracias, señor decano.

Uno de los matones de Zacharov me lleva a casa en coche. Resulta que se llama Stanley. Es de Iowa y no habla ni una sola palabra de ruso. Dice que los idiomas no son lo suyo.

Todo eso me lo cuenta al aparcar delante de mi casa. Aunque me he tenido que sentar en el asiento trasero de la limusina y nos separaba la mampara de plástico tintado, supongo que ha visto más de lo que yo creía. Supongo que me ha visto desabrocharme la camisa y palparme los moratones de las costillas para comprobar si tengo algún hueso roto. Y no lo supongo únicamente por lo simpático que se ha vuelto cuando llegamos; además, me regala el frasco entero de aspirinas.

Capítulo dieciséis

El abuelo no está cuando entro en casa, pero encuentro una nota escrita con bolígrafo en el dorso de una factura, pegada a la nevera con un imán en el que pone I ♥ CHIHUAHUAS:

> Me he ido unos días a Carney.
> Llámame cuando llegues.

Me quedo mirando la nota, intentando descifrar su significado, pero lo único que tengo claro es que me ha dejado sin coche para mañana. Subo a mi cuarto con paso tambaleante, configuro la alarma del móvil, encajo una silla bajo el picaporte de la puerta y mastico otro puñado de aspirinas. Ni me molesto en descalzarme ni en taparme con las mantas, tan solo entierro la cara en la almohada y caigo dormido como un muerto que por fin regresa a su tumba.

Cuando suena la alarma y me despierto sobresaltado, tardo un momento en saber dónde estoy. Contemplo la habitación en la que dormía de niño con la sensación de que pertenece a otra persona.

Me inclino para apagar la alarma y parpadeo varias veces.

Hacía días que no notaba la cabeza tan despejada.

El dolor ha remitido un poco (quizá porque he podido descansar de una vez), pero la realidad de lo que ha ocurrido y lo que está a punto de ocurrir parece estar asentándose en mi mente. Tengo muy poco tiempo para trazar un plan: tres días.

Y para ello necesito estar lejos de mis hermanos. Wallingford es la excusa perfecta. Philip y Barron no saben que me han readmitido, y aunque lo descubran, no sospecharán que me estoy escondiendo de ellos. Podré seguir fingiendo que soy un robot asesino a la espera de sus órdenes.

Rebusco en el armario hasta notar el tacto áspero del pantalón y la camisa del uniforme; cuando recogí mis cosas de la residencia no me traje la americana ni los zapatos, pero tengo un problema mucho mayor: ¿cómo llego al colegio?

Me calzo unas deportivas y llamo a Sam:

—¿Tienes idea de la hora que es? —pregunta, adormilado.

—Necesito que me recojas.

—¿Dónde estás, tronco?

Le doy la dirección y me cuelga; espero que no se dé media vuelta y siga roncando como si nada.

Mientras me cepillo los dientes en el cuarto de baño, veo el moratón que me asoma por la mejilla, encima de la barba de varios días. Antes ya llevaba el pelo demasiado largo, pero ahora lo tengo aún más desaliñado. Me lo humedezco e intento domarlo con el peine.

Aunque está prohibido ir al colegio sin llevar la cara lisa como el culito de un bebé, no me afeito: me imagino la pinta que tendría con el moratón totalmente visible.

En la cocina, mientras preparo café y observo el goteo del líquido oscuro, me acuerdo de Lila contemplando el mar. Dándome la espalda mientras yo salía de la habitación.

Mi madre dice que para timar a alguien tiene que haber algo gordo en juego, algo tan importante como para que tu víctima no se eche atrás, ni siquiera cuando la cosa se tuerza un poco o no parezca segura. Que irá a por todas. Si consigues que haga eso, ya has ganado.

Lo que está en juego es Lila. Ella no va a echarse atrás, y eso significa que yo tampoco puedo hacerlo.

Voy a por todas.

Es decir que ellos van ganando.

Todos los profes son muy comprensivos conmigo. La mayoría (salvo el doctor Stewart, que me encasqueta una ristra de ceros que va recitando lentamente mientras los apunta en mi cuaderno de notas) entiende que no lleve los deberes al día, a pesar de que me los han ido enviando por correo electrónico. Me dicen que se alegran de que haya vuelto. La señora Noyes incluso me da un abrazo.

Mis compañeros me miran como si fuera un peligroso lunático con dos cabezas y una enfermedad contagiosa. Mantengo la cabeza gacha, me como las croquetas de patata a la hora del almuerzo y pongo cara de interés en las clases.

Y mientras tanto, me dedico a trazar planes.

Daneca se sienta a mi lado en la cafetería y me pasa su cuaderno de Educación Cívica deslizándolo por la mesa.

—¿Quieres copiar mis apuntes?

—¿Tus apuntes? —digo despacio, mirando el cuaderno.

Pone los ojos en blanco. Lleva el pelo recogido en dos trenzas atadas con cordel.

—No voy a obligarte si no quieres.

—Sí —contesto—. Claro que quiero.

Observo el cuaderno que tengo delante, lo hojeo y me fijo en su letra redondeada. Mientras deslizo un dedo enguantado por los trazos, una idea empieza a formarse en mi mente.

Sonrío.

Sam se sienta al otro lado con una bandeja cargada hasta los topes de unos pringosos macarrones con queso que huelen de maravilla.

—Hola. Prepárate para llevarte un alegrón.

Es lo último que esperaba oír.

—¿Qué ha pasado?—pregunto mientras dibujo palabras con los dedos en los márgenes del cuaderno de Daneca, con un estilo que conozco, pero que no es el mío.

—Nadie creía que te iban a readmitir. Nadie. Pero naaaaadie.

—Gracias, ¿eh? Tú sí que sabes animarme.

—Hombre —insiste Sam—, estos tipos acaban de perder un montón de pasta. Hemos compensado el fiasco de la otra vez. ¡Estamos montados en el dólar!

Sacudo la cabeza con incredulidad.

—Siempre he dicho que eras un genio.

Nos damos un golpe amistoso en el hombro, chocamos los puños y nos quedamos sonriendo como dos bobos.

Daneca frunce el ceño y Sam deja de sonreír.

—Ah, sí. También queríamos hablar contigo de otra cosa.

—Menos alegre, por lo que parece —digo.

—Siento haber perdido a tu gata —me dice Daneca tras unos segundos de silencio.

—Ah. —Levanto la mirada—. No, no, la gata está bien. La gata ya está donde debe estar.

—¿A qué te refieres?

Sacudo la cabeza.

—Es complicado.

—¿Te has metido en algún lío? —pregunta Sam—. Porque si es eso, deberías contárnoslo. No te ofendas, tío, pero creo que se te está yendo de las manos.

Daneca carraspea.

—Sam me ha contado lo que le dijiste cuando te encontró en la cama con esa chica. Lo de que eras un...

Miro a mi alrededor, pero no hay nadie bastante cerca en la cafetería como para oírnos.

—¿Le has contado que soy un obrador?

Sam se apresura a bajar la mirada.

—Últimamente pasamos mucho tiempo juntos, por lo de la obra de teatro y eso. Lo siento. De verdad. Soy un bocazas.

Por supuesto. La gente normal cotillea. La gente normal se cuenta las cosas, sobre todo cuando quieren quedar bien. Supongo que debería sentirme traicionado, pero lo único que siento es alivio.

Estoy harto de fingir.

—¿Estáis juntos? —les pregunto—. ¿En plan novios?

—Sí —contesta Daneca. Su expresión es una mezcla de alegría y bochorno.

Sam parece a punto de desmayarse.

—Me alegro mucho —digo—. No pretendía mentirle a tu madre, Daneca. Pero en aquel momento yo no lo sabía.

En realidad, tampoco se lo habría dicho de haberlo sabido. Le habría mentido de todas formas; sencillamente, no he tenido oportunidad.

—¿Tú estás saliendo con esa chica? —me pregunta Daneca—. ¿Con la que estabas durmiendo?

Se me escapa una carcajada de sorpresa.

—No.

—¿Entonces solo estabais...?

—No —me apresuro a responder—. No estábamos haciendo nada, de verdad. En primer lugar, sospecho que a esa chica le falta un tornillo. Y en segundo lugar, me odia.

—Bueno, ¿y quién es? —pregunta Daneca.

—Creía que queríais saber quién soy yo.

—Quiero que sepas que puedes confiar en mí. Y en Sam. Puedes fiarte de nosotros. —Se interrumpe—. Tienes que confiar en alguien.

Inclino la cabeza. Tiene razón. Si quiero que mi plan tenga éxito, necesito ayuda.

—Se llama Lila Zacharov.

Daneca me mira boquiabierta.

—¿Esa chica que desapareció cuando estábamos en secundaria?

—¿La conocías?

—Claro —contesta Daneca, robándome una croqueta de patata aceitosa que le pringa el guante—. Todo el mundo la conocía. Era la princesa de una familia mafiosa. Su caso salió mucho tiempo en las noticias. Después de su desaparición, mi madre se puso paranoica y no me dejaba ir sola a ningún sitio. —Se mete la croqueta en la boca—. ¿Qué le ocurrió en realidad?

Titubeo, pero ya no hay vuelta atrás.

—La transformaron en una gata. —Hago una mueca extraña sin poder evitarlo. Se me hace rarísimo decir la verdad.

Daneca se atraganta y escupe la croqueta en la mano.

—¿Un obrador de la transformación? —Al cabo de un momento, baja la voz—. ¿Era la misma gata que recuperamos?

—Qué locura —dice Sam.

—Ya sé que pensáis que me lo estoy inventando. —Me froto la cara.

—Qué va —dice Daneca mientras se revuelve en su asiento.

Sam esboza una mueca; creo que Daneca le acaba de dar un puntapié por debajo de la mesa.

—No me refería a locura de «estás mal de la cabeza». Era más bien locura de «qué fuerte».

—Ya. Vale. —No estoy seguro de que me crean, pero siento una leve y embriagadora esperanza.

De pronto caigo en la cuenta de que estoy siguiendo al pie de la letra los pasos para estafar a Daneca y a Sam. Ya están involucrados. Ya confían en mí. Ya me han visto hacer un timo. Las apuestas ya han subido; solo me falta prometerles un premio mayor.

Me vibra el móvil. No conozco el número. Lo abro y me lo llevo a la oreja.

—¿Diga?

—Quiero que hagas lo siguiente —dice Lila—. Irás a la fiesta del miércoles y fingirás que le obras un maleficio a mi padre, tal y como te han dicho. Tengo que fiarme de que no lo harás de verdad. Creo que mi padre será listo y te seguirá la corriente.

—¿Ese es el plan?

—Es tu papel. No tengo mucho tiempo, así que escúchame bien. Unos minutos después, yo entraré con una pistola, le pegaré un tiro a Anton y salvaré a mi padre. Ese es mi papel. Así de simple.

Hay tantas cosas que podrían salir mal en ese plan que no sé ni por dónde empezar.

—Lila...

—Incluso he conseguido dejar fuera a tu hermano Philip, como tú querías.

—¿Cómo lo has hecho? —pregunto, sorprendido.

—Le he dicho a mi guardaespaldas que Philip estaba merodeando por el ático y me ha descubierto. Así que lo han dejado encerrado dentro. Solo tendremos que ocuparnos de Barron y de Anton.

Solo de Barron y de Anton. Me froto la nariz.

—Dijiste que dejarías fuera a mis hermanos. A los dos.

—Nuestro acuerdo ha cambiado. Solo hay un problema.

—¿Cuál?

—Nadie puede entrar en la fiesta armado. No me dejarán llevar una pistola.

—Yo no tengo... —No termino la frase. Es muy mala idea hablar de armas de fuego en el colegio, y más para mí—. Yo no tengo —susurro.

—Pondrán un detector de metales. Consigue una pistola y encuentra la manera de colarla dentro.

—Es imposible.

—Me debes una —dice Lila con una voz tan suave como la ceniza.

—Lo sé —respondo, derrotado—. Ya lo sé.

Corta la llamada.

Me quedo mirando fijamente la pared de la cafetería, intentando convencerme de que Lila no me está tendiendo una trampa.

—¿Ha pasado algo? —pregunta Sam.

—Tengo que irme. Va a empezar la clase.

—Pues nos la saltamos —dice Daneca. Niego con la cabeza.

—No puedo, es mi primer día.

—Nos vemos en la sesión de actividades —dice Sam—. Delante del teatro. Y entonces nos contarás lo que está pasando.

De camino a clase, marco el mismo número desde el que ha llamado Lila.

Responde un hombre. No es Zacharov.

—¿Se puede poner? —pregunto.

—No sé de quién me habla —replica la voz con brusquedad.

—Dile que necesito dos entradas más para el miércoles.

—Aquí no hay...

—Tú díselo —insisto.

No me queda otra que confiar en que me haga caso.

Me reclino en la pared de ladrillo del teatro y empiezo a hablar. Contárselo todo a Sam y a Daneca es como arrancarme la piel y dejar al descubierto lo que hay debajo: duele.

No les miento. Ni siquiera lo intento. Me limito a empezar por el principio y a decirles que yo era el único no obrador de una familia de obradores. Les hablo de Lila y del recuerdo de haberla matado. De cómo terminé en el tejado.

—¿Cómo es posible que todos seáis obradores de maleficios? —pregunta Sam.

—Los maleficios son como los ojos verdes —contesta Daneca—. Pueden aparecer por casualidad en una familia, pero si los padres son obradores, es más probable que tengan hijos obradores. Por ejemplo, casi un 1% de los australianos son obradores, porque su país se fundó como colonia penal para obradores, mientras que en Estados Unidos son el 0,01%.

—Ah —dice Sam. Parece que no se esperaba una respuesta tan exhaustiva. Desde luego, yo tampoco. Daneca se encoge de hombros—. ¿Y qué clase de obrador eres tú?

—Probablemente un obrador de la suerte —dice Daneca—. Casi todos lo son.

—No —replica Sam—. Si lo fuera, nos lo diría.

—Lo que soy... no importa. Lo que importa es que mis hermanos quieren que mate a un tipo y yo no quiero hacerlo.

—Entonces eres un obrador de la muerte —dice Sam.

Daneca le clava el puño en el brazo. A pesar de su corpulencia, Sam se encoge.

—¡Ay!

Suelto un gemido de exasperación.

—Eso da igual, porque no pienso obrar a nadie, ¿entendido?

—¿No puedes pirarte? —pregunta Sam—. ¿Huir de la ciudad?

Asiento una vez, pero luego niego con la cabeza.

—No voy a huir.

—A ver si lo entiendo —dice Sam—. Crees que tus hermanos podrían obligarte a matar a alguien, pero vas a quedarte aquí para dejar que lo intenten. ¿De qué vas?

—Lo que creo es que soy un chaval bastante avispado que tiene dos amigos inteligentísimos. Y creo también que uno de esos amigos lleva tiempo esperando la oportunidad de demostrar sus conocimientos sobre pistolas de fogueo.

Al oír eso, los ojos de Sam brillan con avidez.

—¿Lo dices en serio? El fulano que vaya a recibir el disparo tiene que pasarse los cables por dentro del pantalón y guardarse el detonador en el bolsillo. Y habría que sincronizar la explosión de la carga con el disparo de la pistola. A menos que estés hablando de fingir un maleficio mortal. Eso sería mucho más sencillo, la verdad.

—No, solo disparos.

—Esperad —nos interrumpe Daneca—. ¿Qué planeas exactamente?

—Tengo un par de ideas —contesto con el tono más inocente posible—. Y las dos bastante malas.

Repasamos el plan no menos de doce veces, puliéndolo hasta que algo ridículo se convierte en improbable y finalmente en algo que hasta puede que funcione y todo. Después, en lugar de cenar en la cafetería del colegio, Sam y Daneca me acercan a la casa de Barron en coche y les hago una demostración de cómo se fuerza una cerradura.

Sin el abuelo, la casa se me antoja vacía e inmensa. Preparo una cafetera; echo de menos las torres tambaleantes de vajilla. Todo me resulta desconocido e inquietantemente repleto de posibilidades. Extiendo por la mesa los cuadernos nuevos, formando un abanico; me hago crujir los nudillos y me preparo para una noche muy larga.

El martes por la mañana me despierto con un charco de baba en el puño de la camisa; Sam está fuera, tocando el claxon. Me cepillo los dientes a toda prisa y salgo a trompicones por la puerta.

Sam me tiende un vaso de café.

—¿Has dormido vestido?

No soporto la idea de beber más café, pero lo hago.

—¿Dormir? —pregunto con ironía.

—Tienes la mejilla manchada de azul.

Bajo el parasol del coche y me miro en el espejito diminuto. La barba sigue creciendo a sus anchas y tengo los ojos enrojecidos. Doy bastante grima. La mancha de tinta azul de la mandíbula es el menor de mis problemas.

En el colegio, estoy tan atontado que la señora Noyes me lleva a un lado, me pregunta si va todo bien en casa y me examina las pupilas por si las tengo dilatadas. El doctor Stewart me dice que me afeite de una vez.

Durante la reunión del club de debate, me quedo frito al fondo del aula. Me despierto en mitad de un debate sobre si es mejor despertarme o dejarme dormir. Después me arrastro hasta el club de teatro para que Sam me dé una clase particular sobre armas de fogueo.

Engullo la cena y me dirijo al aparcamiento con Sam.

—Señor Sharpe, señor Yu —nos llama Valerio mientras camina hacia nosotros—. ¿No estarán pensando en salir del campus?

—Solo voy a llevar a Cassel a su casa —dice Sam.

—Tiene treinta minutos para volver aquí antes de que empiece la hora de estudio. —Valerio señala su reloj.

Vuelvo a sumirme en mi mesa y en mis cuadernos. Termino quedándome dormido en el sofá de la sala de estar, con todas las luces encendidas. Hay tanto por hacer... No recuerdo ni la mitad de lo que escribo. Cuando lo reviso por la mañana, no parece que lo haya escrito yo.

Sam llega puntual.

—¿Me prestas el coche? —le pregunto—. Creo que hoy no iré a clases. Me espera una noche importante.

Sam me pasa las llaves.

—Cuando veas cómo se come la carretera, tú también querrás tener un coche fúnebre.

Dejo a Sam en el colegio y después vuelvo a colarme en casa de Barron. Soy un ladrón de los que no quedan, de esos que dejan algo del mismo valor por cada cosa que se llevan.

Luego me voy a casa y me afeito hasta dejarme la piel más pulida y escurridiza que la de un buen estafador.

Estoy tan agotado que a las cuatro me vence el sueño y no me despierto hasta que Barron me zarandea.

—Hola, bella durmiente. —Mi hermano está sentado en esa silla que detesto, cruzado de brazos. Se echa hacia atrás, levantando las patas delanteras con el peso del cuerpo.

Anton está apoyado en el marco de la puerta del comedor, haciendo equilibrio con un mondadientes sobre el labio inferior.

—Será mejor que te vistas, chaval.

—¿Qué hacéis vosotros aquí? —pregunto, tratando de aparentar inocencia. Paso de ellos, voy a la cocina y me sirvo una taza del café de ayer; tiene un regusto a ácido de batería, pero en el buen sentido.

—Nos vamos a una fiesta —dice Barron, poniendo cara de asco al ver lo que hago—. En la ciudad. Una fiesta por todo lo alto, llena de mafiosos.

—Philip está liado —añade Anton—. Zacharov le ha encargado un recado de última hora.

Sé que no es verdad, pero Anton tampoco me parece preocupado. Me imagino que Lila le habrá enviado un mensaje desde el móvil de Philip.

Me froto los ojos.

—¿Y queréis que yo os acompañe a esa fiesta?

Anton y Barron se miran.

—Pues claro —dice Barron—. Creí que ya te lo habíamos dicho.

—Qué va. Mirad... id sin mí. Yo tengo que terminar un montón de deberes.

Anton me arrebata la taza de café y escupe el mondadientes dentro.

—No seas imbécil. ¿Qué crío de tu edad se queda en casa haciendo los deberes pudiendo irse de farra? Sube y date una ducha, anda.

Subo. El agua me pincha la espalda como agujas calientes, relajándome los músculos. Veo una araña (se debió de escapar cuando limpié) agazapada en una esquina del techo, cuidando de su saquito de huevos. Mientras me lavo el pelo, observo las gotas de agua que van quedando adheridas a su tela.

Cuando salgo al cuarto de baño empañado, me doy cuenta de que la puerta está abierta y Barron ha entrado. Me tiende una toalla y aprovecha para mirarme de arriba abajo antes de que me cubra; intento ponerme de perfil con disimulo, pero no reacciono a tiempo.

—¿Qué te ha pasado en la pierna?

Pues claro: ahora que estoy desnudo le resulta más fácil comprobar si llevo amuletos encima.

—Oye, hay una cosa que se llama «intimidad». ¿Te suena de algo?

Barron me agarra del hombro.

—Enséñame la pierna.

Me ciño la toalla un poco más.

—Solo es un rasguño.

Lo aparto para salir del cuarto de baño. Barron no me lo impide, pero Anton me está esperando en mi dormitorio.

—Agárralo —dice Barron, y Anton me da una patada en la pierna. Pierdo el equilibrio y me caigo sobre la cama, lo cual podría considerarse un mal menor si no fuera porque mi hermano me estrangula con un brazo y me arrastra por el colchón.

—¡Suéltame!

Se me ha caído la toalla. Forcejeo, abochornado y asustado, mientras Anton saca algo del bolsillo trasero del pantalón. Del mango de ébano que sostiene brota la hoja de una navaja.

—A ver qué tenemos aquí —dice Anton, palpándome la pantorrilla en la que escondo las piedras. Noto un dolor palpitante cada vez que aprieta. La herida se ha infectado.

Cuando la navaja me corta la piel, ya no puedo evitarlo: empiezo a gritar.

Capítulo diecisiete

—Muy listo —comenta Barron mientras contempla mi pierna en-
sangrentada. Se guarda en el bolsillo los restos de tres piedrecillas
manchadas de rojo—. ¿Cuánto tiempo llevas usando este truco?

Hasta los mejores planes se pueden torcer. Al universo no le hace
ninguna gracia que alguien se crea capaz de controlarlo. Todo buen
plan exige cierto grado de improvisación, pero normalmente no se
tuercen antes de empezar.

—Metéoslas por el culo —contesto. Es una respuesta bastante
inmadura, pero Barron es mi hermano y siempre saca esa parte de
mí—. Venga, partidme la cara. Rompedme un par de dientes. Dejad-
me bien guapo para la fiesta.

—Tu hermano se acuerda —dice Anton, sacudiendo la cabeza—.
Estamos bien jodidos, Barron. Buen trabajo.

Barron blasfema entre dientes.

—¿A quién se lo has contado?

Me vuelvo hacia él.

—Sé que soy un obrador. Un obrador de la transformación. ¿Qué
tal si me cuentas tú por qué me hiciste creer que no lo era?

Los dos intercambian una mirada de frustración, como si quisie-
ran pedir tiempo muerto y meterse en otra habitación para decidir
lo que pueden contarme.

Barron se sienta en un extremo de la cama y trata de serenarse.

—Mamá nos pidió que te mintiéramos. Tu poder... es peligroso.
Ella creyó que era mejor que no lo supieras hasta que fueras mayor.

Cuando lo averiguaste de pequeño, mamá quiso que te hiciera olvidar. Así empezó todo.

Miro las sábanas enrojecidas y el boquete de mi pierna, que aún sangra.

—Entonces, ¿mamá lo sabe? ¿Lo sabe todo?

Barron niega con la cabeza, ignorando la mirada de advertencia de Anton.

—No. No queríamos preocuparla. Lo ha pasado muy mal en la cárcel y la reacción de sus maleficios emocionales la vuelve muy inestable. Pero íbamos muy cortos de dinero, incluso antes de que la metieran entre rejas. Eso ya lo sabes.

Asiento lentamente.

—A Philip se le ocurrió un plan. El asesinato es lo que mejor se paga; es dinero inmediato. Los que más ganan son los asesinos minuciosos, los que pueden hacer desaparecer un cuerpo para siempre. Y contigo, podíamos hacerlo. —Cualquiera diría que Barron está esperando que alabe el ingenio de mi hermano Philip—. Anton se aseguraba de que nadie supiera quién era el verdadero autor de los asesinatos.

—¿Y yo no tengo voto? ¿No puedo decidir si quiero ser un asesino?

Barron se encoge de hombros.

—Eras un crío. No nos pareció justo traumatizarte con algo así. Por eso te hacíamos olvidar todo lo que hacías. Solo queríamos protegerte...

—¿Y lo de inflarme a patadas? ¿Pensaste que eso no me traumatizaría tanto? ¿Y qué me dices de esto? —Me señalo la pierna—. ¿También es para protegerme, Barron?

Barron abre la boca, pero no le sale ninguna mentira ingeniosa.

—Philip intentó defenderte esa noche —interviene Anton—. Pero no supiste cerrar el pico. Hasta ahora te lo hemos puesto muy fácil. Ya es tiempo de que te curtas. —Titubea antes de continuar, con la voz menos firme—. A tu edad, yo ya tenía claro que no debía replicarle a un príncipe obrador. Mi madre me hizo estos cortes en el cuello cuando cumplí trece años. Y hasta que llegué a los veinte, todos los años me los reabría y los untaba con ceniza. Para recordarme quién era. —Se acaricia las cicatrices que le tachonan la garganta—. Para recordarme que el dolor es el mejor maestro.

—Solo queremos saber si se lo has contado a alguien —dice Barron.

No es posible timar a alguien honrado. Solamente los avariciosos o los desesperados están dispuestos a dejar de lado los escrúpulos con tal de conseguir algo que no se merecen. He oído a muchas personas (incluido mi padre) decir eso para justificar sus estafas.

—Quiero mi parte del dinero —le digo a Anton—. Ya que me lo gano, yo decido cómo lo gasto.

—Hecho —dice Anton.

—Le conté que soy un obrador a Sam, mi compañero de cuarto. No le he dicho de qué clase, solo que lo soy.

Anton suelta un largo suspiro.

—¿Nada más? ¿Solo eso? —Se echa a reír. Barron también. Al cabo de un momento los tres nos estamos partiendo de risa, como si acabara de contar el mejor chiste de la historia.

Y ellos son bastante avariciosos y están bastante desesperados como para creerse ese chiste.

—Perfecto, perfecto —dice Anton—. Ponte elegante, ¿vale? No vamos a un baile de instituto.

Me acerco al armario cojeando, me inclino y me pongo a hurgar en mi bolsa como si estuviera buscando algo apropiado. Aparto el uniforme y un par de pantalones vaqueros y finalmente encuentro una camisa formal.

—¿Y dices que la idea se le ocurrió a Philip y que tú le seguiste la corriente? No parece propio de ti —digo mientras cojeo hacia la puerta del cuarto. De pronto tropiezo (o no), pierdo el equilibrio (o no) y choco con Barron. Mis dedos son rápidos y ágiles.

—Ups, lo siento.

—Ten cuidado.

Me apoyo en el marco de la puerta y bostezo, tapándome la boca con la mano.

—Venga, cuéntame por qué me lo ocultaste en realidad.

Barron esboza una extraña sonrisilla.

—Porque es injusto. Tú, precisamente tú, recibes el santo grial de los maleficios. Y yo tengo que conformarme con cambiar los recuerdos de la gente, como el que limpia un escenario del crimen. Es verdad que tiene su utilidad para las cosas sencillas: en el colegio podía hacer trampas o asegurarme de que ninguno de mis compañeros recordara las cosas que les hacía. Pero ¿qué valor tiene eso en realidad? Muy poco. ¿Sabes cuántos obradores de la transformación nacen en el mundo a lo largo de una década? Uno como mucho. Como mucho. Tú naciste con un poder increíble y no lo valorabas.

—No sabía que lo tenía.

—Es un desperdicio que lo tengas tú —concluye Barron, poniéndome la mano desnuda en el hombro. Se me eriza el vello de la nuca.

Procuro reaccionar como si no le hubiera birlado del bolsillo el último amuleto intacto para tragármelo. Quizá sea un desperdicio como obrador de la transformación, pero no como prestidigitador.

Finalmente, en el dormitorio de mis padres encuentro un traje viejo de papá. Como era de esperar, mamá no se deshizo de sus cosas, así que todos los trajes siguen colgados en el fondo del ropero. Están algo anticuados y huelen a naftalina, como si aguardaran su regreso tras unas largas vacaciones. La chaqueta cruzada me queda sorprendentemente bien. Al meter las manos en los bolsillos del pantalón de raya diplomática, descubro un pañuelo arrugado que todavía huele a su colonia.

Lo estrujo entre los dedos mientras sigo a Anton y a mi hermano hasta el Mercedes.

Durante el trayecto, Anton fuma nerviosamente un cigarrillo detrás de otro mientras me vigila por el retrovisor.

—¿Recuerdas lo que tienes que hacer? —me pregunta cuando entramos en el túnel de Manhattan.

—Sí.

—Todo saldrá bien. Después de esto, podrás tener las cicatrices si quieres. Y Barron también.

—Sí —repito. Vestido con el traje de papá, me siento extrañamente peligroso.

La puerta de latón del restaurante Koshchey's está abierta de par en par cuando aparcamos delante; dos gorilas con gafas de sol y abrigo largo están consultando una lista de invitados. Una mujer con un resplandeciente vestido dorado, que va del brazo de un caballero de pelo blanco, pone cara de fastidio mientras esperan su turno detrás de un grupo de tres hombres que fuman puros. Dos aparcacoches se nos acercan y abren las puertas del Mercedes. Uno parece más o menos de mi edad. Le sonrío, pero no me devuelve la sonrisa.

Nos hacen pasar directamente, sin buscar nuestros nombres en la lista. Se limitan a cachearnos para comprobar que no vamos armados.

El restaurante está abarrotado. Hay mucha gente en la barra, pasando copas hacia atrás para que otros se las lleven a las mesas. Un grupo de jóvenes se están sirviendo chupitos de vodka.

—¡Por Zacharov! —brinda uno.

—¡Por los bares y los corazones abiertos! —exclama otro.

—Y por las piernas abiertas —añade Anton.

—¡Anton! —Un joven delgado y sonriente se inclina hacia él y le tiende un chupito—. Llegas tarde. Te llevamos ventaja.

Anton me lanza una mirada penetrante y se queda con su amigo, dejándonos solos a Barron y a mí. Me abro camino hacia la pista de baile, pasando junto a risueños obradores mafiosos de quién sabe cuántas familias distintas. Me pregunto cuántos de ellos serán fugitivos, cuántos habrán abandonado una vida corriente en Kansas o en

las Carolinas para probar suerte en la gran ciudad y terminar recluta-
dos por Zacharov. Barron me sigue sin despegar la mano de mi espalda. Una amenaza disimulada.

Al otro lado de la pista, sobre un pequeño escenario, una mujer
con un vestido rosa claro habla por el micrófono de un atril:

—Se estarán preguntando por qué Nueva York debe aportar fondos para detener un proyecto de ley que afectará a Nueva Jersey. ¿No
sería mejor reservar nuestro dinero por si terminamos librando esa
misma batalla aquí, en nuestro propio estado? Pues déjenme que les
diga, damas y caballeros, que si la propuesta 2 se aprueba en algún
estado, en cualquiera, y más aún en uno donde muchos de nosotros
tenemos parientes y amigos, terminará extendiéndose. Debemos
defender el derecho a la intimidad de nuestros vecinos para que en el
futuro alguien defienda el nuestro.

Entonces me topo con una chica que lleva un vestido negro, los
rizos castaños recogidos con horquillas de pedrería y una sonrisa ex-
cesivamente amplia. Está muy guapa; me muerdo la lengua para no
decírselo.

—Hola —me saluda Daneca con languidez—. ¿Te acuerdas de
mí?

Consigo no poner los ojos en blanco ante su exagerada actuación.

—Te presento a mi hermano Barron. Barron, esta es Dani.

Barron nos mira a los dos.

—Hola, Dani.

—Le gané al ajedrez cuando su colegio compitió contra el mío
—dice Daneca, adornando la sencilla historia que nos inventamos
ayer.

—¿En serio? —Barron se relaja un poco y sonríe—. Entonces
seguro que eres una chica muy lista.

Daneca se pone pálida. Barron está deslumbrante con su traje, su
mirada fría y sus rizos angelicales. Sospecho que Daneca no está
acostumbrada a que un sociópata con labia como mi hermano intente ligársela. Se le traba la lengua.

—Lo bastante lista para... lo bastante lista.

—¿Puedo hablar con ella un momento? —le pregunto a mi hermano—. A solas.

Barron asiente.

—Voy a picar algo. Pero atento al reloj, casanova.

—Ya.

Barron me agarra del hombro; sus dedos se me hunden en los músculos agarrotados. Es un gesto agradable. Fraternal.

—Estás preparado, ¿verdad?

—Lo estaré —contesto, aunque tengo que mirar hacia otro lado. No quiero que Barron se dé cuenta de lo mucho que me duele que se muestre tan cariñoso conmigo ahora, cuando sé que todo es mentira.

—Muy bien, tipo duro.

Se aleja hacia los samovares de té y las bandejas repletas de arenques en vinagre, pescados resplandecientes en salsa de granada color rubí y mil clases distintas de *piroshki*.

Daneca se inclina hacia mí y me pasa por debajo de la chaqueta una bolsa de sangre con cables enrollados.

—Le hemos dado eso a Lila —susurra.

Levanto la vista involuntariamente. El nudo del estómago se tensa un poco más.

—¿Has hablado con ella?

Daneca niega con la cabeza.

—Sam está con ella ahora. No le ha hecho ninguna gracia que solo hayamos podido conseguir una pistola de mentira y que Sam aún no haya terminado de montarla.

Me imagino la sonrisa mordaz de Lila.

—¿Sabe lo que tiene que hacer?

Daneca asiente.

—Conociendo a Sam, seguro que no se salta ni un detalle. Quiere saber si serás capaz de reconectar los cables al detonador.

—Creo que sí. Solo...

—¡Cassel Sharpe! —dice una voz. Me doy la vuelta. El abuelo viste un traje marrón y un sombrero ladeado con una pluma en la cinta—. ¿Qué leches haces tú aquí? Más te vale que la excusa sea buena.

Ayer, mientras repasábamos el plan una y otra vez, en ningún momento se me pasó por la cabeza que el abuelo pudiera presentarse en la fiesta. Si es que soy imbécil, un imbécil que no tiene dos dedos de frente. Pues claro que está aquí. ¿Cómo se la iba a perder?

En serio, ¿qué más puede salir mal? ¿Falta algo?

—Me ha traído Barron. ¿Qué tiene de malo que salga entre semana por una vez? Venga, esta es casi una fiesta familiar.

El abuelo mira a su alrededor como si buscara su propia sombra.

—Tienes que irte a casa. Ahora mismo.

—Vale —digo en tono conciliador, levantando las manos—. Voy a comer algo rápido y me voy.

Daneca se aleja de nosotros y se dirige a la barra. Me guiña un ojo; la muy ingenua parece dar por hecho que lo tengo todo bajo control.

—No —insiste el abuelo—. Vas a largarte de aquí ahora mismo. Te llevo a casa.

—¿Qué pasa? No estoy haciendo nada malo.

—Pasa que deberías haberme llamado en cuanto leíste mi nota. Eso es lo que pasa. Este no es lugar para ti, ¿entendido?

Un hombre con traje oscuro y un diente de oro nos mira y se ríe de la escenita familiar que estamos representando: un adolescente malcriado y un viejo cascarrabias. El problema es que no entiendo por qué el abuelo está tan fuera de sí.

—Vale —digo, mirando el reloj. Las diez y diez—. Pero primero dime qué está pasando.

—Te lo cuento por el camino —dice, agarrándome con fuerza del brazo.

Quiero soltarme de un tirón, pero ya me han desencajado el brazo demasiadas veces estos últimos días. Dejo que me lleve hacia la puerta y, cuando estoy bastante cerca de la barra del bar, consigo atraer la atención de Anton.

—Mira quién está aquí —le digo—. Conoces a mi abuelo, ¿verdad?

Por la forma en que Anton entorna los ojos, sospecho que el abuelo no le cae especialmente bien. La barra de cinc está sembrada de vasos de chupito y hay por lo menos una botella de Pshenichnaya vacía.

—Solo he pasado un momento para saludar a unos viejos amigos —dice el abuelo—. Nos vamos ya.

—Cassel se queda —replica Anton—. Todavía no ha bebido nada.

Me sirve un chupito él mismo, lo que atrae la atención de algunos de los mafiosos más jóvenes, que me evalúan con la mirada.

En el rostro de Anton detecto una tensión abrasadora, contrarrestada por la sonrisa relajada y la pose lánguida de su cuerpo al apoyarse en la barra. Si pretende llegar a liderar la familia, tendrá que aprender a controlar a tipos como mi abuelo. No puede permitir que un viejo lo contradiga. Tiene que demostrar quién manda y no le importa utilizarme para ello.

—Bebe —me dice Anton.

—Es menor de edad —protesta el abuelo.

Los de la barra se echan a reír. Me bebo el vodka de un trago. El calor se extiende por el estómago y me quema la garganta hasta que toso. Vuelven a reírse con ganas.

—Es como todo —comenta uno de ellos—. La primera vez siempre es la peor.

Anton me sirve otro chupito.

—De eso nada —replica—. La peor es la segunda, porque ya sabes lo que te espera.

—Venga —me dice el abuelo—. Bébete eso y nos vamos.

Miro el reloj de la pared. Las diez y veinte.

El segundo chupito me abrasa a medida que baja.

Uno de los mafiosos me da una palmada en la espalda.

—Vamos —le dice a mi abuelo—. Deje que el chico se quede. Cuidaremos de él.

—Cassel —dice el abuelo con firmeza, transformando mi nombre en una reprimenda—. Mañana no puedes ir hecho un trapo a ese colegio tan fino.

—He venido con Barron —replico. Alargo la mano y me sirvo yo mismo un tercer chupito para el regocijo general.

—Y te irás conmigo —gruñe el abuelo entre dientes.

Esta vez el vodka me baja por la garganta como si fuera agua. Me separo de la barra y finjo que me tambaleo. Me siento embriagado, pero de orgullo. *Soy Cassel Sharpe*, me apetece gritar. *Soy más listo que cualquiera de vosotros y lo tengo todo pensado.*

—¿Estás bien? —me pregunta Anton. Me mira como si intentara averiguar si estoy borracho de verdad. Todos sus planes dependen de mí. Pongo cara de atontado para que se asuste un poco. No voy a ser yo el único que lo pase mal hoy, ¿no?

El abuelo tira de mí hacia la salida, abriéndose paso entre la marea de gente.

—Puede dormir la mona en el coche.

—Voy un momento al aseo —le digo—. Ahora mismo vuelvo.

El abuelo me fulmina con la mirada.

—Por favor —insisto—. Vamos a tardar bastante en llegar a casa. —El reloj de la pared marca las diez y media. Anton no tardará en ocupar su puesto de guardaespaldas de Zacharov. Seguramente Barron ya me estará buscando. Pero es imposible calcular cuánto tiempo tardará Zacharov en ir al aseo. ¿Y si es de esos que tienen la vejiga de hierro?

—Te acompaño —dice el abuelo.

—Fíate un poco de mí, soy capaz de mear solo sin meterme en líos.

—Ya —contesta el abuelo—. Pero te acompaño.

Nos dirigimos a los aseos; están tan cerca de la cocina que tenemos que pasar por una zona en penumbra y sin ventanas que hay detrás de la barra del bar. Miro a mi alrededor y localizo a Zacharov, que lleva del brazo a una bella mujer de larga melena dorada. La gema roja de su corbata hace juego con los pendientes de rubíes de ella. La gente se acerca para expresarle su apoyo y estrecharle la mano, siempre con guantes.

Creo distinguir a Lila entre la multitud. Su cabello parece blanco bajo la luz de los focos. Tiene los labios pintados de rojo sangre.

No debería estar aquí todavía. Va a estropearlo todo.

Me desvío hacia el bufet. Hacia Lila. Pero cuando llego, ya no está.

—¿Adónde diablos vas ahora? —pregunta el abuelo.

Engullo un *syrniki* con gusto a rosas.

—Como se te ha ido la cabeza y no quieres dejarme comer tranquilo, voy a pillar lo que pueda ahora.

—Sé lo que pretendes. No dejas de mirar el reloj. Ya está bien de chorradas, Cassel. O meas o no meas.

—Vale, vale.

Entro en el aseo. Las once menos veinte. No puedo seguir dándole largas al abuelo mucho más tiempo.

Hay varios hombres peinándose delante del espejo. Un tipo rubio y flaco, con los ojos hinchados, se está metiendo una raya de coca en la repisa. Ni se molesta en levantar la mirada cuando abro la puerta.

Me meto en el primer cubículo y me siento en la tapa del retrete mientras intento serenarme.

Mi reloj marca las diez cuarenta y tres.

¿Y si Lila está intentando echarlo todo a perder? ¿La he visto de verdad entre la gente o me la he imaginado de puro miedo?

Me quito la chaqueta, me abro la camisa y me pego la bolsa de sangre artificial directamente en la piel con cinta adhesiva, aceptando con resignación la depilación forzosa que tendré que sufrir más tarde, cando me la quite. Paso el cable por el interior del bolsillo del pantalón, desgarrando la costura, y le pongo más cinta para que el detonador sea más fácil de sujetar.

Las diez cuarenta y siete.

Busco la botella de vómito detrás del retrete. Ahí está, aunque no sé de quién es el vómito. ¿Cuál de los tres se resignaría a hacerlo? Sonrío al imaginármelo.

Las diez cuarenta y ocho. Conecto el cable al detonador.

—¿Va todo bien? —pregunta el abuelo. Alguien se ríe discretamente.

—Salgo enseguida —contesto.

Finjo una arcada y vierto en el retrete la mitad de la botella. El olor avinagrado del vómito de hace tres días inunda el cubículo. A la siguiente arcada no me hace falta fingirla.

Vacío del todo la botella y vuelvo a pegarla cuidadosamente en su sitio. Lo peor es tener que acercar la cara a la taza mientras lo hago. Me entra otra arcada.

—¿Estás bien? —El abuelo ya no parece impaciente, sino preocupado—. ¿Cassel?

—Sí.

Escupo, tiro de la cadena y me abotono la camisa con cuidado. Luego me pongo la chaqueta, pero no me la abrocho.

Se abre la puerta del aseo y oigo la voz de Anton:

—Todos fuera. Necesitamos el aseo vacío.

Me tiemblan las piernas de puro alivio. Abro la puerta del cubículo y me apoyo en el marco. La vomitona ha ahuyentado a casi todos, pero los rezagados y el cocainómano están desfilando delante de Anton para salir. Zacharov está frente a los lavabos.

—Desi Singer —dice mientras se frota la comisura de la boca—. Cuánto tiempo.

—Una fiesta estupenda —dice mi abuelo con solemnidad, inclinando la cabeza con un saludo que más bien parece una reverencia—. No sabía que te interesara la política.

—Los que infringimos las leyes debemos conocerlas bien. Al fin y al cabo, lidiamos con ellas más que nadie.

—Dicen que todos los grandes granujas acaban metiéndose en política —añade el abuelo.

Zacharov sonríe, pero su sonrisa se desvanece en cuanto me ve.

—Aquí no puede haber nadie —le dice a Anton.

—Lo siento —digo, tendiéndole la mano—. Estoy un poco borracho. Una fiesta magnífica, señor.

El abuelo intenta agarrarme del brazo para apartarme de Zacharov, pero Anton se lo impide.

—Es el hermano pequeño de Philip —le explica a su tío, sonriendo como si todo esto fuera la broma del siglo—. No le quitemos la ilusión al chaval.

Zacharov extiende la mano despacio y me observa.

—Cassel, ¿verdad?

Nos miramos a los ojos.

—No hace falta que me estreche la mano si no quiere, señor.

Zacharov me sostiene la mirada.

—No es molestia.

Le doy la mano derecha y le cubro la muñeca con la izquierda, deslizando los dedos enguantados por debajo de su manga y presionando el agujerito que he hecho en la punta de uno de ellos hasta rozarle la piel. Zacharov abre los ojos de par en par cuando lo toco, como si acabara de electrocutarlo. Da un tirón.

Tiro de él para atraerlo hacia mí.

—Tiene que fingir que se muere —le susurro al oído—. Le acabo de convertir el corazón en piedra.

Zacharov retrocede, lívido y tambaleante, y mira a Anton. Por un momento temo que lo eche todo a perder preguntándole algo. Pero entonces se desploma contra la puerta de bisagras de un cubículo, retrocede a trompicones y se golpea la cabeza con el secador de manos. Deja escapar un grito ahogado y resbala por la pared, estrujándose la camisa con la mano como si quisiera agarrarse el pecho.

Nos quedamos mirando cómo se le cierran los ojos. Boquea una vez más, intentando atrapar un último resto de aire.

Zacharov también tiene dotes de timador.

—¿Qué has hecho? —vocifera mi abuelo—. Deshazlo, Cassel. Deshaz lo que le has hecho. —Mi abuelo me mira como si no me reconociera.

—Cierra el pico, vejestorio —le espeta Anton, dándole un puñetazo al cubículo que el abuelo tiene justo detrás. Quiero protestar, pero no hay tiempo. Si no sufro la reacción, Anton se dará cuenta.

Me concentro en transformarme. Imagino que una espada se precipita sobre mi cabeza, intento sentir ese impulso de obrador que alimenta el peligro.

Necesito estar acojonado de verdad. Pienso en Lila, me imagino a mí mismo a punto de apuñalarla. Me imagino levantando el cuchillo y siento todo el peso del horror y el asco hacia mí mismo. Ese recuerdo falso todavía es capaz de aterrorizarme.

Es tan convincente que incluso retiro la mano por reflejo, mientras siento que mi carne se vuelve maleable. Me imagino que la mano de mi padre sustituye a la mía. Me imagino sus dedos encallecidos.

La mano de mi padre, a juego con su traje.

Una transformación pequeña. Un cambio menor que espero que desencadene una reacción menor.

Un terremoto me recorre la carne. Me concentro en dar un paso hacia la pared, pero siento que el pie se me derrite y se expande.

Anton saca de su abrigo una navaja mariposa, la abre y la hace girar entre los dedos. Reluce como las escamas de un pez. Se inclina sobre Zacharov y le corta cuidadosamente el alfiler de la corbata.

—A partir de ahora, todo va a cambiar —dice mientras se guarda en el bolsillo el diamante de la resurrección.

Anton se gira hacia mí con la navaja en la mano. De repente tengo la impresión de haber trazado un plan pésimo.

—Seguro que no lo recuerdas —me dice Anton en voz baja—, pero me hiciste un amuleto, así que ni se te ocurra intentar transformarme.

Como si ahora mismo pudiera hacer otra cosa que caer de rodillas mientras mi cuerpo se contrae y se retuerce.

A pesar de que tengo la vista nublada y distorsionada, veo que el abuelo se acuclilla junto a Zacharov.

Mis extremidades empiezan a cambiar: me brotan unas aletas de la piel y dos brazos más que aporrean la pared. Mi cabeza se agita salvajemente adelante y atrás. Se me bifurca la lengua. Se me agarrota todo el cuerpo cuando los huesos se desencajan de las articulaciones. Mis dos ojos se multiplican por mil mientras contemplan el techo pintado, parpadeando todos a la vez. Me repito una y otra vez que se me pasará enseguida, pero no parece terminar nunca.

Anton se acerca al abuelo.

—Siempre has sido un obrador leal. Lamento mucho tener que hacer esto.

—No des un paso más —le advierte el abuelo.

Anton niega con la cabeza.

—Me alegro de que Philip no tenga que verlo. Él no lo entendería, pero creo que tú sí, viejo. Un líder debe asegurarse de que nadie pueda contar ciertas cosas sobre él.

Intento darme la vuelta, pero ahora mis piernas son unos cascos de caballo que repiquetean contra las baldosas. No sé usarlos. Procuro gritar, pero mi voz no es la mía; emito una especie de gorjeo, seguramente, porque la boca se me está endureciendo en forma de pico.

—Adiós —le dice Anton a mi abuelo—. Estoy a punto de convertirme en una leyenda.

Alguien aporrea la puerta del aseo. La navaja se detiene a poca distancia de la garganta de mi abuelo.

—Soy yo —dice Barron desde el exterior—. Abre.

—Déjame abrir la puerta —dice el abuelo—. Y guarda esa navaja. Si le soy leal a alguien, es al chaval. Y si quieres que él te sea leal, más te vale tener cuidado.

—Anton —digo desde el suelo. Me cuesta formar palabras con la lengua enrollada—. ¡Puerta!

Anton me mira, cierra la navaja y abre la puerta.

Me concentro en llevarme la mano transformada al bolsillo del pantalón.

Barron entra en el aseo, dando un par de pasos rígidos. De pronto se tambalea como si lo estuvieran empujando.

—Las manos donde pueda verlas —dice una voz femenina. Lila lleva un vestido rojo tan ceñido como corto. El único complemento es la gran pistola plateada que centellea bajo las luces fluorescentes del aseo. La puerta se cierra tras ella. Desde luego, la pistola parece auténtica. Y la apunta directamente contra Anton.

Anton separa los labios como si se dispusiera a pronunciar el nombre de Lila, pero no emite sonido.

—Ya me has oído —dice ella.

—Él ha matado a tu padre —replica Anton, señalándome con la navaja cerrada—. No he sido yo. Ha sido él.

La mirada de Lila se vuelve hacia el cuerpo inerte de Zacharov y el cañón de la pistola empieza a temblar.

Deslizo la mano por debajo de la chaqueta, confiando en que mis dedos conserven su forma humana el tiempo suficiente para utilizarlos. La lengua ya me vuelve a funcionar.

—No lo entiendes. Yo no pretendía...

—Ya estoy harta de tus excusas —dice Lila, apuntándome con la pistola. Le tiembla la mano—. No sabías lo que hacías. No te acuerdas de nada. No pretendías hacer daño a nadie.

¿Seguro que está fingiendo? No lo parece.

Intento levantarme.

—Lila...

—Cállate, Cassel —dice, y me dispara.

Mi camisa se cubre de manchas de sangre.

Boqueo como un pez.

Mientras cierro los ojos, oigo que el abuelo grita mi nombre.

Nada como un disparo para convertirte en el alma de la fiesta.

Capítulo dieciocho

Me duele. Ya me lo esperaba, pero aun así el impacto me corta la respiración. Mi camisa se empapa y se me pega a la piel.

Procuro controlar al máximo mi respiración. La transformación de mi cuerpo se ha ralentizado; la reacción ya está remitiendo. Preferiría abrir los ojos, pero necesito que Anton se crea que Lila me ha disparado de verdad, así que me conformo con escuchar en lugar de mirar.

—Vosotros dos, contra los lavabos —dice Lila—. Las manos donde pueda verlas.

Noto movimiento a mi alrededor. Oigo un gruñido donde antes estaba mi abuelo, pero no puedo arriesgarme a echar un vistazo.

—¿Cómo es posible que estés aquí? —pregunta Anton.

—Venga ya —contesta Lila en tono grave y amenazante—. Sabes muy bien cómo he llegado aquí, Anton. Caminando. Desde Wallingford. Con mis cuatro patitas.

Trato de cambiar ligeramente de postura, para que luego no me cueste mucho ponerme de pie.

El timador, igual que el mago, tiene que desviar las sospechas. Mientras todo el mundo está esperando que saque un conejo de la chistera, en realidad está serruchando a una chica por la mitad. Te crees que está haciendo un truco cuando en realidad está haciendo otro.

Piensas que me estoy muriendo, pero en realidad me estoy riendo de ti.

Odio que esto me guste tanto. Odio que la adrenalina que recorre mi cuerpo me esté llenando de un placer embriagador. No soy buena persona.

Pero me siento genial al engañar a Anton y a Barron.

Oigo pasos cerca de mí, avanzando hacia Lila.

—Lo siento, Lila —dice Anton—. Ya sé que...

—Debiste haberme matado cuando tuviste la oportunidad —lo interrumpe Lila.

Casi doy un respingo cuando alguien me toca el hombro. Unos dedos desnudos y ásperos me palpan el cuello para tomarme el pulso. Eso es lo único que no puedo fingir. Me abre la chaqueta. Si me desabotona la camisa, verá los cables.

—Eres un diablillo, Cassel Sharpe —susurra el abuelo.

Listo como el diablo y el doble de guapo. Reprimo una sonrisa.

—Dame la pistola —dice Anton. Esta vez me atrevo a entreabrir los ojos. Tiene la navaja en la mano—. En realidad no quieres hacerlo.

—¡Contra los lavabos! —exclama Lila.

Anton suelta la navaja y desarma a Lila de un manotazo. La pistola se desliza por el suelo.

Los dos se abalanzan sobre el arma al mismo tiempo, pero Anton llega primero. Hago ademán de levantarme, pero el abuelo me aplasta contra el suelo para que siga tumbado.

Anton levanta la pistola y le dispara tres tiros en el pecho a Lila.

Ella se tambalea, pero no lleva cables y por lo tanto no hay estallidos ni sangre. Los balines rebotan inofensivamente en su cuerpo y repiquetean al caer al suelo.

Nos han pillado.

Anton la mira fijamente. Luego mira la pistola que tiene en la mano. Después me mira a mí. Tengo los ojos abiertos como platos.

—Te voy a matar —ruge mientras arroja el arma falsa a un lado con tanta fuerza que desportilla una baldosa.

Mal asunto.

El abuelo se interpone entre nosotros. Mientras yo intento empujarlo para apartarlo del peligro, una voz resuena desde la otra punta del cuarto de baño:

—Ya basta —dice Zacharov en medio de un repentino silencio. Se levanta con esfuerzo y rota el cuello como si lo tuviera rígido.

Anton retrocede a trompicones como si estuviera viendo un fantasma. Todos nos quedamos inmóviles.

Barron me señala acusadoramente con el dedo.

—Me la has jugado —dice con voz temblorosa.

—Todos estáis jugando —replica Zacharov con su fuerte acento—. Hacíais lo mismo de pequeños con las pistolas de agua. Las meneabais como locos y dejabais todo empapado.

—¿Por qué has...? ¿Lo sabías? —le pregunta Anton—. ¿Por qué te has hecho el...?

Zacharov tuerce el gesto.

—Jamás habría imaginado que tú, Anton, serías capaz de traicionar a nuestra familia. Jamás habría imaginado que serías capaz de conspirar para matarme. Precisamente tú, el hombre a quien iba a nombrar mi heredero. —Zacharov mira a mi abuelo—. La familia ya no significa nada, ¿verdad?

El abuelo nos mira a Barron y a mí. Parece que no sabe qué responder.

Anton avanza dos pasos hacia Zacharov, con la boca deformada por una desagradable mueca. Barron recoge la navaja de Anton, la hace girar en la mano, la cierra y la vuelve a abrir.

Yo ruedo por el suelo y me impulso para levantarme. Resbalo en el charco de sangre falsa, pero consigo ponerme de rodillas.

—No vas a salir vivo de aquí —le dice Anton a Zacharov, señalando a Barron y su navaja.

Solo me queda una carta por jugar, pero es de las buenas. Me pongo de pie. Siento que estoy de nuevo en el tejado de Smythe Hall: si doy un paso en falso, estoy muerto.

—No me das miedo —dice Zacharov sin dejar de mirar a Anton—. Se necesitan agallas para matar a un hombre con tus propias manos. Te faltan huevos.

—Cállate —le espeta Anton. Se vuelve hacia Barron—. Dame la navaja. Vamos a ver si le doy miedo o no.

Lila intenta abalanzarse sobre Anton, pero su padre la sujeta por los brazos y la retiene.

Ella enseña los dientes; los ojos le brillan como dos ascuas mientras fulmina con la mirada a su primo.

—Te voy a matar —gruñe Lila.

Barron no le devuelve la navaja a Anton. En lugar de eso, esboza una sonrisa y orienta el arma hacia la garganta de Anton.

—No me apuntes con eso —dice Anton, apartándole la mano—. ¿Qué haces? Dámela.

—La estoy apuntando en la dirección correcta —dice Barron—. Lo siento.

Inspiro hondo y juego mi carta:

—Barron y yo llevamos meses reuniéndonos en secreto con Zacharov. ¿Verdad, señor?

Zacharov me taladra con la mirada. Imagino que ya está harto de mis jugarretas, pero seguro que comprende que ahora mismo lo importante es que esa navaja siga amenazando a Anton. Zacharov agarra con fuerza los brazos de Lila.

—Efectivamente.

Barron asiente.

—No es verdad —le dice Anton a Barron—. ¿Por qué? Aunque quisieras jugármela, no le harías eso a Philip.

—Él también lo sabe —contesta Barron, haciendo girar la navaja en la mano; las luces fluorescentes se reflejan en la hoja.

—Philip nunca me traicionaría. Es imposible. A esto lo planeamos juntos. Durante años.

Barron se encoge de hombros.

—¿Y dónde se ha metido? Si es tan leal, ¿no debería estar aquí?

Entonces Anton se vuelve hacia mí.

—Es absurdo.

—¿El qué es absurdo? —pregunta Lila. Me lanza una mirada fugaz—. ¿Crees que eres el único capaz de traicionar a los demás, Anton? ¿Que eres el único embustero?

A juzgar por su expresión, Anton está indeciso. Intenta decidir su próximo movimiento.

—Queríamos comprobar que era verdad que pretendías matar al jefe de nuestra familia —dice Barron. No parece desconcertado. Ni siquiera parpadea.

—Os va a matar de todos modos, imbécil —dice Anton, desesperado—. Lo habéis echado todo a perder para nada. Habéis secuestrado a su hija. Sois hombres muertos. Nos hará ejecutar a todos.

—Zacharov nos ha perdonado —continúa Barron—. Philip y yo llegamos a un acuerdo con él. Era más importante demostrar que tú planeabas matarlo. Nosotros no somos nadie, pero tú eres su sobrino.

Zacharov suelta un discreto resoplido y sacude la cabeza. Luego le tiende la mano a Barron, que le entrega tranquilamente la navaja.

Me doy cuenta de que estoy conteniendo la respiración.

—Anton —dice Zacharov, soltando a Lila como si hasta ahora no hubiera sido consciente de que la estaba sujetando—. Estás solo. Se acabó. Túmbate en el suelo. Lila, ve a buscar a Stanley. Dile que tenemos que ocuparnos de un asuntillo.

Lila se seca las manos en el vestido sin mirarnos a la cara. Trato de captar su atención, pero es imposible. Se dirige a la puerta.

El que sí me mira es Zacharov. Es consciente de que se la he jugado, aunque aún no entienda los detalles. Asiente levemente con la cabeza.

Parece que al final le he demostrado lo que valgo.

—Gracias, Barron. Y Cassel, claro. —Oigo que le rechinan los dientes mientras nos da las gracias a mi hermano y a mí por esa mentira—. ¿Por qué no acompañáis a Lila y me esperáis en la cocina? Aún no hemos terminado. Desi, asegúrate de que no se pierdan por el camino.

—Tú —ruge Anton, mirándome—. Es culpa tuya. Has sido tú.

—No me eches la culpa de que seas gilipollas. —Seguramente no será el comentario más acertado, pero el alivio me ha dejado bastante embriagado.

Además, ya sabes lo mucho que me cuesta estarme calladito.

Anton se abalanza sobre mí, salvando la distancia que nos separa sin darme tiempo a reaccionar. Me empuja al interior de un cubículo; caemos hacia atrás y me doy un golpe en la cabeza contra las baldosas, al lado del retrete. Veo que mi abuelo agarra a Anton por el cogote como si quisiera quitármelo de encima, pero Anton es demasiado corpulento, demasiado fuerte.

Me da un puñetazo en la mejilla. Impulso la cabeza hacia arriba, propinándole un cabezazo en el cráneo con tanta fuerza que veo las estrellas. Anton se echa hacia atrás, disponiéndose a darme otro puñetazo, pero de repente se queda con la mirada perdida. Se desploma sobre mí como una pesada manta y se queda totalmente inmóvil.

Retrocedo a rastras, ajeno a la suciedad del suelo y ansioso por desembarazarme de su corpachón. Está pálido y se le empiezan a amoratar rápidamente los labios.

Está muerto.

Anton está muerto.

Aún lo estoy mirando cuando Lila se inclina y me presiona la boca con un puñado de papel higiénico. Resulta que estoy sangrando.

—Lila —dice Zacharov—. Necesito que salgas de aquí. Ya.

—¿Nunca te han dicho que eres un poco bocazas? —me pregunta en voz baja antes de volver con su padre.

El abuelo está encorvado y se sujeta la muñeca con cuidado.

—¿Estás bien? —le pregunto, levantándome y apoyándome como buenamente puedo en la pared.

—Estaré bien cuando salgamos de este dichoso aseo.

En ese momento reparo en que lleva la mano derecha desnuda y en que el dedo anular se le está ennegreciendo desde la uña.

—Oh —digo. El abuelo me ha salvado la vida.

Se echa a reír.

—¿Qué pasa? ¿Creías que había perdido facultades?

Me avergüenza reconocer que me había olvidado de que el abuelo sigue siendo un obrador de la muerte; para mí eso siempre ha sido algo que hacía antes, hace mucho tiempo. Pero ha matado a Anton con un simple toque, presionándole el cuello desnudo con los dedos.

—Deberías haber dejado que te ayudara —me dice el abuelo—. Esa noche después de la cena, cuando me drogaron, los oí hablar.

—Lila, Barron —dice Zacharov—. Venid conmigo. Dejemos a solas a Cassel y a Desi para que puedan adecentarse. —Nos mira a los dos—. No os mováis de aquí.

Asiento con la cabeza mientras salen todos.

—Tienes que explicarme muchas cosas —me dice el abuelo.

Sigo presionando el bulto de papel higiénico contra la mejilla. El hilo de sangre auténtica que me cae de la boca me salpica la camisa, mezclándose con la sangre artificial. Contemplo el cuerpo de Anton.

—Querías sacarme de aquí porque pensabas que me habían borrado la memoria.

—¿Y qué querías que pensara? ¿Que los tres teníais un plan ridículamente enrevesado? ¿Que estabais compinchados con Zacharov?

Me miro al espejo y sonrío.

—No teníamos ningún plan. Solo he falsificado los cuadernos de Barron. Sabía que él cree ciegamente todo lo que está escrito en ellos. Por culpa de su pérdida de memoria, no le queda otra.

Eso es lo que he estado haciendo este último día y medio. El motivo de que me pasara la noche en vela. He estado reescribiendo páginas y páginas de notas escritas con una letra muy fácil de imitar, porque ya la conocía bien. Le he construido a Barron una vida totalmente distinta. Una vida en la que deseaba salvar al jefe de una familia mafiosa,

porque Zacharov es el padre de Lila. Una vida en la que los tres hermanos trabajamos juntos por causas nobles.

Las mentiras más fáciles de contar son las que deseas que sean
ciertas.

El abuelo frunce el ceño. A medida que lo va entendiendo, su
frente se alisa y se queda perplejo.

—¿Me estás diciendo que Barron no se reunía en secreto con
Zacharov?

Niego con la cabeza.

—No. Pero Barron cree que sí.

—¿Y tú has hablado con Zacharov?

—Lila quería que nos ocupáramos de este asunto por nuestra
cuenta. Así que yo tampoco lo he hablado con él.

El abuelo suelta un gruñido.

—Un lío dentro de otro.

Miro por última vez el cuerpo de Anton. Algo centellea bajo la
luz, junto a su mano izquierda. Es el diamante de Zacharov. Debe de
habérselo sacado del bolsillo.

Me inclino y lo recojo.

Cuando me levanto, veo a Zacharov apoyado en el marco de la
puerta. No lo he oído entrar.

—Cassel Sharpe. —Parece cansado—. Mi hija dice que todo esto
ha sido idea de ella.

Asiento con la cabeza.

—Habría salido mejor con una pistola de verdad.

Zacharov resopla.

—Como ha sido idea de ella, no voy a cortarte la mano por haberte atrevido a tocarme la piel. Solo quiero saber una cosa: ¿cuánto
hace que sabes que eres un obrador de la transformación?

Al principio abro la boca para protestar. No he llegado a obrar-
lo, ¿cómo sabe que no estaba fingiendo? Pero entonces me acuerdo
de la reacción, de que me he estado retorciendo por el suelo delante de él.

—No mucho.

—¿Y tú lo sabías? —Zacharov se vuelve hacia el abuelo.

—Su madre quiso mantenerlo en secreto hasta que tuviera edad suficiente. Iba a contárselo al salir de la cárcel. —El abuelo me mira—. Cassel, tu poder es muy valioso para ciertas personas. No estoy diciendo que tu madre hiciera bien, pero es una mujer inteligente y...

—Ya lo sé, abuelo —lo interrumpo.

Zacharov nos observa como si estuviera sopesando algo.

—Que os quede bien claro: yo no he accedido a perdonar a tus hermanos. A ninguno de los dos.

Asiento sin decir nada, porque es evidente que aún no ha terminado de hablar.

—Tu abuelo tiene razón. Eres muy valioso. Y ahora me perteneces. Mientras trabajes para mí, tus hermanos vivirán. ¿Entendido?

Asiento de nuevo.

Debería decirle que me da igual, que me trae sin cuidado que mis hermanos vivan o mueran. Pero no se lo digo. Supongo que es cierto eso que dicen: nadie te querrá nunca tanto como tu familia.

—Asunto resuelto —concluye Zacharov—. De momento. Ve a la cocina, a ver si alguien te consigue una camisa limpia.

El abuelo vuelve a ponerse el guante derecho. Ahora uno de los dedos de esa mano cuelga tan inerte como los de la izquierda.

—Por cierto, he encontrado esto... —le digo a Zacharov, tendiéndole el diamante de la resurrección. Me fijo en algo raro: la enorme gema tiene una esquina rota.

Zacharov lo toma con una sonrisa tensa.

—Gracias otra vez, Cassel.

Asiento con la cabeza, procurando que no se note que ahora sé que el diamante de la resurrección es incapaz de proteger a nadie. No vale nada. Está hecho de cristal.

Cuando salgo del servicio, la fiesta sigue en su apogeo. El ruido se me echa encima como una olea surrealista de música, risas y voces tan fuertes que podrían eclipsar un disparo. Nada de lo que ha ocurrido, y menos la muerte de Anton, parece real bajo la luz que baila en las lámparas de araña y se refleja en miles de burbujas de champán.

—¡Cassel! —grita Daneca, corriendo hacia mí—. ¿Estás bien?

—Nos tenías preocupados —añade Sam—. Habéis estado una eternidad ahí dentro.

—Estoy bien —contesto—. ¿Es que no lo parece?

—Estás ensangrentado en mitad de una fiesta —dice Sam—. No, no lo parece.

—Por aquí —dice Zacharov, señalando las cocinas.

—Vamos contigo —dice Daneca.

Estoy agotado. La mejilla me palpita y todavía me duelen las costillas. Y no veo a Lila por ninguna parte.

—Vale —digo—. Está bien.

Los invitados prácticamente se atropellan para apartarse de mi camino. Debo de tener una pinta espantosa.

La cocina parece más pequeña ahora que hay tanta gente corriendo de un lado a otro, llevando bandejas de blinis untados con caviar, pastas doradas embadurnadas con mantequilla de ajo y pastelillos de limón confitado.

Curiosamente, me ruge el estómago. No debería tener apetito después de haber visto morir a una persona, pero estoy famélico.

Philip está al fondo de la cocina, flanqueado por dos gigantones que parecen estar sujetándolo. ¿Lo habrá traído Lila a la fiesta? ¿O Zacharov habrá ordenado que lo sacaran del lugar donde lo tenía encerrado su hija y lo acompañaran aquí?

Al verme, entorna los ojos de rabia.

—¡Me lo has quitado todo! —grita—. A Maura. A mi hijo. Mi futuro. A mi amigo. Me lo has quitado todo.

No le falta razón.

Podría contestarle que yo no pretendía que ocurriera nada de esto. Pero opto por otra cosa:

—Menuda putada, ¿eh?

Philip forcejea con los guardaespaldas. Me da igual. Dejo que Daneca me lleve hasta la zona de la despensa y los fregaderos.

—¡Voy a hacer que te arrepientas de haber nacido! —aúlla Philip a mis espaldas. Paso de él.

Lila me espera con una botella de vodka en una mano y un paño en la otra.

—Siéntate en la encimera.

Aparto una espátula y un cuenco de harina antes de auparme. Philip sigue desgañitándose, pero su voz suena lejana. Sonrío.

—Lila, te presento a Daneca. A Sam ya lo conoces. Son amigos míos del colegio.

—¿Acaba de reconocer que somos amigos? —pregunta Sam. Daneca se echa a reír.

Lila humedece el paño con vodka.

—Siento no haberte contado el resto del plan —le digo—. Lo de Barron.

—Has falsificado sus cuadernos, ¿verdad?

Sonríe al ver mi cara de sorpresa.

—Viví varios años con él, ¿recuerdas? He visto esos cuadernos. Muy listo.

Me aprieta el paño contra la mejilla. Suelto un bufido. Escuece un montón.

—¡Ay! —protesto—. ¿Nunca te han dicho que eres un poco bruta?

Su sonrisa se ensancha; solo falta que se le curven las comisuras de la boca. Se inclina hacia mí.

—Ya lo sé. Y te encanta.

Sam se ríe entre dientes, pero no me importa.

Porque es verdad.

Capítulo diecinueve

Me paso las siguientes dos semanas enclaustrado, poniéndome al día con los deberes. Daneca y Sam me ayudan: se quedan conmigo en la biblioteca hasta el toque de queda, cuando yo tengo que marcharme a casa, y ellos, a la residencia. Me paso tanto tiempo en el colegio que el abuelo me compra un coche. Me lleva a ver a un amigote suyo que me endosa un Mercedes-Benz Turbo de 1980 por dos mil pavos.

El coche es un trasto, pero Sam me ha prometido que me ayudará a modificarlo para que funcione con grasa. Ganó un concurso estatal de ciencias con la conversión de su coche fúnebre, y está convencido de que podemos aspirar a un premio internacional con los ajustes que planea hacerle al mío. Hasta entonces, cada vez que tengo que arrancarlo cruzo los dedos para que el motor aguante.

El martes, cuando me dirijo al coche para volver a casa, me encuentro a Barron apoyado en él, haciendo girar unas llaves en el dedo enguantado. Ha aparcado su moto al lado.

—¿Qué quieres?

—Hoy es noche de pizza —me responde. Lo miro como si hubiera perdido un tornillo, pero Barron me sostiene la mirada—. Es martes.

El problema de falsificar tan deprisa un año entero de la vida de una persona es que terminas dejando volar la imaginación. Solo tenía intención de introducir los detalles imprescindibles, pero quedaban muchos huecos por llenar. Y tuve que rellenarlos con la relación que me habría gustado tener con Barron.

Ahora me siento un poco mal al verlo; el pobre cree de verdad que cada dos martes salimos a cenar pizza y a contarnos nuestras cosas.

—Conduzco yo —digo finalmente.

Pedimos una pizza bien cargada de queso, salsa, salchichas y pepperoni en un pequeño restaurante con reservados y gramolas en miniatura en cada mantel de linóleo. Espolvoreo mi porción con chile picante.

—Me vuelvo a Princeton a terminar la carrera —me cuenta Barron antes de darle un mordisco al pan de ajo—. Ahora que mamá va a salir de la cárcel, algo me dice que pronto volverá a necesitar un abogado.

Me pregunto si Barron podrá volver a estudiar, si será capaz de llenar las lagunas de su cerebro con libros de Derecho y recordarlo todo, suponiendo que no vuelva a obrar a nadie. Lo cual es mucho suponer.

—¿Sabes qué día sale exactamente?

—Dicen que el viernes, pero ya han cambiado la fecha dos veces, así que no sé si creérmelo. Pero deberíamos comprar una tarta por si acaso. Lo peor que puede pasar es que tengamos que comérnosla nosotros.

La memoria es muy curiosa. Barron parece relajado, como si yo le cayera bien de verdad, pero solo porque no recuerda que me odia. O quizá sí recuerde el sentimiento de aversión, pero da por hecho que su afecto pesa más. Pero yo no estoy relajado. No puedo dejar de recordar. Tengo ganas de saltar de la silla y estrangularlo.

—¿Qué crees que será lo primero que hará mamá cuando la suelten? —le pregunto.

—Entrometerse —contesta con una risotada—. ¿Tú qué crees? Se pondrá manos a la obra para que todo se haga como ella quiere. Más nos vale rezar por que sus gustos coincidan con los nuestros.

Bebo un trago de refresco con la pajita, lamo la grasa de mi guante y me planteo transformar a Barron en un trozo de pizza y regalárselo a los chavales de la mesa de al lado.

Pero me gusta tener a un hermano con el que puedo hablar.

Mantén cerca a tus amigos y más cerca aún a tus enemigos.

Es lo que me dice Zacharov cuando me explica que ha decidido que Philip siga trabajando para la familia; quiere tenerlo vigilado. Muy pocos abandonan una familia mafiosa y viven para contarlo, así que no debería sorprenderme.

Le pregunto al abuelo si ha hablado con Philip, pero su única respuesta es un gruñido.

Lila me llama por teléfono el miércoles.

—Hola —digo. No reconozco el número.

—Hola a ti también. —Parece contenta—. ¿Quieres que quedemos?

—Claro —contesto, y noto que el corazón me da un vuelco. Me cambio de hombro la bandolera con repentina torpeza.

—Ven a la ciudad. Podemos tomarnos un chocolate caliente. Y hasta puede que te deje ganarme a algún videojuego. Llevo cuatro años sin practicar. Quizás esté un poco oxidada.

—Te voy a dar tal paliza que hasta tu avatar se reirá de ti.

—Capullo. Te espero el sábado —dice antes de colgar.

Me paso toda la cena sonriendo.

El viernes, a la hora del almuerzo, salgo al patio. Está soleado y muchos estudiantes han salido a comer al aire libre. Sam y Daneca están sentados con Johan Schwartz, Jill Pearson-White y Chaiyawat Terweil. Me hacen señas.

Levanto la mano y me dirijo a una pequeña arboleda. He estado pensando mucho en todo lo sucedido y hay algo que todavía me intriga.

Saco el móvil y marco un número. No espero que nadie conteste, pero contestan:

—Consulta del doctor Churchill —dice Maura.

—Soy Cassel.

—¡Cassel! Me preguntaba cuándo llamarías. ¿Sabes cuál es la mejor sensación del mundo? Conducir por una carretera con la música a tope, el viento agitándote el pelo y un bebé feliz balbuceando en la sillita.

Sonrío.

—¿Sabes adónde te diriges?

—Todavía no. Supongo que lo sabré cuando lleguemos allí.

—Me alegro por ti. Solo quería llamarte para decírtelo.

—¿Sabes qué es lo que más echo de menos?

Niego con la cabeza, pero entonces caigo en la cuenta de que Maura no puede verme.

—No.

—La música. —Su voz se vuelve dulce y tierna—. Era tan bonita... Ojalá pudiera volver a oírla, pero ya no está. Philip se la llevó.

Siento un escalofrío.

Cuando corto la llamada, veo a Daneca caminando hacia mí. Parece molesta.

—Oye, vámonos ya. Llegaremos tarde.

Debo de tener cara de alucinado, porque Daneca titubea.

—No hace falta que vengas si no quieres.

—No es por eso. Quiero ir.

No sé si es verdad, pero lo que tengo claro es que Daneca y Sam me apoyaron cuando los necesité. Es posible que la verdadera amistad no se base en devolver favores, pero da igual. Al menos debo intentarlo.

Mientras cruzo el patio con Daneca y Sam, veo a Audrey comiéndose una manzana junto a la entrada del edificio de Bellas Artes.

Me sonríe como solía hacerlo antes.

—¿Adónde vais?

Inspiro hondo.

—A la reunión de HEX. Vamos a aprender sobre los derechos de los obradores.

—¿En serio? —Audrey mira a Daneca.

—¿Qué quieres que te diga? —Me encojo de hombros—. Estoy probando cosas nuevas.

—¿Puedo ir con vosotros? —No se levanta, como si esperara que me negara.

—Claro que sí —contesta Daneca antes de que pueda hacerme a la idea de que Audrey quiere acompañarnos—. Las reuniones de HEX sirven para que todos nos conozcamos mejor.

—Y el café es gratis —apunta Sam.

Audrey arroja la manzana mordisqueada a los arbustos de la entrada.

—Me apunto.

La reunión se celebra en el aula de música de la señora Ramírez, que ejerce de moderadora. Hay un piano en un rincón y unos tambores arrimados a la pared del fondo, contra una estantería llena de finas carpetas de partituras; en el estante inferior hay un platillo en precario equilibrio, junto a los ventanales y la cafetera borboteante.

La señora Ramírez está sentada al revés en el taburete del piano, con un corro de estudiantes. Entro y acerco otras cuatro sillas. Enseguida nos hacen hueco, pero la chica que está de pie no interrumpe su discurso:

—El problema es que cuesta mucho terminar con la discriminación cuando se trata de algo ilegal. Todo el mundo considera que los obradores son delincuentes. La propia palabra se ha convertido en sinónimo de «delincuente». Y, en fin, si obramos a alguien, aunque solo sea una vez, ya somos delincuentes. Es decir, que casi todos lo somos, porque la forma más habitual de descubrir que tenemos un poder es utilizarlo.

No sé cómo se llama, tan solo que va a primero. Habla sin mirar a nadie y con la voz firme. Su valentía me fascina un poco.

—Y hay muchos obradores que no hacen nada malo. Van a bodas y hospitales para dar buena suerte a la gente. Otros trabajan en centros de acogida para infundir optimismo y confianza a los demás. Y esa dichosa palabra... «maleficio». Como si solo pudiéramos obrar magia negra. ¿Quién querría usar su poder para hacer cosas malas? La reacción es terrible. Si un obrador de la suerte se dedica a transmitir buena fortuna a los demás, solo recibirá lo mismo a cambio. No tiene por qué ser algo malo.

Se interrumpe y levanta la vista para mirarnos. Para mirarme.

—Magia. Solo es magia.

Cuando llego esa noche a casa, el abuelo está preparándose un té en la cocina. La hemos limpiado a conciencia. Las encimeras están prácticamente despejadas y ya no hay pegotes de comida en los fogones. Hay una botella de bourbon en la mesa, pero tiene el tapón puesto.

—Ha llamado tu madre. Ya ha salido.

—¿Ha salido? —repito como un bobo—. ¿De la cárcel? ¿Está aquí?

—No. Pero tienes visita. —Me da la espalda y se pone a fregar el grifo—. La niña de Zacharov está en tu cuarto.

Levanto la mirada como si pudiera ver a través del techo, sorprendido y contento. ¿Qué pensará Lila de la casa? Pero enseguida recuerdo que ya ha estado aquí muchas veces. Incluso ha estado en mi cuarto... cuando era una gata. Entonces caigo en la cuenta de lo que ha dicho el abuelo.

—¿Por qué llamas a Lila «la niña de Zacharov»? ¿Y dónde está mamá? No puede haberse ido muy lejos. Acaba de salir de la cárcel, seguro que tardará un poco en volver a las andadas.

—Shandra ha reservado una habitación de hotel. Dice que no quiere que la veamos así. Lo último que sé es que estaba pidiendo que le subieran champán y patatas fritas con salsa ranchera al baño de espuma.

—¿En serio?

El abuelo suelta una carcajada, pero su risa me suena forzada.

—Ya conoces a tu madre.

Salgo de la cocina y cruzo el comedor, pasando junto a las últimas cajas de trastos sin ordenar. Subo los escalones de dos en dos. No sé qué le pasa al abuelo, pero mis ganas de ver a Lila eclipsan cualquier otra cosa.

—Cassel —me llama el abuelo. Me doy la vuelta y me inclino sobre la barandilla—. Necesito que bajes aquí con Lila. Tengo que contaros una cosa.

—Vale —respondo sin pensar, pero en realidad no me apetece oír lo que sea que quiera contarnos. Con dos rápidas zancadas llego a la puerta de mi dormitorio y la abro.

Lila está sentada en la cama, leyendo una vieja antología de cuentos de fantasmas que se me olvidó devolver a la biblioteca. Se da la vuelta y esboza una sonrisa pícara.

—Te echaba mucho de menos. —Me tiende la mano.

—¿Sí?

No puedo dejar de mirarla; la luz del sol que entra por la ventana sucia le ilumina las pestañas, haciéndolas brillar como el oro. Tiene la boca entreabierta. Se parece a la chica con la que trepaba a los árboles, la que me agujereó la oreja y me lamió la sangre, pero al mismo tiempo no se parece en nada a ella. El paso del tiempo le ha hundido las mejillas y ha dotado a sus ojos de un brillo febril.

Me la he imaginado tantas veces en esta habitación que me da la impresión de que mi mente la ha invocado: una Lila ficticia sentada en mi cama. La sensación de irrealidad hace que me resulte más fácil caminar hacia ella, aunque el corazón me aporrea el pecho como un martillo.

—Y tú, ¿me echabas de menos? —me pregunta, estirando el cuerpo como una gata. Suelta el libro sin poner el marcapáginas.

—Desde hace años —contesto, desesperadamente sincero por una vez en la vida. Quiero deslizar los dedos desnudos por el contorno de su mejilla y seguir el rastro de las pecas de su piel pálida, pero aún no me parece bastante real como para tocarla.

Lila se inclina hacia mí; todo en ella es embriagadoramente cálido y suave.

—Yo también —susurra sin aliento.

Se me escapa la risa, que ayuda a que se me despeje un poco la mente.

—Intentaste matarme.

Lila niega con la cabeza.

—Siempre me has gustado. Siempre te he deseado. Siempre.

—Oh —digo como un bobo. Y la beso.

Lila abre la boca y se tumba en la cama, arrastrándome con ella. Me rodea el cuello con los brazos y suspira mientras la beso. Siento un hormigueo de calor. Se me tensan los músculos, como si me dispusiera a pelear. Es tal la tensión que no puedo evitar los temblores.

Tomo una bocanada de aire entrecortado.

Estoy pletórico de felicidad. Casi no puedo contenerla.

Ahora que he empezado a acariciarla, soy incapaz de parar. Es como si confiara en que el lenguaje de mis manos le cuente todas las cosas que no sé decirle en voz alta. Mis dedos enguantados se deslizan por la cintura de sus vaqueros y por su piel. Lila se revuelve ligeramente para bajarse el pantalón y acerca la mano al mío. Estoy respirando su aliento. Mis pensamientos se precipitan en una espiral de incoherencia.

Alguien aporrea la puerta de mi cuarto.

Al principio lo ignoro. Continúo.

—Cassel —dice el abuelo desde el pasillo.

Bajo de la cama rodando y me pongo de pie. Lila está colorada y jadea. Tiene los labios enrojecidos y húmedos, la mirada oscura. Yo sigo aturdido.

—¿Qué pasa? —grito.

La puerta se abre y me encuentro al abuelo en el pasillo, con el teléfono en la mano.

—Tienes que hablar con tu madre.

Miro a Lila con gesto de disculpa; tiene las mejillas sonrojadas y se está peleando con el pantalón vaquero para abrochárselo de nuevo.

—La llamo luego. —Fulmino al abuelo con la mirada, pero no se da por aludido.

—No —insiste—. Toma el dichoso teléfono y escucha lo que te va a contar.

—¡Abuelo! —protesto.

—Habla con tu madre, Cassel. —Nunca me había tratado así, tan tajante.

—¡Vale! —Agarro el teléfono y salgo al pasillo, arrastrando al abuelo conmigo—. Enhorabuena por haber salido de la cárcel, mamá.

—¡Cassel! —Parece contentísima de hablar conmigo, como si yo fuera un príncipe de algún país extranjero—. Perdona por no haber ido directamente a casa. Me muero de ganas de ver a mis niños, pero no te imaginas lo que ha sido vivir rodeada de mujeres todos estos años, sin un solo momento de intimidad. Y mi ropa ya no me sirve. He adelgazado mucho por culpa de esa bazofia que nos daban de comer. Voy a tener que comprarme mucha ropa nueva.

—Genial. ¿Así que estás en un hotel?

—En Nueva York. Sé que tenemos mucho de que hablar, cielo. Siento no haberte dicho antes que eres un obrador, pero es que sabía que los demás intentarían aprovecharse de ti. ¡Y mira lo que han hecho! Pero claro, si el juez me hubiera hecho caso y hubiera entendido que una madre debe estar con sus hijos, no habría sucedido nada de esto. Mis niños me necesitaban.

—Ocurrió antes de que te metieran en la cárcel.

—¿El qué?

—Lo de Lila. Intentaron que yo la matara antes de que te metieran en la cárcel. La encerraron en una jaula antes de que te metieran en la cárcel. Todo eso no tuvo nada que ver contigo.

Se le quiebra un poco la voz.

—Oh, cielo, seguro que no. Es que no lo recuerdas bien.

—No. Me. Hables. De. Recuerdos. —Prácticamente escupo las palabras. Me brotan de la lengua como gotas de veneno.

Mi madre se queda callada. Es algo tan impropio de ella que no recuerdo que haya pasado nunca.

—Cielo... —dice por fin.

—¿A qué viene esta llamada? ¿Tan importante es para que el abuelo se empeñe en que hable contigo precisamente ahora?

—Bah, en realidad no es nada. Tu abuelo, que está un poco disgustado. Verás, te he hecho un regalo. Algo que has deseado toda la vida. Ay, cielo, ni te imaginas lo feliz que me hace que consiguieras sacar a tus hermanos de semejante embrollo. Quién lo iba a decir: el benjamín, cuidando de sus hermanos mayores. Te mereces un premio solo para ti.

Un temor gélido me trepa por el vientre.

—¿Qué es?

—Solo un poco de...

—¿Qué has hecho?

—Verás, ayer fui a ver a Zacharov. ¿Te he contado que nos conocemos? Pues sí. En fin, el caso es que al salir me crucé con esa adorable hija suya. Siempre te ha gustado, ¿verdad?

—No —contesto, negando con la cabeza.

—¿No te gusta? Pues yo pensaba que...

—No. No. Por favor, mamá, dime que no la has tocado. Dime que no la has obrado.

La noto perpleja pero también obstinada, como si intentara persuadirme de lo bonito que es el jersey que me ha comprado en las rebajas.

—Pensaba que te alegrarías. Y se ha puesto muy guapa, ¿no crees? No tanto como tú, por supuesto, pero es más guapa que esa pelirroja de la que no te despegabas.

Doy un paso atrás hasta que me golpeo los hombros contra la pared. Es como si ya no recordara cómo se usan las piernas.

—Mamá... —gimoteo.

—Cielo, ¿qué pasa?

—Dime lo que has hecho, por favor. Dímelo.

Hace falta estar muy desesperado para suplicarle a alguien que pisotee tus esperanzas.

—Es mejor no hablar de estas cosas por teléfono —me reprende.

—¡Dímelo! —aúllo.

—Está bien, está bien. La he obrado para que te ame. Hará cualquier cosa por ti. Lo que tú quieras. ¿No es estupendo?

—Deshazlo. Tienes que arreglarlo. Déjala igual que antes. Te la llevaré al hotel para que la devuelvas a la normalidad.

—Cassel, sabes que no puedo hacer eso. Puedo hacer que te odie. Incluso puedo hacer que no sienta absolutamente nada por ti, pero no puedo deshacer lo que he hecho. Si tanto te molesta, espera a que se le pase. Lo que siente ahora se irá debilitando con el tiempo. A ver, no volverá a ser exactamente la de antes, pero...

Cuelgo el teléfono. Vuelve a sonar una y otra vez. La pantalla se enciende y aparece el nombre del hotel.

Cuando Lila sale de la habitación para averiguar por qué tardo tanto, me encuentra sentado en el pasillo a oscuras, con el teléfono todavía sonando en la mano.

—¿Cassel? —susurra.

No puedo ni mirarla.

Lo más importante para un timador es no pensar jamás como una víctima. Las víctimas creen que van a conseguir un bolso de marca robado baratísimo y luego se llevan un chasco cuando el forro se descose. Creen que van a comprarle unas entradas de primera fila casi regaladas a un fulano bajo la lluvia y se sorprenden cuando descubren que solo son papel mojado.

Las víctimas creen que pueden conseguir algo a cambio de nada.

Las víctimas creen que pueden conseguir algo que no merecen ni merecerán jamás.

Las víctimas son estúpidas, patéticas y tristes.

Las víctimas creen que una noche llegarán a su casa y la chica de la que están enamorados desde niños les corresponderá sin venir a cuento.

Las víctimas olvidan que, cuando algo es demasiado bueno para ser verdad, es una estafa.

Agradecimientos

Hay muchos libros que me han ayudado a crear el mundo de los obradores de maleficios, en particular *The Big Con*, de David R. Maurer; *How to Cheat at Everything*, de Sam Lovell; *Son of a Grifter*, de Kent Walker y Mark Schone; y *Speed Tribes*, de Karl Taro Greenfeld.

Estoy en deuda con mucha gente por sus aportaciones a este libro. Quiero dar las gracias a todos los participantes de la edición de 2007 del taller Sycamore Hill, por leer los primeros capítulos y darme la confianza necesaria para continuar. Gracias a Justine Larbalestier por hablarme sobre los embusteros y a Scott Westerfeld por sus concienzudas notas. Gracias a Sarah Rees Brennan por ayudarme con las emocioooones. Gracias a Joe Monti por su entusiasmo y sus recomendaciones literarias. Gracias a Elka Cloke por sus conocimientos de medicina. Gracias a Kathleen Duey por animarme a pensar en los grandes problemas del mundo. Gracias a Kelly Link por mejorar tantísimo el principio y por pasearme en el maletero de su coche. Gracias a Ellen Kushner, Delia Sherman, Gavin Grant, Sarah Smith, Cassandra Clare y Joshua Lewis, por haber aceptado leer varios borradores que aún estaban muy verdes. Gracias a Steve Berman por ayudarme a desarrollar los pormenores mágicos.

Y sobre todo, gracias a mi agente, Barry Goldblatt, por sus ánimos; a mi editora, Karen Wojtyla, que me empujó a crear un libro mucho mejor de lo que yo creía posible; y a mi marido, Theo, que además de aguantarme mientras lo escribía también me dio multitud de consejos sobre sanciones, estafas, colegios privados y cómo persuadir a los refugios de animales.